過信

——踊る電流列島の危機《最後の作戦開始》

永野芳宣

〔目次〕

[主な登場人物]

◇全体を通して登場する人物

宇宙星の王様

「ＡＯ七七七」という銀河宇宙に在る、宇宙をコントロールしている星の支配者

極光の妃美（オーロラのきみ）

宇宙星「ＡＯ七七七」の官房長官

武田太郎（たけだたろう）別名 ｛綽名：「ラビアの長老」｝ 年齢八十三才

この小説の主人公。江戸電力に入り、退職後は九州地方のホテル（ラビア・ホットスプリングホテル）のオーナー。自宅の他に、別途別荘と事務所を持つ。三才の時にデンキの煌めきに接したことが、一生の仕事となり、原子力が無ければ日本は成り立たないと主張し続ける。

武田タカ（たけだタカ）旧姓小峰、｛綽名：「おタカさん」｝ 年齢八十五才

主人公太郎の妻。第二次大戦終戦直前に勤労動員での、女学生タカと中学生太郎との劇的な出会いが、この小説を引っ張る主因となって、デンキの話題が次々に展開されていく。産業活動省のキャリアーとなり、東京に出て太郎と結婚する。

武田亮太（たけだりょうた）別名 ｛綽名：「レオ」｝ 年齢二十九才

太郎（ラビアの長老）と会話して行く主役の一人。太郎・タカの孫
中学からイギリスに留学したサッカー少年。ケンブリッジを出て、日英を繋ぐ重要コンサルタントとなる。最後は総理大臣になり、電気事業が国家管理になるのを防ぎ、原子力指向を貫く。

（注）以下、上記五名以外の各章別主要登場人物を紹介する。

◇序章　危ない列島が見える——宇宙星ＡＯ七七七から

中国、元の皇帝フビライ

北条時宗　十三世紀初頭、中国の元軍来襲時の日本のリーダー

武田水一郎（たけだすいいちろう）太郎・タカの長男で亮太（レオ）の父親

武田由貴子（たけだゆきこ）水一郎の妻、亮太（レオ）の母親

本田紀子（ほんだのりこ）サッカー少女、レオの実家隣家の子、長じてレオと結婚する。産業活動省キャリアー、最後は同省大臣。レオより四才上。

穴城覚志（あなじろかくし）民衆党の首相

テレスコピックを操る女　宇宙星ＡＯ七七七の官房長官の妹

大見川　環（おおみかわかん）元江戸山大学総長、太郎が東京で産学サロンの世話をしている研究会のリーダー

◇第一章　電流過信〜第二章　脱法デンキ〜第三章　きらきらと輝くデンキ

毛利大二郎（もうりだいじろう）自信党の首相、モウリノミクスを生み出す。

村井直美（むらいなおみ）盗聴器を仕掛ける女性、派遣会社からの偽コンパニオン。最後まで、太郎(ラビアの長老)の暗殺を謀る。

野口支配人（のぐちしはいにん）ラビア・ホットスプリングホテルの支配人

多野木総裁（たのきそうさい）国営電力会社の総裁

三本松一丸（さんぼんまつかずまる）元寇の役で日本に帰化し、瀬戸内海海賊の頭になったという男の末裔。太郎の中学時代からのライバル的存在。

◇第四章　魔力の基を訊ねよ

板垣東一郎（いたがきとういちろう）日本産業連合会会長（北畠機械会長）

小俣玄史郎（おまたげんしろう）旭日重工業会長

大倉得郎（おおくらとくろう）東亜日本鉄鋼会長

富田達治（とみたたつじ）南海化学会長

碌山国男（ろくやまくにお）東西商事会長

有木一角（ありきいっかく）日本公共投資銀行頭取

東山正義（とうやままさよし）江戸電力社長

辻井　徹（つじいとおる）日本産業連合会事務局長

原田（はらだ）日本産業連合会事務局員

種市（たねいち）同上

前田　進（まえだすすむ）昭和五十年代初期の総理大臣

第五章　夢見るデンキの魔力

武田太兵衛門（たけだだいえもん）武田太郎の父親、下級官僚、甲種合格で出征中負傷し、傷病軍人として帰還。村の在郷軍団長、戦後上京し産業活動省の課長補佐、〈綽名：チンドン・カキチ〉

武田信代（たけだのぶよ）武田太郎の母、十人の子供を育てる。
小峰元二郎（おみねげんじろう）小峰タカの父親

第六章　変動の嵐

武田次郎ヱ門（たけだじろうえもん）武田太兵衛門の弟、太郎の伯父。後に八馬電力の常務取締役。東京に出た長男の実家を守る。
武田美子（たけだよしこ）太郎の妹
武田将次郎（たけだしょうじろう）太郎の弟。後に小峰家の養子となる。
大伴家郎（おおともかろう）石炭火力を建設し、八馬電力常務取締役となる。太郎の江戸電力入社を熱心に奨める。太郎のデンキへの志を真剣に支援した人物　資源の無い日本の宝、夢の原子力を予言する。
黒田足助（くろだたすけ）都立蔵師高校夜間部教諭。太郎の関東公立大学への入学を支援する。
鍋島善五郎（なべしまぜんごろう）関東公立大学事務部長。黒田教諭と協力し太郎の同大学入学ついて、父親の武田太兵衛門の説得に努める。
加藤博史（かとうひろし）産業活動省官房課長、太郎が高校生でアルバイトした時の人物。有能な官僚で、太郎の実質的な江戸電力入社の保証人。後に次官になる。最後に、ラビアが書いた親書を総理に届ける。
岩田輝夫（いわたてるお）江戸電力社長　太郎の江戸電力入社の際の保証人
津田義彦（つだよしひこ）江戸電力の人事課長
バートン中佐（ばーとんちゅうさ）ＧＨＱの科学部部長　太郎が、横浜のグレイトホテルでのアルバイト中に知り合う人物。カリフォルニアの電力会社オーナー。後に太郎とタカが訪米した折りに、原子力発電所見学の斡旋に努力する。

第七章　新たな資源を求めて

鬼木三郎（おにきさぶろう）外務防衛省のエリート課長補佐
西岡千恵（にしおかちえ）情報通信関係の若手コンサルタント

終章　ラビアの一分――“過信が解けるころ”

原　発志（はらはつし）ラビアの長老（武田太郎）の運転手（綽名：ゲンパッ君）
村井直美姉妹（むらいなおみしまい）太郎と運転手の帽子に発信器を仕掛けるが、最後に、仕掛けた殺人光線で自ら命を落とす。

序章　危ない列島が見える

第一節　ウォーキング

（一）

　体の衰えが気に成り出して、主治医に相談するといった。

「毎朝ウオーキングしたら」

　するとどうして」、と聞いた。

「多分少しは役に立ちますよ」と、またいった。

「少しは」などと医者がいうのが、いかがなものか。余り良く無いというより、むしろ失礼な言い方だと思った。

　患者は、真剣に己のことを考えているのに、医者はそこに気付いていない。医者の自己防衛本能なのだろうか。どこかの役人と同じだなと思った。彼らは、エクスキューズの理屈を常に考えるのだろう。すると、患者のほうも自己防衛する。そこが、また欲の無いナイーブな話に繋がってくる。

　例えば、と考えてみた。

　この歳に成って、医者がいう「少しは」ぐらいで、毎朝寝不足を覚悟して、早起きして、てくてく歩くということに、どれだけ価値が在るのだろうかと思った。全く欲の無い考えだ。

　そんな理由で、武田太郎は何時も「少しは」に挑戦して見ようと、寝床の中で一端考えるが、やっぱり二の足を踏むのだった。だから、結局は未だウオーキングに行ったことは無かった。

　彼は、八十をすでに過ぎていた。この間も、或る講演会で、冒頭「とうとう、三十八才に成りました。元気いっぱいです」といって、聴衆を笑わせたりしている。だが、医者のサゼスチョンは、無視したままだった。

　こうして、あっという間に半年が過ぎて、また主治医を訪ねる時が来た。

「どうですか、朝のウオーキングはとても楽しいでしょう」と、往診室の椅子に座った途端に、武田太郎は医者からいわれた。未だ、五十代だろうか。記憶力は、抜群だ。半年前の僅か数分間の会話を憶えている。もっとも最近は、太郎と似たような年寄りも多いのだろう。誰にでも同じようなことをしゃべっているのかも知れない。その主治医が、眼鏡の奥の二つの目玉を細めて笑っていると思った。

　途端に「はぁー、先生のいわれる通りです」と、彼はつい口から出任せに全くやって居ないのに、澄まして嘘をついてしまった。

　主治医が、嘘に気付くはずがない。太郎の貫録の在る多少のしわがれ声と、そのタイミングが良すぎた。

「その調子で、毎日体を動かして居れば長生きしますよ。血色も、この春頃よりずっと良いじゃないですか」

　そう医者にいわれて、ほっとしたが彼の頭脳には、「全く、藪医者だな」という思いと、もうひとつそれを通り越して、逆に医者に嘘を付いたその後の「うしろめたさ」が、残った儘になった。

　そのことが、毎朝頭をよぎる。変な話だが、最近では、段々気に成って仕方がない。やっぱり、医者のいう通りのことを、いっそ遣ってみようとふと考えた。そう思い始めると、なかなか仕事に熱中できずに時間が過ぎて行った。

　もちろん、この武田太郎という男は、福岡市内の自宅から三十キロメートルぐらい西の、玄界灘に面した後背に田圃が連なる崖の側に瀟洒なホテルを経営している。それに、そのホテルから余り離れていない糸島という所に別荘が在る。その別荘は、おタカさんという上さんのために、建てたと称しているが、時々は訪れるものの殆ど使って居ない。その別荘の管理は、特に必要ないが、ホテルの方は今やこの男の主要な仕事に成っいる。それが、なかなか手に付かない。

その日、自宅に帰った彼は、上さんすなわちおタカさんの、「もう沸いているわよ」という声に誘われて、早々に風呂から上がると、何時ものように食事を採った。

食事の後は、上さんの上品な弁舌に聞き入るのが習慣である。

この日のメイン・ストリーは次の四つだった。

先ずは、名古屋に住んでいる長男の水一郎と妻の由貴子たち一家に、最近風邪が流行り電話でやり取りしたら、こちらにうつったような気がしたという軽いジョーク。

次いで、おタカさんがちょっと参考に成る話を披露して呉れた。

「ねぇー、あなた可笑しいと思わない。私が尊敬していたはずの、源氏物語作家で大僧正のお婆さまとか、ノーベル文学賞作家のお爺さまたち、文化人とかが大勢人集めをして原子力発電を、日本から無くせ。全部太陽光や風力にしてしまえと怒鳴っているのよ。そうかと思っていたら、この人たちは同時に途端に集団的自衛権反対、息子たちを戦場に行かせるな、戦争反対と奇声を挙げていたのよ。あの人たち、頭が可笑しいのではないかしら」

それから、さらに述べた。

「あなた、日本は原子爆弾を落とされて、二度と戦争はしないと世界に約束した敗戦国だったのよ。それでも僅か十年後には、どうしても原子力発電を導入して、ウランという物質を使ってデンキを発電に平和利用する先進国に成りたいと、アメリカやヨーロッパの人たちに訴えて、特別に使わせてもらうことに成ったんでしょう。五十年も前ですよ。だから今原子力反対と叫んでいる大僧正のお婆さまや、ノーベル賞作家のお爺さまたちを懸命に育てて呉れた先輩たちの、思いや恩義を忘れてしまっては困りますよ。唯々マスコミが煽る風潮に乗せられているのを、しっかり反省して貰いたいですね」

なるほど、通称おタカさんというが、流石に元キャリア官僚という上さんの話は、参考に成るなと思った。

続いて三つ目の話は、自宅のマンションというより実はアパートだが、その六〇五号室に新たに入居した人は、「独身のようだが、誠に才媛のご婦人。しかし、名前も大変。〝美里野麗子〟という人だそうよ。ちょっと話題性が在ると思うの。どう・・・」と聞かれた。太郎が、「そうかな」といって余り関心を示さなかったので、話が途切れた。

そこで最後の四つ目だが、近所でちょっとしたボヤが在って救急車が来たが、見ると女性の消防士であり、おタカさんは驚いたという。だが今時、女性の消防士に驚くほうが可笑しいと思いながら、太郎は時々湯呑茶碗を傾けつつ聞き入っていると、「とにかく、昔と違って女性が今まで男性しかやれないといわれて来たあらゆる分野にどんどん進出するのは、とても良いことだと思うのよ。何も、毛利首相がいうように、どうしても管理職とか経営者にすることが最善の策だというような発想だけが、関心事項であっては駄目だと思いますね。尤も、外国に較べて、この国は政治家も経営者も女性のトップが少なすぎますよ。それは確かに毛利さんがいう通りね」

成る程と、太郎は思った。以上四点の説明に、十数分を掛けて話をして呉れたおタカさんは、一頻り出来事の報告が終わると、すっきりするらしい。そこを見計らって、〝ご馳走さま〟と太郎が席を立った。

さて何時ものパターンでは、その後彼は部屋に籠る。特に、この日のように、経済団体の会合などで、一日中忙がしかった時など先ずは、ホテルの状況を携帯で支配人に問い合わせる。明日以降のちょっとした、来客に応じたお持て成しの戦略を練り、そして支配人に指示することもある。だが、大体は「支配人、何か聞いておくことは無いかね」という。何も無くても、必らず電話する。その上で「判った。では、よろしく頼む」と述べる。これが、毎日のパターンに成っている。

その後は、頼まれた随筆や小説の原稿を書く。それが終わると、好きなジャズやロックを聴きながら、居眠りをしたり小説を読んだりする。最近、東野省吾の本を何冊か読んでいたが、このところ別の作家の「黒書院の六兵衛」という題の小説に凝っている。以前、日経に連載されていたのを時々拾い読みしたことが在ったが、おタカさんが熱心に読んでいたので、「面白いの」と聞いた。

「まぁーなかなか味が、在りますよ。でも、あなたには向かないかもね」といわれた。

「何故ですか?」

「あなたが書く、せっかちな随筆とか小説の題材には、向かないタイプのストリーですよ」

そういわれてみると、流石に逆に興味が湧いて、読み始めたというわけだ。江戸城引き渡しの日が刻々と迫る中、最後に六兵衛という一人の旗本が黒書院、すなわちこの江戸城の最も大切な要《かなめ》に当たる将軍の執務室に、五十日間に亘って、居座り続けるという話である。このため、引き渡しの総責任者である勝阿波守も、じれに焦れているというような内容だ。おタカさんの指摘に反して、六兵衛という男の凄まじい反骨精神がなかなか、良い参考に成ると太郎は思っている。

（二）

こうして、いつもは深夜の十一時半まで過ごして、漸く「寝ようか」となるのだが、この日は違って居た。

武田太郎が部屋に籠ったのは、僅かに一時間ぐらいだった。途中で、これまた何時ものように、コーヒーを持って来て呉れたおタカさんに、「今日はあなた、なんだかお静かね。何か在ったの？」と鋭い質問を受けた。だが、楽天家のおタカさんだから良い。それ以上の追求は無しだ。

こうして、彼は九時半には珍しく寝てしまったが、何時もより寝る時間が三時間も早いためか、なかなか眠られたい。習慣は恐ろしい。

四時半に、目覚ましが鳴り彼は起き上がった。

「どうしたの」と、おタカさんも欠伸をしながら、起きて来た。

「うん・・・、医者が健康のために毎朝ウオーキングしろというんだ」

やっと、納得したらしい。

「そうだったの。昨日帰って来た時から可笑しいと思ってたのよ」

そう理由を述べると、おタカさんも現金なものだ。

「じゃー、いってらっしゃい・・・鍵掛けて行ってね」、というとまた大きな欠伸をして、ねぐらに戻ったようである。

太郎は居間に移動して、急いで運動着に着換える。それから外に出た。

もちろん、真っ暗だ。時計を見ると、四時三十五分だった。

季節は未だ冷たい風が吹くころだが、温暖化の影響なのか三月下旬というのに、上着を着たらむしろ暑いくらいだ。

太郎は、この最初の日は約三十分間程度歩いてみた。ただ歩くだけだったが、今迄やったことも無い運動だから、とにかくきついと思った。帰って来ると、汗びっしょりだが、しかしシャワーを浴びると気持ちが良い。

こうして四、五日間これが続くと、段々慣れて来た。武田太郎は、なるほどと思い始めた。

「あの藪医者のいうのも、まんざらではないな」

十日間ぐらいが過ぎた頃には、ウオーキングの時間が一時間になっていた。

同じ道を歩くのでは、詰まらないようになる。

最初は、ちょうど一キロメートルぐらいの公園の周囲を歩いていた。そこは正に、ウオーキングの人たちで何時も混んでいる。何日か続けているうちに、若者に簡単に追い越されるのが気になって来た。特に、女性のほうが多いのに驚く。決してスポーティな体格でもない、しかも小柄な姿が、あっという間に追い抜いていくのにはうんざりだ。それでなくても、子供の頃から何事も他人に負けるのは、嫌いだった。序でだが、年上のおタカさんと一緒になったのも、あの才媛の女性は絶対に自分以外には渡さないぞという思いも在ったからだ。

こうして、彼は何時の間にか、この周囲一キロの公園を回るのを止めて、公道を歩くことにした。しかも、歩く道を変えると面白い。坂の多い住宅街を、歩いてみた。こんな立派な屋敷が、わが家の直ぐ近くに在ったのかと驚きながら歩いていると、今度は逆に別の道の途中には、もう何年間も空き家になって居そうな崩れかけた母屋と、雑草が生え放題の場所に出会った。そこには、誰かがしょっちゅう放尿したりしているのだろうか。変な匂いがプーンと咽喉を突く。そんな所は、またと行く気がしない。

こうして、段々歩く道もセレクトされて来た。最近では、東京でいえば田園調布とか成城学園のような、割合整った高級住宅街が、網の目状になった街が気に入って来た。それは、武田太郎が住む福岡市の南区の中の話だが、徒歩で十分ぐらいの所に在る長住という街のことだ。一丁目から七丁目までの住宅街だ。その辺りをちょうど一周すると、太郎の足で一時間十分ぐらいだ。

尤もうっかり曲り角を間違えたりすると、迷ってしまうことも在る。恥ずかしい乍ら道を間違えてしまって、半日ほど帰れなくなったことが在った。思い違いというのは、恐ろしい。要するに住宅街をあっちこっちと曲がりくねっているうちに、全く見知らぬ反対の方に歩いて行ってしまったらしい。幸いにも、その日は土曜日だったので、おタカさんには携帯電話で「序でに久留米のお墓にお参りしてくる」といって誤魔化したら、全然驚かない。

「そう、良いところに気が付いてくれましたね。お願いします・・・ご先祖様によろしくいって下さい」

そういって、電話が切れた。武田太郎は、何時もウォーキングに出る時、必ず保険証と携帯、それに何がしかの現金とコンビニのカードぐらいは持って出る。この日はとうとう、西鉄の電車に途中から乗って、久留米の菩提寺まで行って来たというわけだ。

だが、この経験が後ほど大いに役に立つとは、この時太郎は全く思ってもいなかった。

（二）

菩提樹まで、可なりの道のりだ。最初は大川（筑後川）の土手を、てくてく歩いた。すると、こんなところにもあの太陽光発電のパネルというものが、にょきにょきと張ってある、何と昔は田んぼだったところだ。考えて見るとこの辺りは、よく遊び廻った所だ。友達と畦で小鮒やドジョウを捕ったりしていると、お百姓に「コラー！」と怒られ、慌てて逃げたのを思い出す。そんなのんびりした平野に、どす黒い無表情のパネルが踊っている。昔は、一面の緑の田んぼや畑だった所が、黒々としたソーラーパネルの平面園に様変りしていた。

中には、中国製の粗末で安価なパネルを使ったのだろうか、道端に破れて垂れ下がったところも在る。しかもよく見ると、あっちこっち白いものが付いている。

太郎が、道端の白いものに顔を近づけ匂いを嗅いでみた。〝臭い！〟と思った。カラスの糞である。もちろん、掃除など遣って居ない。

そういう景色が、広い筑後平野に虫食い状態に広がりつつある。〝踊る列島〟という表現を、彼は最近随筆で取り挙げたことが在る。その表現通りだ。

今度は、筑後平野の南を横ぎる耳納山脈が見渡せる場所に出て見た。すると、驚いたことに、その斜面にも同じパネルが広がっているではないか。それだけでは無い。遂に山脈に沿って、白い風車が見えて来た。四、五年前に来た時、偶々この山脈を越えて大分方面に抜けたことが在る。そのころは、珍しくぽつんと一、二機の風力発電の風車が、風に揺られぎこちなく回って居たのを太郎は覚えている。

秋のススキの穂の上に、《山陰に、ちらりと揺れる風車かな》などという一句が、出て来たのはその時だった。だが、今では至る所にあの風力発電の白い鉄塔の筋が山肌を覆いはじめて居た。とにかく、こういうものが、ところ狭ましと、これまでは美しい緑に恵まれた日本列島だったところを、どんどん埋め尽している。埋め尽しているというより、《踊っている》というべきか。

風力・地熱・太陽光・バイオ・波力・温泉発電・小水力などなど何でもよい。とにかく〝再生可能エネルギー〟という定義に成れば、何でも良い。ＣＯ２を出さない、原子力より安全で《誰でも簡単に作れる》、地球環境にやさしいエネルギーというのが、謳い文句だ。

現在日本人が使うデンキ・エネルギーの二パーセントに過ぎないこの分野を、この十年以内に三十パーセントに増やしたいというのだから恐ろしい。

最近太郎がホテルのオーナーとして加入している経済団体の会合で、地元の元電力会社のＯＢが、目を丸くして話していたのを思い出していた。

「大変なことが起きていますよ。太陽光発電は誰でも簡単にやれるというので、どんどん農地や雑木林を使って、パネルを張っていますが、なんと合計すると認可されたものが、九州の電力会社が持っている発電設備の容量と殆んど同じぐらいになっているそうです」

「太陽光だけでですか」と誰かが聞くと、「そうですよ。千七百万KWにもなるそうです」

「えーっ、それはどういうことですか。デンキが、余るということですか」

するとさすがにその電力会社のOBは専門家らしく述べた。

「発電する稼働率は、太陽光は昼間しか発電出来ないので、平均十パーセントぐらいだから、KWは同じでもデンキの商品のKwhは、電力会社の十分の一ぐらいですよ」

「じゃあ、問題無いんですか」と聞くと、そのOBは余程の専門家らしく、目を玉くしてまた驚くことを述べた。

「大変な問題が在るんです。例えば今迄雨が降っていたのに突然快晴になったらどうなると思います。へたをすると、一千七百万KWという太陽光発電がいっぺんに発電し始める。電流がどっと流れて、電力会社が自分で発電した電流と送電線でバッティングすると・・・爆発して、途端に大停電ということとなります」

少しオーバーな話かも知れないが、太郎はこの時、太陽光発電をはじめ政府の再生エネルギーの普及施策は、間違っている、人間のお金儲けの欲望を無限に駆り立てていると思った。

政府は太郎がいうように懸命に国民に農民にそして、起業家にも企業経営者にも盛んにそれを、補助金を出し同時に強制買取りを電力会社に義務付ける法律を作り、本格的に《国家の保障である》とする、積極奨励をしているのだ。

『電気事業者による再生可能エネルギー電気の調達に関する特別措置法』という普通の国民が読んでも何の事だかさっぱり判らない法律が、三年前のあの関東東北大震災の直後、民衆党政権下八月三十日に国会で成立し公布施行された。同時に役所の省令で、風力・太陽光から生産されたデンキは、一キロワットアワー四十二円、というように決められた。今現在電力会社が売っている電気料金は、家庭用で二十円、企業は平均十円ぐらいだから、その二倍以上企業の工場では四倍もする値段で一方的に電力会社は買わねばならない。

そのデンキを強制的に買わされた電力会社は、即座に誰かに売らなければならない。だが、売るのは色も匂いも無いただのエネルギーという《電流》である。スイッチを捻ると即座に電流が流れて、デンキが灯り、エレベーターが動き、工場の機械が動き、家庭でテレビを見ることが出来る。だから、朝日が昇って太陽光の電流が、風が吹いて風力発電の電流が、電力会社の送電線に自動的に流れた途端に、無数の誰かが、要するに全家庭や全工場に電流が行き渡り、自動的に四十二円の電気を買わされているのだ。

太郎は、思った。これは《脱法デンキ》だ。脱法ハーブという言葉が流行ったが、そのうち脱法デンキという言葉が流行るだろう。

「踊っている」と、太郎が思ったのはこのことだった。正に、みんなが《脱法デンキ》に酔って、無茶苦茶に踊っている。

『踊る列島』が、この目の前に在る。太郎は、とても有益な拾い物をして、上さんことおタカさんにいわれたとおり菩提樹を訪れお参りした。残念ながら、その先祖代々の墓石の上にも、カラスの白い糞が垂れていた。太郎は、それだけはなんとしても取り除かねばと、事務所に少々の寄付を申込み、その上で頼んだら若い小僧さんがきれいに取り除いてくれた。彼は、この時改めてお墓に手を合わせた。「空」の気持になって、電気事業に対する今の政治の誤りを何としても糾す必要が在ると思った。太陽光パネルに成った人間の無知な欲望を、振り払うべし。緑の大地を、自然に「空」に昔の姿に、きれいに戻さねばならない。太郎は、多少は最近読んでいるベックがいう《仏陀》の教えが判ったような気がしていた。

（四）

ウォーキングのお陰げで、そんな経験は在ったが、しかし彼はそのうちただ歩くだけでは、詰まらなくなった。

そこで、毎朝聞くCDのテープを歩きながらイァホーンで聞くことにした。これも、実は或るちょっとした出来事が、きっかけだった。

最近凝っているのが、早口言葉である。博多駅の丸善で見付けた、〝ザ・リツル・プリンス〟という童話の速読をリスニングする訓練のテキストである。ノーマル・スピードから四倍速まで在る。効能書きに「毎日十五分間ずつ欠かさず練習すると、三か月で脳の中に英語の引き出しが出来上る」と、書いて在った。

書棚の前で定価千円のそれを、買おうかどうしようかと迷っていると、突然後ろから中年の女性の清楚な声がした。

「騙されたと思って、お試しに成ったら？」

太郎が、びっくりして後ろを振り向くと、何とその声の主はとても理知的な、むしろハーフのような顔立ちの、色気も程ほどの、しかもしゃれたワンピース姿の美形の令夫人ではないか。しかも、笑顔がなんとも言えない上品さを醸し出している。〝極光〟のきらめき、オーロラの輝きがした。この年に成ってと思ったが、彼の胸が高鳴っていた。おうむ返しに、「そうですね」といってしまった。

直ぐ傍のカウンターで、それを買うまでほんの一、二分の間だったので、お礼をいうことで、声を掛ける切っ掛けを作ろうと思って、太郎がきょろきょろ先ほどのワンピースの令夫人を探したが、すでに消え去りどこにも居なかった。

こうして、彼はその本に添付してあったくだんのCDを聴き始めて、約二か月が経っていた。十五分で無く、毎日あの令夫人のオーロラのような色気が程どに在る清楚な声と美しい顔を思い出しながら、七十分間を費やして熱中していた。このためか、最初は全く聞き取れなかった二倍速は既に卒業して、三倍速に挑戦中である。不思議だが、三倍速も少しずつ聞き取れるようなところに差し掛かって居た。

（五）

すでに六月に入ると、日中は摂氏三十度になる日が続くようになっている。それが、当たり前のこの頃である。温暖化というが、確かにその影響だろう。

だが、宇宙の秘密にはもっと深いモノが在る。太郎は、新聞や雑誌の記事を見て、宇宙に興味を持ち始めてもいた。最近のニュートリノとかいう素粒子の発見や、さらに最後の未発見分子といわれるヒッグス粒子の発見で、今まで理論物理の世界では全く無視されて来た〝重力〟の起源が、突き止められた。ニュートンの論理が革命的に進化した。ヒッグス粒子の発見で、宇宙の膨張率が正確に計算された。なにしろ、暗黒の世の中から、物質の塊は僅か全体の四パーセントだそうだが、突然奇妙な爆発が起きてその結果、宇宙というものが誕生したという。しかも宇宙の誕生は、百三十七億年前だったということが判ったのだ。

その宇宙に、数千億万個或はもっと多くの星が在る。その中の数百億万個の星の集団の一つに〝銀河〟と呼ぶ群れが在る。だから、そうした同じような群れが、銀河集団の他に、数百億万個も在ることに成る。しかも驚くのは、宇宙の他に同じよう別の宇宙が何千万個在るか判らないが、宇宙外に存在するというのである。

さてこの銀河星雲だが、その中ほどに大きな暗黒の穴が在る。それが、恐ろしい〝ブラックホール〟だ。渦を巻いて動いているから、吸い込まれたら奈落の底に落ちるだろう。ブラックホールが、宇宙の真ん中に在ると想定すれば、銀河系という群れは、その何百億万個も在る星雲の、どうやら中心に近いと所に在るらしい。

それでも、われわれが住んで居る太陽系という星の群れは、そのブラックホールからは、一万七千万光年もの距離の場所に在る、最も遠い銀河系のはずれに位置しているそうだ。光の速さは、一秒間に三十万キロメートル、地球を何んと七周り半する速さだから、その一年分の長さの、さらに一万七千倍。とても、計算しても想像も出来ない距離だ。だとすると、まだまだ遠くの、気の遠くなるような数千億万個の星のはずれまでは、一体どれほどの距離が在るのだろうか。正に、気が遠くなるような話だ。

ところで話題は変るが、〝ビッグデータ〟という言葉がこの十年ぐらいの間に、かなり大きな問題に成って来た。正に人間の知能の発達によって、情報社会がグローバルに誕生したことと関連する。武田太郎は、地元の八馬大学で温泉ホテル学の講師をしている。学者のはしくれだ。このため、東京に時々出て行って、はち切れそうな元気さで飛び廻っている、元江戸山大学総長の大見川環が主宰する産学サロンの世話もしている。そのサロンの研究会でも、最近ビッグデータが大きな課題になった。

有り余る情報を、GPS機能によって過去の出来事を、時系列的に分析かつ集積し、さらに解析していくうちに、気象予測などの自然の変化だけでなく、人間が産み出したあらゆる現象の行動予測が可能に成り出した。これが、ビッグデータの大問題だというのだ。

例えばだが、武田太郎はこのところアメリカのネイチャーズというような科学雑誌や多少の専門書などを読んでいると、すでにわれわれの世の中は、近い将来とても恐ろしいことが始まるというより、むしろ現実にはじっているものともいえると思っている。すなわち、ビッグデータの話と関連して判断されるのは、ロボットにあらゆる行動予測を覚え込ませて行くと、とうとうわれわれ人間と同じ知能を持ったロボットが、誕生するかも知れないという話は、段々と真実の話に近づいているということだ。人間の代わりに、ロボットが暴れまわるのである。

また、無人偵察機の活躍も、現実に起きている。例えば六千キロメートルも離れたアメリカの西海岸から、アフリカの砂漠地帯に進められている不審な核弾頭を操る人物を、そうした無人偵察機のセンサーや無線を活用して、一寸の狂いも無く、標的にしてしまうというのである。

ここまですでに、科学技術が発達しているのだ。世の中の深化は、目を見張るばかりだ。だがこれは、宇宙の中の小さな小さな地球という空間の出来事である。さきほどから述べて来た、百三十七億年前に誕生した宇宙空間で、地球と同じようにあるいはそれ以上のスピードで、深化した星が無いということは納得出来ない。

武田太郎は、そう考えると地球の人類は、狭い世界の国々の争いに明け暮れて居ないで、もっとみんなが協力して宇宙のことを考えるべきではないかと、真面目に思うように成って居た。ましてや、日本というさらに小さい国の中での、政治や経済や地域の争いなど、本当に止めてもらいたいと考え、気持ちが昂るのを覚えるのだった。

さらに、もうひとつ武田太郎は、不思議なことに気が付いていた。それは、ここまでいろいろな科学技術が、宇宙の謎を解き出したのに、全く現代文明の粋を傾けても解読不可能な言語が、地球上に散在しているということだ。一つだけでは無い。

例えば中東のレバノンで見つかった象形文字に近い紀元前三千七百年頃のモノといわれる〝ピブロス文字〟。同じころ、中国殷王朝時代に見付かった〝契丹（きったん）文字〟。さらには、不思議な巨大岩に人物の肖像画を残したイースター島のパラ・ヌイ語や、イギリスのスコットランドに残る古代人のピクト語等、未だに解読出来ない不思議な言葉が、地球上に散在しているということである。

多分、それらは地球に住む人類とは、全く生活習慣が異なる別の星に住んで居る宇宙人の文字ではないだろうか。

またSF映画や小説に現れるエイリアンは、全て悪者、すなわち地球へのインベーダーだということに成ってしまっている。しかし、本当に悪者だけなのか。ひょっとするとこの宇宙には、われわれ人間よりももっと知能の優れた、この地球に害を与えても意味が無いエイリアンたちが居るということも考えられる。太郎は、そこまで考えて見た。

それは、何とも不思議な結び付きだが、彼が毎朝ウォーキングをしながらリスニング中のCD〝ザ・リッルプリンス〟のストーリーとも結び付くのである。この星の王子さまは、銀河系の星の一つから遣って来たのである。すると、それを聴くようにそっと清楚な声で囁いて、雲の如く消えたあのハーフのような美人は、一体誰なんだろうか。四倍速に挑戦しながら、武田太郎は或る日、いつもの長住三丁目から、二丁目の高級邸宅街の巾広い道路に戻り、一丁目の公園の傍に遣って来ていた。

公園の周りは、綺麗に何時も掃除が行き届いている。それは、表通りのちょうど反対側の住宅に面しているが、車が一台通れるぐらいの細道に幅三メートルぐらいの小さなお堂が在るためだろうか。このお堂は、何時頃から在るのだろうかと、太郎は不思議に思った。

武田太郎が、CDを聴きながらそこを通るのは、ちょうど早朝の五時十五分ぐらいだ。概ね二人のお年寄りが、朝の会話をしながらそのお堂の掃除をしたり、お灯明やお線香を上げたり、さらには仏様の前に並べて在るご供物を綺麗に整えたりしている。

最初は、黙って通るだけだったが、そのうち〝おはよう〟と声を掛けて見た。すると、即座に挨拶が返ってきた。同時に「何時も、お元気ですね」という。その日は、そのまま通り過ぎた。次の日は、土曜日だった。生憎土砂降りの雨だったが、太郎は遣り始めたら徹底していた。ウォーキングも、同じである。

上さんすなわちおタカさんは、女性が中心に成って作ったグループが幾つか在る。最も頻繁に出掛けるのは、名所名物を見物して歩く新聞社が企画した会だが、それに参加して二泊三日の関東東北を周る旅に早朝から出掛けていた。また太郎は、例の江戸山大学元総長大見川環の産学サロンの他にも、関東・北陸などには太郎が顧問をしている会社や知人友人も多い。このため、そうした連絡とスケジュール調整のためちょっとした事務所を博多駅前に居いている。その面倒を見てくれている医薬品会社も百周年記念で休み。その秘書は、スキューアダイビングのインストラクターもしており、彼女も沖縄出張中で不在である。このため、太郎は今日からじっくり、本の原稿が書けると思って居る。ホテルの経営の方は、支配人に二、三日ちょっと用事が在るから、任せると電話すれば済む。

しかし、今日は朝から雨だ。ところが、すでに三か月ぐらい続けている、このウオーキングだが、彼は一日も中止したことは無かった。出張で上京することが在ると、やはり同じ時間に起きて宿泊しているホテルの周りを、同様にウォーキングしていた。東京では、概ねニューオータニに泊まるので、麹町一丁目の交差点から六丁目まで、左に上智大学のキャンパスを眺めながら歩くと、地下鉄とＪＲが交差している四谷駅の前に出る。橋を渡って左に折れ歩道を直進すると迎賓館が見えて来る。この辺りはさすがに、代々木公園からは離れているが、最近話題のデング熱のウイルスを持ったやぶ蚊に刺されたりしないようにとおタカさんにいわれていた。後はニューオータニの外堀を一周して、明治の元勲左大臣大久保利通公の大きな石碑を仰ぎながら、帰って来ると、ちょうど一時間十分である。東京でも、同じく雨天でも実行していた。

第二節　宇宙星ＡＯ七七七からの招待

（一）

台風が、近づいているせいだろうか。大雨に成り列車や航空便などに、欠航が出始めていた。おタカさんは、今朝長野県の松本空港まで行くといって出掛けたが、運よく飛んだようだ。後の話だか、無事着いたとメールが入って居た。しかし太郎は、おタカさんが自宅から出掛ける前に、何時ものように四時過ぎに目が覚めると、この日はゴルフをするときに使う雨天用のレインコートを着て出掛けた。それに、傘を差し同時に肩掛けの鞄にＣＤ用の道具を入れ〝ザ・リトルプリンス〟を、聞きながら長住一丁目から歩き始めた。ちょうどきっかり五時を廻った時に、何時もの公園の裏手に在る小さなお堂の前に差し掛かるかなと思って居た。ところが、歩き始めて十五分もすると、すーっと晴れ間が見え始めて明るく成り豪雨が嘘のように収まった。夏至《げし》を過ぎたばかりだから、九州地方の日の出は関東よりも一時間弱遅い。

この日も、五時少し前という時間だった。だから未だ日の出では無かったが、辺りは急に明るくなって来ていた。東の空が、黄金色に輝き始めようとしていた。彼はレインコートを脱いで傘をたたみ、CDを入れた肩掛けのバッグに、それを押し込んだので大きな荷物を担ぐような格好になって、さらにすたすたと歩き出した。

もう少しで、何時ものあの小さなお堂が在る公園の裏手に達するところまで、遣って来ていた。住宅街の一本道は何時ものように静かである。耳に当てたイヤホーンからは、CDの音が流れている。すでに二倍速に成って居た。

ちょうどリトルプリンスの〝ドロー・ミー・ア・シープ〟という言葉が、聞こえた頃だった。ところが、あれは何だろうか。

未だ五十メートルぐらい先の、道の真ん中に何かが在る。何だろうか?すると、ちょうど子犬を連れた老婆が反対側から歩いて来た。子犬が二匹いるようだ。その老婆が、連れた犬の綱を取り乍ら、犬と共にその真ん中のモノに近づいた。太郎は、最初はその何かは多分少し大型の犬だろうと思った。飼い主が屈んで居て、自分の連れ犬の汚物の処理でもしているのだろう。そこに、老婆が連れた二匹の子犬が現れ、挨拶を交わしているのだろうと合点した。それしか、考えられない。

だが、もう少し近づいた時、偶然反対側から来た小さな小型トラックが、同じようにその場に停まってしまった。運転していた痩せた老人が、慌てて先ほどの老婆と同じように、真ん中の何かを覗き込むようにしている。

一体何が・・・と太郎が近づくと、驚いたことに女性が道路の真ん中に、しかも縦向きに横を向いては居るが、寝そべっているではないか。

「どうしたの、こんな道路の真ん中に寝そべって・・・通りがかったから良かったけど」などと、声を掛けている。周りにハンドバックやサンダルが片方だけ散らばっている。

ちょうど武田太郎が、その場に遣って来た時、その女性が起き上がるところだった。色白の横顔では判らなかったが、その女性が起き上がろうとして、立ち止まった太郎の方を見た時、寧ろ彼の方が〝どきっ〟とした。

あの丸善で数か月前に、「騙されたと思って、お試しに成ったら」と声を掛けて呉れた、オーロラの令夫人とそっくりな顔だと思い、どきっとするというよりも驚いて、つい「あれー、あの時の・・・」と彼が、いってしまった。

すると、逆に犬を連れた老婆と小型車の老人が、「えーと、知り合いですか」とほっとしたような様子で、太郎とその女性を交互に見比べている。

止む無くというより、進んで声にしたのは先ず太郎だった。

「はい、知り合いです。夕べ帰らなかったので、どうしているかとみんなが心配していたところです」

「そうでしたか」と先ず、小型トラックの老人。

「あんた、良かったね。知り合いの人に逢えて。貧血を起こして倒れていたそうですよ」

そうした会話を聴きながら、その女性が漸く起き上がり、そして述べた。

「済みませんでした。もう大丈夫ですから、一緒に還りますので」というではないか。太郎が、逆にぞくっとして、どうしようかと思ったがとにかく老婆と老人の二人に、お礼をいって連れ添って歩き出した。

あの公園のお堂まで、百メートルぐらいの場所だった。そこまでたどり着く間に、くだんの女性はいつの間にか、太郎に寄り添い腕を抱え込んでいたが、二人は無口であった。もちろん、太郎もこうした突然の出来事に、驚愕してこれからどうすべきかが、判らない状態だった。

ただし、太郎がやや何となく気になったのは、あの丸善で会った女性よりも、少し背が高いように思えたことと、顔立ちは実に良く似ているがかなり若いように思えたからだ。しかも、連れだって歩くうちに、鼻を突いた香水の匂いが、やや甘いレモンを配合したようなもので違って居た。もう一つは、オーロラの女性のハスキー掛かった声と、この女性の、先ほど「済みませんでした。もう大丈夫ですから、一緒に還りますので」といった声とは音質が、全く異なっていたからである。

とっくに、イァホーンのＣＤは、最後の四倍速がいつの間にか終わって居た。

ところが、この女性は「あ、あの時のＣＤをお聞きに成って居るのね」といって、初めてにこっと、笑顔を作った。

武田太郎は、そうかあの速読の本を彼が買った時のことを知って居る。ということは、矢張りあの時の女性でなければ判らないはずだ。探していた女性が、今自分が助けて一緒に歩いている。正に、夢のようなことだが、決してこれは夢では無い。そう考えると、彼の頭から疑いがすっと消えた。途端に、何となくうきうきしてくるのだった。

（二）

お堂に辿り着くと、雨が上がったためだろうか、何時ものお年寄りが甲斐々々しく、雨で濡れた入り口の台やご供物を拭き取り、お灯明とお線香を上げていた。

しかも、お堂が今迄より立派に見えた。

この時太郎は初めて、中をしげしげと覗いてみた。その上で、事情を話してこの女性を少し休ませてやりたいといった。

すると、二人の老婆はしげしげと太郎とその女を見比べていたが、「良かたいね。仏様も喜んで、居らっしゃるとですたい。どうぞ、ゆっくりしていかんしゃい」と、この地方の言葉で述べると、去って行った。

道端に面した小さなお堂だが、多分茅葺か何かの簾が、軒先から全体を覆うように掛かっているため、通りすがりだけでは中は見えないように出来ていた。だから、太郎も中の様子は知らなかった。

太郎が簾を掻き揚げて改めて、お堂の中に這入り全体を眺めて見た。仏像は阿弥陀入来のようだった。高さが、五十センチぐらいだろうか。石仏ではなく、丁寧に仕上げた木彫りの立派な仏像のようである。その横の壁に、筆書きで次のような文字が張り出してあった。

〝かたよらないこころ〟

〝こだわらないこころ〟

〝とらわれないこころ〟

〝もっと大きくひろいこころ、それが般若心教〟

〝そのこころ、こころ、こころ〟

〝念仏をとなえ、《空》を悟れば極楽浄土〟

武田太郎は、それを二回ほど諳んじてみた。なる程、仏教とくに「仏陀」というインド最大の聖者の教えの一つがこのお堂に凝縮していると思った。この聖者は、二千六百年ほど前に誕生し、あらゆる修行の末自らを仏陀と名乗ったという。

太郎が読んだことの在るベックの「仏教」という教科書に出て来る言葉が、彼は気に入っている。

『仏陀というのは《悟ったもの》《めざめたもの》もはや眠りのないものという意味であって、彼が得た智ないし意識にくらべれば、日常生活の認識、つまりふつうの人の意識は夢であり、迷いの眠り、《無知》の眠りであるにすぎない』

倒れかけていたはずの女性の横で、そんな言葉を太郎は思い出していた。

ところが、ゆっくり休んで居ればよいのだが、女性は右の奥に在る大きな壺の前に座って、頻りに口と手を動かしている。最初はお祈りでもしているのだろうかと思ったが、だんだん違うような気がしてきた。というのは、誰かとテレスゴープを見て交信している模様だったからだ。太郎は、〝テレスコビックの美女〟と、綽名を付けて見た。

するとそのテレスコビックの美女が、太郎の方を向いて述べた。

「太郎さん、これから少し一緒に付き合って頂けませんか。決して悪いようにはしません」

さらに、「このお堂に書いて在るように、ちょっとだけ《空》に成って見ませんか」とも述べた。でも、矢張りあのハスキー声では無かった。

しかし、付き合って呉れといわれて、太郎はぞくっとした。

「少しといっても、どのくらいですか?」と、太郎がいうと直ぐに答えが返って来た。

「そうですね・・・。一日半か二日ぐらいですが、良いですか」

「二日ぐらいなら」と、太郎が返事をするや否や、またテレスコビックの美女は、壺に向かって何か口と手を動かしている。

その上で、びっくりしたようにして立って居る武田太郎に、ちょっと私の傍に来て呉れと彼女がいった。言われるままに、傍に行くとまた述べた。

「壺の中を、ちょっと覗いてみてください」

太郎が、怖いモノでも見るように、そっと恐るおそる覗いてみた。何かの大きなスピーカーのようなものが見えた。

すると彼女が、太郎の腕を掴んで、もっと顔を近づけてしっかり見なさいといった。太郎が真正面から壺の中を覗き込んだ。壺一杯のカラーに輝くテレスコープのようなディスプレーがあり、その中心が渦を巻いている。

その時、女に掴まれていた腕と胴体に、何かが〝ちくり〟と触ったような気がした。毎年だが十二月初旬に成ると、おタカさんと一緒に何時もの主治医のところに行って、インフレエンザの予防注射をして貰うが、あの時の〝ちくり〟とする同じ感覚だった。

太郎が見ている渦が、突如として大きく成り出した。「あぁー、引き込まれる！」と、太郎が叫んだようだった。

すると、壺の入り口が突然大きく開いて、いつの間にか太郎が消えた。同時に、一緒にいた女性も一瞬のうちに、大きく開いた壺の中に飛び込んだ。瞬間に、壺は元の侭に成って居た。驚いたことに、これまたいつの間にか、先ほどまで掃除をしていた二人の老婆が、何事も無かったように現れて、仏門の真ん中に腰かけて、長々と世間話を始めた。

だが彼女たちも、周りの家の出入りが始まるような時刻には、当然どこかに居なくなっていた。

（二）

午前十時には気温が三十度近くまで上がっている。しかもウエットだから、汗が沁みだしてくる。運転手が、冷房を入れたらしい。クールな風とその音がしてきた。車が高速の霞ヶ関を出て、後数分で官邸に到着する。

車に備え付けて在る小型テレビのニュースが、日経平均株価一万五千円を割り込んだと告げている。世界的にも国内でも、好材料が無いからだ。むしろ、世界各地の民族間とか宗教を背景とした小競り合いが、先進国にも新興国にも影響して、経済の活性化には繋がらない状態が続いていた。

毛利大二郎が呟いた。

「やはり、第三の矢を突き進むしかないな。成長戦略の柱を、全て稼働させることだ」

運転手の隣に同乗していた秘書官の金丸源司が、神妙に頷いた。だが、金丸は、この時〈総理も、可笑しないいかたをするな〉と思った。閣議決定したものは、全て稼働させせよか。《稼働》すべしという言葉が、面白いな。原子力の再稼働は、自分では判断しないといいながら、他は全部フル稼働か。

つい数日前、コンサルタントをしている大学時代からの友人の一人、田代寅助から行きつけの飲み屋で、総理の本気度をしつっこく聞かれて、中途半端な返事をして置いた。だが、漸く決まりだなと思い、金丸が軽い咳払いをしてその覚悟の程を呑み込んだ。

「ガンちゃん、風邪？」と毛利が、直ぐにいった。金丸源司の綽名だ。それだけ、信用しているということだろう。

「いえ、何でもないです。総理に移したら、大変ですからね」

二人が軽く笑った時、ちょうど官邸の玄関前に車が到着していた。これが、〝過信〟の始まりだった。

今年度に入ってからの僅か数か月間の間に、毛利大二郎が率いる内閣は、官邸主導の素早い動きで、政権与党の「自信党」の三役を抑え、猛スピードで学者や経営者などを糾合した戦略会議を開くなど形を整えた上で、骨太の中長期指針を固めた。その中には、外交戦略や毛利が以前から手掛ける集団的自衛権の問題なども、当然含まれている。

特に、二千二十年の東京オリンピックに向かって、首都圏は輝いている。だが、地方はどうすればよいのか。地方の時代といい出してから、七、八年になるが本格的な取り組みは、これからだろう。

ただ、心配なことが在る。友人の田代寅男が、「おまえもな、それに総理も裸の王様に成って居ないかってことだよ」と相当酩酊しながら、いったことだ。くだらない、酔っぱらいの発言だったと思えば何でもない。しかし、最近は誰も周りが意見をいわない。もちろん、前向きにひた向きに〝毛利節〟がどんどん飛び出しているが、それは総べて官僚陣と有識者をフルに使った結論を展開しているだけだ。

女性の活用や医療保険改革、さらには農業協同組合の抜本改革案など、実に素晴らしい取り組みである。特に光るのは、五年以内に、女性経営者や管理者を一割から少なくとも三割に増やすという提案だ。毛利大二郎が、女性の支持者を増やすべく擦り寄っているのではなく、人口減少が確実に来るがという予測を先取りした大胆な政策だとして、経済界も労働組合も協力する意向だ。

ところが、こうした会話を確実にキャッチしているモノが在った。地球上では無い。それは、宇宙の果てに存在しる、われわれ人間の知能を遥かに超える物を持った〝AO七七七〟という星だった。やはり、こういう深化した星が在ったのだ。

第三節　百年先まで見えている

――宇宙星の望みを聴け

（一）

武田太郎は、今宇宙銀河の端に居たことに成る。宇宙銀河とは、いうまでもなく宇宙の中で、数千億万個存在するといわれる物体の集団のほんの一つのことである。地球は、さらにその宇宙銀河の中に数百億万個も在る恒星の一つ、太陽系の中の物体の小さな一つに過ぎない。しかもその宇宙銀河の長い帯の端に位置している。

その地球が所属する太陽系の場所とは全く反対側の位置に展開する《アンチオメガ七百七十七》すなわち〝AO七七七〟という星が在る。すなわち、同じ宇宙銀河の地球とは、全く反対側の帯の端に在る星だ。武田太郎は、宇宙の端から端まで、一瞬のうちに飛んできたことになる。そんな馬鹿な話が、まともに聞けるかと思われるだろうが、それこそ浅はかな判断である。

何しろわれわれの地球に、今や人間の頭脳と同じような判断能力を持つロボットが誕生寸前のところまで、科学技術が進化している時代である。宇宙が誕生して百三十七億万年だが、その宇宙にその時数千億個、多分三千五百億万個から四千億万個ぐらいだろうが、あの銀河と呼ばれるような姿に見える無数の球形をしたさまざまの物体、すなわち星が誕生した。

地球も、その一つに過ぎない。その数千億万個の中に、地球よりも一段と優れた〝宇宙リーダーの星〟が在ったとしても、決しておかしくは無い。それは僅かな証拠だが、未だに解明できないあの謎の文字が地球上の幾つかの場所にばら撒かれていることからでも、何となく想像できる。

その〝宇宙リーダーの星・AO七七七〟の中の意外

な場所、すなわちちょっとした仏門のように見える静かなしかも整った道端の前で、武田太郎はわれに返った。

気が付いた時、目の前に居たのは誰だったか。過って丸善で太郎に速読リスニングの本を奨めた、あのオ媛の中年の美人だった。

「ようこそ、〝AO七七〟にお出で下さいました」と、あのハスキー掛かった声でいうではないか。

しかも、見渡す限り何とも緑豊かな田園光景が、澄み切った光の下に輝いて見えた。最近の日本の都会の霞が罹ったような、風景とは全く段違いだ。

しかし彼は、どうしてここに居るのかさえ判って居なかった。覚えているのは、早朝のウォーキングの途中に、行き倒れの若い美女を助けたこと。その女性を、少し休ませようと考え、長住一丁目の公園の裏側に在る小さなお堂に連れて行ったこと。すると間もなくその女性が、お堂に飾って在る大きな壺の前で呪文のような仕草で、同時にパソコンのハンドリングを始めた。実際は壺の中の超高性能天体望遠鏡を操る、テレスコビックだった。そこで、テレスコビック嬢と呼んで置こうと太郎は考えた。

このテレスコビック嬢がいう通りに、壺の中のテレスコープを覗いているうちに、腕と胴体に何か注射をされたようだった。すると、急に目が回り出し体ごとそこに吸い込まれた。そこまでは、微かに覚えていた。

そこに至る状況を、先ずは説明しましょうと、丸善で囁いた女性が述べた。太郎が勝手に、名前も判らないので〝極光（オーロラ）の妃美（キミ）〟と名付けようと考えていると、突然彼女が笑顔で述べた。

「私の名前は、太郎さんが思った通り〝極光の妃美〟ですよ。よろしく」というではないか。この国の人たちは、大概相手の考えが見通せるようである。太郎は、驚くばかりだった。

車というより、動く歩道にオープンカーに似たものが直ぐに現れて、太郎を運んでくれている。

「取り敢えずは、私のオフィス兼住宅にお連れします。そう、王様から指示されております」というのだった。この星は、地球より少し小さいぐらいであり、地球歴でいう二百年間以上に亘って、一つの国が在るだけだと説明して呉れた。

もちろん四十ぐらいの州に分かれており、民主的な全体議会が作られている。地球と同じように生命を持った動植物の中で知能を持った人間のような支配集団の数は、地球の半分ぐらいだと、官房長官が説明して呉れた。要するに、三、四十億人ぐらいの宇宙人が住んでいるという。

彼女のオフィス兼住宅は、王宮の直ぐ前の一番目立つ四階建ての立派なビルディング兼マンションだった。そして、何と驚くなかれ日本語で「官房長官官邸」と書かれていた。

「色々な星から、種々の言葉を持った方々が来られるので、それに合わせて官邸の名前の表示を自由に変えられるのです」

さらに、次のように説明を聞いて、太郎は度肝を抜いた。

「太郎さんのような地球の方が来られた時は、私たちはお会いするのに、あなた方と同じ姿に成るのです。他の星の方々とお会いするときは、全く姿も言葉も違います」

そういう驚く話をしているうちに、この官房長官〝極光の妃美〟に案内されて、その真正面に素晴らしい荘厳な王宮が見える四階の部屋に案内された。その部屋の前で彼女が、ドアに差し込む小さなキーを上着のポケットから丁寧に取り出して、ドアの鍵穴に差し込んだ。すると、そのドアがひとりでに開いた。そこには、畳で百畳ぐらいも在りそうな、そして素晴らしい地球上の洋風と和風を織り交ぜたシンプルでしかし華麗な空間が広がって居た。

彼女は、先ず先ほどのキーを太郎に渡して述べた。

「この部屋は、以前太郎さんと丸善の本屋さんで初めてお会いした時よりも、もっと以前からあなたのために用意しておりましたのよ」

さらに、次のように述べた。

「この部屋は、あなただけがこれからお使いになる部屋です。だから、このキーは無くさないように持って居て下さい」

よく見ると、銀色に光る小さなキーは、美しい王環を付けた羊の形をしていた。

「太郎さん、それは私どもが作った特性ですが、素材は地球のモノです」と、意味在りげに微笑をしながら、あのハスキー声で述べた。さらに受け取り、くるくる廻しながら眺めて見ると、角度によっては何ともいえない貴品の在る女性の顔立ちになる。太郎が〝おや〟と思ったのは、それが側に居る〝極光の妃美〟にそっくりではないか。

すでに、この国の礼装の制服が、太郎にぴったり合うように用意されており、それをお付きの女性がしなやかに手伝って着せて呉れた。何と、その女性こそは、この国に遠い地球から連れ出した、〝テレスコビック嬢〟ではないか。

しかも、にこやかに「私は官房長官の妹です。太郎様を、連れて来るように命じられましたのよ」と、彼の上着のボタンを締め乍ら述べた。さらに先ほどから、この官房長官官邸の入り口の守衛とか、ドアの開け閉めとか、さらに洋服や飲み物などを運んでいるのは、全く立派な服装に成って居たのではじめは、誰だか気が付かなかった。

だがよく見ると、何とあの長住三丁目の道の真ん中で〝テレスコビック嬢〟が倒れて居た時、介抱していた犬を連れた老婆と小型トラックの老人、それに公園の小さなお堂を掃除していた二人の老婆たちだった。もちろん、太郎の住む地球で彼らを見掛けた折りとは、動作もそして年齢までがずっと若々しく、きびきびしていた。

ようやく落ち着いて、官房長官の〝極光の妃美〟と、太郎の部屋の奥に在るふかふかのソファーに寄りかかって対座した時、先ず武田太郎が質問した。

「一体どのようにして、また何のためにここに私が連れ出されたのですか?」

太郎が、突然の出来事で、未だ夢心地の状態だともいった。

「それは、今直ぐに判ります。それより、手元に今お持ちしたこの国の、特性のお茶を是非一口召し上がってください。お疲れが、すっかり治りますよ」

あの丸善で、囁いた時と同じハスキーな声で述べた。

言われた通りに、立派な銀色に輝くコップの中の、冷たい飲み物をごくりと飲んだ。緑茶の味がした。成る程、数分間も経たないうちに、気力が湧いて来た。同時に突然に、二、三十才ぐらい若返ったような気がしてきた。

それを見透かすように、〝極光の妃美〟が、微笑しながら口を開いた。

「太郎様、残念ながらあなたの本当の体は、あの長住一丁目の小さなお堂に在った壺の中から、余り遠くない所で私どもが管理しております」

「えぇー!それは一体どういうことですか」

太郎が、びっくりして聞き返した。

「私たちは、あなた方地球の目安でいえば、すでに五百万年以上も前に、原子力などから出る核エネルギーの種々の元素と、その分子が次々に融合して発する放射性物質の力と技術を利用して、〝超高速かつ超能力の放射線探査技術〟を開発しました。その技術で、光や電波の数千億万倍の速さで、周りの情報をキャッチ出来るようになっております」

さらに、「この星のデンキ・エネルギー源の殆どは、原子力発電です。但し、太郎さんの国の原子力のようなウラン燃料は、最早全く使っておりません」というのだった。

太郎が「では一体、何を使って居るのですか」と聞くと、次のような答えが返って来た。

「トリウムです。トリウムは、ウランと違ってプルトニュームを殆ど出しません。逆に吸収して呉れますので、核爆弾に転用するのを防ぐことにもなります。もちろん、その開発には、かなりの時間が掛かったようですが、もう何百万年も昔のことです」

官房長官が、あのハスキーな声で、述べて呉れた。また、続けて述べた。トリウムは次世代の、夢の原子炉である。それが、何と数百万年も前に出来上がっていたという話に、太郎はまたもや驚愕するのだった。

次いで、さらに続けて真に驚く話をしてくれた。

「同時に、他の星の方々と情報交換するのに、先ほどの高速放射線探査技術を用いて、仮想の瓜二つの物体を、恰もこの星に来て頂いたようにすることが出来る技術も、完成したのです。ですから、こうして太郎さんと、未だ数時間しか・・・もちろん地球時間での話ですが・・・経って居ないのに、お話が直接できるのですよ」といった後、続けて述べた。

「だから、ご安心ください。今晩から私の部屋に一緒にお泊りに成っても、残念ながら本当に交わることは出来ませんので、あなたの最愛のおタカさんとの約束を破ったことには成りませんのよ」

うちの上さんの名前だけでなく、そのおタカさんとの若い頃からの約束事まで知っていると、彼は驚愕の余り返す言葉を失っている。

そこに、知らせが来た。この国の王様が、お待ちだというのだった。

（二）

また〝極光の妃美〟の官房長官が、太郎の手を取りながら述べた。

「全て、この国のデンキすなわち〝電流〟は、原子力発電によって賄われています。だから、公害や環境問題は一切ありません…空気が綺麗でしょう」

そういいながら、真正面の王宮までは、何と空飛ぶ自動車で送って呉れた。これも、放射線を活用した電流のバリアが地上に張って在り、その上を自動車がすいすいと動くというのであった。

王宮に着いた。賑やかに、先ずラッパが鳴る。次いで、儀仗兵が今開門したばかりの、王宮の謁見室の両側にずらりと、見事な兜のような帽子と制服姿で立ち並び、太郎を出迎えて呉れた。

太郎が〝極光の妃美〟の官房長官に手を取られながら、静々と進む。

さらに、三回ぐらい美しい扉が開いて、最後には両側に大きな噴水が揚がっている円形のホールの奥に、もう一つ扉が在った。

そこに、この国の王様が控えていた。

見ると、何とあの速読リスニングの中の、星の王子様ではないか。すでに、こんな素晴しい星の支配者になっていた。立派な口髭を付けた王様だった。〝オゥルレデイ・グローンナップ〟というリトル・プリンスの声が耳元でした。

「太郎さん、よく来て下さった。あなたに、お礼をいいたかったのですよ。同時に、是非この国からあなたの地球、特に私がこれからこの宇宙を守るために、重要だと思って居る日本という国を、おかしくしたくない。守りたかったんですよ。だから、わざわざあなたに来てもらったのです」

そういった後、さらに付け加えて述べた。

「今あなたの国の、総理大臣は夢中になって日本を立て直そうとしています。だが、見ているととても危ない。正に、太郎さんあなたが主張しているように、《電流》を、発送電分離で人工的に管理することが、全くサイエンスの常識を踏まえて居ないとても危険なことだという重大な問題。そこに気付いていません」

太郎は、またもやびっくりした。何故、そんなことがこの国では判るのか。それにしても、何故自分が呼ばれたのだろうか。

すると昔は星の王子だったその王様は、太郎の疑問がすっかり判っているのだろうか。次のように述べた。

「あなたの疑問は、良く判ります。先ずは官房長官が今、このスクリーンにあなたの国で行われていることを、映し出しますので見て下さい」

そういうと、王様の横の大きな壁に、さっと縦横二十メートルも在るようなスクリーンが現れた。

先ず映し出されたのは、地球歴二〇一一年三月十一日の大震災の折りの二万人以上が亡くなった現場、原子力発電所事故の現場、当時の首相以下民衆党のリーダーたちが、マスコミの報道を利用して、放射性物質で日本が駄目になると、国会や街頭で騒いでいる姿などが出て来た。

さらに、日本から原子力立国という言葉が一瞬のうちに消えて、資源の無い日本が太陽光とか風力とかの再生可能エネルギーを、電気と電流の主柱に据え、原子力発電を即時全廃すると、民衆党出身の穴城覚志という総理大臣が叫んでいる姿が映し出された。

次いで、今の自信党の毛利大二郎内閣が、原子力は重要なベース電源だが、限りなく原子力のウエイトを減らす。同時に、電力自由化の法案を成立させ、電気事業の発送電分離を行って、その強固な岩盤を打ち砕くと述べている姿が出て来た。

さらに、十年ぶりに日本の総理大臣として、中南米を訪れ資源外交を展開した毛利大二郎が車の中で、秘書官に電力の岩盤を打ち砕くといって、官邸の玄関に車から降りる姿まで、映し出されている。つい、たった今の出来事である。

しかも内閣改造と称して、産業活動省に登用した若い女性の大臣が、毛利首相と全く同じく「原子力は重要電源、だが出来る限りそのウエイトを減らし、代りに再生可能エネルギーを積極的に導入する」と、実態がどうなっているかを無視して述べている姿が出て来た。現場主義に徹すると述べながら、太陽光発電がすでに増え過ぎて、重大問題になって来ていることを知らないとすれば、大変なミスリードである。逆に知っていて、さらに太陽光発電を推進するということを述べているとすれば、それこそ、間違いなく、国民を騙したことになる。

しかし不思議なのは、一体このような情報を誰がどのようにして、キャッチし編集しているのだろうか。すごい能力である。

最後に、武田太郎が今は仮の姿で、毎朝ウォーキングをしたりしているが、すでに三年前の三・一一以来七冊の本を書いたりして、このまま毛利大二郎が奨める「電力完全自由化」と称して、発送電分離を断行すると、無責任になり〝電流〟がめちゃくちゃになって、挙句の果ては日本が外国やバーチャルな通信事業者に乗っ取られると叫んでいることが、映し出された。

そうした映像が一頻り終わると、初めて王様が述べられた。

「太郎さん、あなただけです。日本の国の民衆一億二千万人を、将来の危険から救おうとされているのを、私は見抜いたのです。だから、こうして来て頂いたのです」

そこで太郎が、初めて何か述べようとした。王様は、それを見抜いて先に発言した。

「何でしょうか。どうぞ、遠慮なく」と、王様は相変わらず笑みを浮かべて居られる。

　太郎が丁寧にあいさつをした後、口を開いた。

「王様、これほど凄い能力をお持ちなら、是非私どもに代わって間違った政策を中止するように、直接ご尽力頂けないでしょうか。それに、本当に将来のことまで、どのようにしてお見通しに成るのですか」

　すると王様は、やや苦笑しながら次の様に話された。

「太郎さん、とても良いところに気が付かれましたね。確かに、いわれる通り、私たちが自ら間違いを直接手直しするのは、多分殆ど可能でしょう。そこで私たちが、手っ取り早くそうしたいのは、やまやまです」

　続けて、王様は述べた。

「この宇宙には、銀河系の星雲だけでなく、銀河系よりもっと大きいモノや少し小さいモノまで入れると、数百億万個の星雲が在るというのはご存知でしょうか。その中で、最も科学技術だけでなく、文化や思想も優れていると自負している私の星の使命は、どんどん膨張していくこの宇宙を壊さないように、常に正常にバランスを取ることです」

　さらに続けて、王様がおっしゃった
「だがそうしたことを、自ら次々に進めると、必ず独裁者に成ります。独裁者に成ると、逆に正常な判断が出来なくなります。とても、危険なことです。それは、この星の私たちの先輩リーダーたちが残した地球歴でいう何百万年も前からの厳しい掟なのです。したがって、先祖・先輩からの言い伝えは、アドバイスはするが、〝絶対に自ら手を下すな〟ということです」

　それから、結論らしきことを告げられた。

「太郎さんを、呼ばざるを得なかったのは、今日本という地球の中で、最も正常な心を持った国が、リーダーの思い違いというよりも、寧ろ〝過信〟といったほうが良いでしょうが、先ほども述べましたがそういう状態でとても危ないところに来ているということです。ですから、あなたにそれを、何とかして貰いたいということをお願いしたかったのです。これは、緊急事態なのです」

「ご自分が直接行動されない理由は、良く判りました。だが緊急事態と王様が今いわれました。そこまで、緊迫して居られる事情を、もっと端的に教えて下さい」と、太郎が率直に質問した。

王様が、改めて口を開かれた。

「太郎さん、あなたの国〝日本〟は、ついこの間までジャパン・アズ・ナンバーワンといわれるまでなった、地球の超一等国でした。今でも本当の能力は、地球経済の五パーセントいやそれ以上は在ると思います。その国が、僅か三年前まで原子力大国を目指すと地球のために世界に向かって宣言したのです」

一端切って発言された。

「それだけの力を持った日本という国が、残念ながら原子力エネルギーという、未来に向けあらゆるサイエンスに活用出来る巨大な力を、放棄しようとしています。そしてバアチャルにお金儲けが出来るグローバルな解放国家に一挙に転換しようと焦って居ます・・・太郎さん、そこで何が起きるか判りますか」

武田太郎は、「どういうことか、教えて下さい」というしかなかった。

王様が、話された。

「結論から述べましょう。世界中の国が、いまや余り表現は良くありませんが、涎を流して日本国を狙って居ます。理由は簡単です。日本が、益々超高齢化し、人口も減り正式の軍隊も居ないようなひ弱な国に成って居るからです。日本をわが物にしようと、きっと各国に争いが起きます。世界中を巻き込んだ、大戦争が起きかねません。もちろん、日本は最初に核の標的に成ります。東西の国々が入り乱れて核爆弾を撃ち合うでしょう。すると、間違いなく地球が壊れます。宇宙の秩序が、一挙に崩れる危険性があるのです。私は、宇宙の守り役として、それを一番心配しているのです」

続けて述べた。

「軍隊も持たない。そして原子力も核物質も使えない。さらに都合よく太陽光や風力を自由に作り、情報通信であらゆるカルチャーを駆使してどんどん稼げる〝踊る列島〟が現に、ますます進む。しかも、豊かで風光明媚、温泉と美味しい食材が展開する日本という国だ。それをみんなが狙って居るのです」

王様が、咳払いをして、太郎を急いで呼んだ結論を述べられた。

「そういうことに成らないように、太郎さん！先ずは、是非とも日本が再度《原子力大国》を一度は積極的に目指したことを想起すること。もう一度、われに返って、大震災のトラウマを乗り越えるべきです。そのためには、原子力発電を維持出来る能力を持った、現在の電力会社の発送電一貫体制を壊さないように、是非政治をはじめ日本のリーダーたちに働きかけて下さい。日本各地方の産業や企業の発展は、正に全て電気で保たれていますね。無資源国である太郎さんの地域地方が、外国に対抗出来る立地競争力の基は、デンキすなわち電流ですよ。物理的にもやってはならない発送電分離によって、めちゃくちゃになろうとしています。それを是非止めさせて下さい。これが、太郎さんをお呼びした最大の理由です」

そう述べた後、もう一つの太郎の質問には、官房長官が応えるようにと改めて王様が指示した。

すると、指示された〝極光の妃美〟の官房長官が、引き取って口を開いた。あのハスキーの声が、太郎の耳を擽った。

その説明は、次のようであった。

「私たちは、先ほどの画像のように、殆どあらゆる情報を、地球上の情報インテリジェンスやマスコミよりも正確に、また早く知ることが出来るのです。それぞれの情報は、飽くまで過去の実績とか判断を人間が行っているのを、私たちは綿密に分析して先ず整理いたします。その上で、例えば太郎さんがどう動くかを、何千兆億万個いやそれ以上の何兆京個の選択肢に仕上げます。その中から偶然発生した新たな出来事とか、太郎さんの感情の変化までさらに組み込んで、殆ど間違いなくその行動を確実に予測させて頂くことが可能になるのです」

凄いことだと、武田太郎は、感心するばかりだった。

さらに、ハスキー声の極光の妃美は述べた。

「私たちは、同じような手法でもっと多くの分析の技術を駆使して、あなたの国の方針とか、企業の経営判断はもちろんですが、そうした先の予測も殆ど完璧に行えます。このように、あらゆるものが組み合わされて、次の出来事の発生を予測出来るために、この宇宙のコントロールも任されております。こうして多分、百パーセント近い行動予測をする使命を、負わされているということです」

そこで、王様が口を挟んだ。

「太郎さんが住んで居る、太陽系の地球と似たような知能を持った星がこの宇宙には、多分数百万個在ると思ってください。中には、とても性質の良くない星も在ります。だが、殆んどは地球のように立派な星は、他の星に侵入しようなどとは、思ってもおりません。しかし、一億年に一回ぐらい危いことも生じます。それを事前に予測しコントロールするのが、私たちの役割です。要するに、その予測が出来なくなった時には、私たちの使命が尽きることですが、それは同時に宇宙の消滅ということでも在ります。しかし今最も心配なのは、お話したように一億年に一回起きるような、すなわち宇宙の安定に影響を与えるような事件が、地球の中の日本という国の首相の「過信」からやがて起きそうな心配事が出てきたということです。」

そういって、王様は笑顔では在ったが真剣にお話になった。いうまでもなく、正に物騒な話である。太郎は、びっくりして声も出ない状態である。

するると、王様が再び口を開いて述べた。

「太郎さん、心配することはありません。私たちは、そうした役割を負って、宇宙を創造して来たということでも在りますから、もうそうしたことが何十億年も続けているのですよ。それに、どんどん宇宙は膨張して、益々新たな星雲群が生まれてきております。だから、私たちの技術能力もそれ以上に進んでいるわけですよ」

その上で、次のようにいった。

「官房長官、その証拠を見せてあげたらどうかね」

「判りました」と、ハスキー声の響きがして、今度は先ほどのディスプレーに、映像と重要な文章が映し出された。

こうして武田太郎は、そこに映し出される、何とこれから先の行動を予測した内容が、次々に躍り出て来るのに正に驚きながら、自分の姿を見物させられる羽目になった。

しかも、王様は自分自らずっと付き合って下さりながら、時々「ちょっと待ってください。太郎さん！このようなやり方は生温いですよ」とか、「そんな、説明は余り意味が無いと思いますよ」などと、厳しく指摘される。時には、傍に居る官房長官に、対案を出させることも在った。

第一章　電流過信

第一節　過信列島

（一）

ＡＯ七七という、宇宙の秩序を治めると自称して止まない、地球とは正反対の銀河星雲の端に位置する星の王様に連れてこられた武田太郎だった。

その彼が、先ず眼にしたのは何だったたか。

それは、王宮の御座所に映し出された、横縦二十メートル以上も在りそうなディスプレー、すなわちテレビの画面に、そこに官房長官と共に立って居るところを、映し出された自分の姿だった。

驚ばかりの太郎に、天上のほうから音がしてきた。

〝ナレーション〟が入り、シンフォニーのようなきれいな音楽が奏でられた。

それが続いた後、映像が出て来た。武田太郎は、〝あっ！〟と驚いた。出て来たのは、何と浜辺に立ち竦んでいる自分の姿ではないか。

ひとりの男が、玄界灘の黒ずんだ海をじっと眺めていた。

ただ、眺めている。地平線に何かが現れるのだろうか。相当老けた小柄なその男は殆ど身じろぎもしない。何時もの中折れ帽子を被って、紺のコートを羽織っていた。帽子に二本の赤色の細い線が入っている。それが、この老人のトレードマークだった。彼は夕べ夢の中に、久方ぶりに竜神が登るのを見た。竜神には正夢にしてくれる力が在る。良い知らせも在る、悪い知らせも在る。それは半分ずだと、子供の頃母親に教えて貰った。それを、確かめたいと思ってここに遣って来たんだろうか。

　目線の先には、ただ海があるだけだ。だが、何かを考えている。強いていえば、今しがた落ちた大きく真っ赤な太陽の陰影の中に何かを探しているようで在る。ただあの美しさを追っているといだけではないようだ。しかしその陰影の中に、不思議な雲の影が動いている。黒々とした影が、地平線の先を塗り潰すように、もくもくと広がり出した。風が怒り出したようだ。陽が落ちると同時に、予報通り俄かにどす黒い雲が湧き出し、案の定突風が巻き起こって来た。

「もっと利用出来ないかと、昔先生がいっていたな。太陽、風、雨、波・・・だが無理だ。そんな断続的な不安定な電流だけでは、役に立たない。しかも値段が、べらぼうに高すぎる。何もかも。矢張り、あれしかない。資源の無いこの国だもの」と、この老けた男が口籠っている。暫くして、また口籠った。

「雑草を幾ら育てても、立派な米や麦は育たないからな」

　老人が直視しているずっと先の方向には、玄海島いう名の小島が在る。十年前この方向に、悪魔の竜神が現れ暴れた。その時、この小島の一角に在った街が崩壊した。この地方には、唯一市街地を縦に横断する警固（けご）と言う断層帯が在るそうだ。百年か二百年に一度、断層のヅレが僅かに発生し悪魔が現れる。

　悪魔の竜神は、海の先端に在る玄海と言うゲンパツは、全く襲わなかった。もちろん、地元の新聞は「ゲンパツは大丈夫か」と騒いだ。だが、何も起きなかった。騒いだのは、マスコミとほんの一部の連中だった。

　ところが、その七年後に、とんでもない追い討ちが来た。東日本に千年に一度という、巨大な悪魔の竜神が現れた。未曽有の大地震と超膨大な津波が、ブラック・アウトの闇夜を作り、放射性物質という《言葉》だけが、約一千キロの東の方から飛来した。

　何しろ、その時のリーダーだった民衆党の総理大臣穴城覚志は、強烈な命令で日本中のゲンパツを止めてしまった。彼は、その前年に「エネルギー政策基本法」という法律に則って、新しいゲンパツを十五年以内に、なんと十四基も建設しデンキの半分をゲンパツで賄うと宣言した。僅か一年前のことだ。ところが、今回の大震災が起きるや、今までのことに一顧も無く穴城は「俺はゲンパツの専門家」だと自称し、その鶴の一声で突然ゲンパツを全停した。この百八十度転換が、この国を芯から腐らし始めていると、老いた男の頭脳の中に、段々と怒りが満ちて来た。

黙って海を眺め、突然荒れ出した風の怒りを、自らの怒りに置き換えたように老人がポツリ一人ごとを述べた。

「無責任過ぎるよ、《持て成し》の思想を忘れている」

さらに風の音が、強まってきた。今度は、少し声の調子を上げた。

「近頃は《お　も　て　な　し》というそうだな。本当は、《持て成し》と書く。だが、その意味を知っているのだろうか。本物が少な過ぎる。『専門家もジャーナリストも、エネルギー資源の無い国と有る国とを、混同した間違いに気付いて居ない』。殆どの国は、資源を持っているのだ。この国とは違う。無いから、困惑の厳しい選択の上での、《持て成し》をしようと覚悟すべきなのに」

憤懣やり方ない、という言い方だった。

この時、AO七七の星の王様が、官房長官に映像を停めさせて、口を挟んだ。これまた天上のほうから、声がした。

〔王様〕「なかなか良いですよ、太郎さんのいう通りです。さてこれからどうなるのかな、先を見せて下さい。官房長官」

〔長官〕「承知しました」

スクリーンが、再び動き出した。

（二）

この老人は、遠い昔に想いを馳せて見た。歴史は繰り返す。七百年以上の昔、この地に同様な巨大な竜神が現れた。その時の悪魔の竜神は、どんな姿だったのか。とにかくその悪魔は、神秘的な出来事を引き起こした。

十三世紀初頭、中国大陸モンゴルのフビライというリーダーが瞬く間に、漢民族の「唐」を滅ぼして、「元」と名乗り中華帝国を創り支配した。勢いに乗り周辺諸国に侵略を始め、遂に一二七二年この国の南端九州に二度にわたり攻め寄せて来た。その数、何と合計約三十万人。人口比で現在に直せば、多分約三百万人以上の大軍だろう。時は中世、北条政権時代だ。

わが国のリーダーは、弱冠二十一才の北条家七代目の執権時宗だった。彼は、この国を必死に守るため全精力を投入した。全国から数十万人の軍隊と武器弾薬や食料などを駆り集め、北部九州への侵略を懸命に食い止めた。その壮絶な敢闘精神が竜神に通じた。弘安の役といわれる二回目の外敵襲来の折、天地異変が起きたと歴史書に在る。

地震と台風が重なった悪魔竜神が、元と高麗の何万艘もの軍船と数十万の兵隊を、あっという間に海の藻屑にしてしまった。しかし、国土をしっかりと守ることに専念した執権時宗は、精根尽き二十八才の若さで亡くなっている。

老人が口籠って、また独り言を述べた。「時宗は、国土と人民を守った。だが今時のリーダーは、もう一つデンキと電流を守るべし」

ところで、老人は以前読んだ書物のことを思い出した。元寇の役で、中国や朝鮮半島から日本に軍船で遣って来た十万以上の大軍の中には、密かに上陸して生き残り住み着いた者が居たという。確かに、何十万人もが一挙に海の藻くずと消えたというのはおかしい。

　特に、二度目の弘安の役の軍船には、鍬や鋤などを持った百姓が大勢いた。多分フビライは、黄金の国日本を占領した後、この国に新たな帝国を創る積りだったのだろう。その遺志を継いだ百姓たち何千人かあるいは何百人かが、密かに帰化し日本人になった。瀬戸内海に海賊が多く出没していた頃だから、そこに潜り込んだ者も居た。

　海賊は戦国時代になると、次第にインテリゼンスを提供する忍者集団に転化した。忍者は、さらに進化する。その末裔と思われる男が、二十一世紀の今日、今度は陸に揚がった。今や、バーチャルな三次元の空の世界、情報通信網を支配しようと企んでいる。老けた男は、それが気に成っている。

「電気、その電流の法則を過信しては困る。〝電流〟は、勝手に描くバーチャルな情報通信で儲けようとする彼らの要請通りには、絶対に成らないのだよ・・・《電流過信》は、きっとこの国を滅ぼしかねない」

　老人が、唸るように激しく独り言を述べた。

　忍者の末裔や外国人たちが、国と人民とデンキを守る積りかどうか、それが全く無いのではないか。動きを見ていると、この国の民衆のバーチャルな世界での射幸性を利用した、儲けを企んでいるとしか思えない。この国の電流の流れを邪魔して、ブラック・アウトにされては困るのだ。
　・・・ナレーション無し。**星の王様は、太郎の行動に満足な模様である。**

第二節　ラビアの長老とレオ

（一）

　風が、一層激しく成り出した。老人は、腕時計を見て「ほう、こんな時間か」と呟いた。それは、貴重な時間を無駄にしたとも、未だ三十分間ぐらいなのかとも、どちらにも取れる言い方だった。傍の旅館に灯りが点いた。デンキの光が、波に揺れる老人の人影を、僅かに海の中に映し出していた。こんなところに、瀟洒な旅館が在ったのだ。

　海岸縁の椅子に座り、何かを待ち侘びているようなその老人が、漸く立ち上がろうとした。自然の激しい変化を見ながら、待っていた者が微かに近寄って来る足音がした。咳払いして、傍まで来た男の吐く息が伝わって来た。足音が、止まった。

「レオか」老人が、海を見ながらそのままの姿勢で述べた。

「イエス、ラビアの長老」

　そこで、老人は向き直った。挨拶の積りだろう。あのトレードマークの帽子を、ちょっと片手でつかんでまた被り直した。大きながっしりした体躯で、血色も顔立ちも良く風格が在る。それに、濃い眉毛に大きな目玉の精悍な表情だが、その割には人懐っこい若者の笑顔が目の前に在った。

「ジャストだな、また背が伸びたか。一段と大きくなったな」

　一八〇センチは在るだろうか。ラビアの長老という一六五センチほどの小柄な老人が、見上げる格好をした。レオと呼ばれた若者が老人に近寄って、屈みこむようにして抱きしめた。お互いに、胸の鼓動と暖かさが伝わって来る。

暫くして、今度は握手をしながらまた老人が同じ椅子に戻った。レオと呼ばれた若者が、大きなお尻をどっかりとその傍に下ろした。座りながら、「ラビアの長老も元気で何より」と述べた。

「ヒースローを出る直前に、またブラック・アウトが在ったよ」

「停電か、無責任だな」と、老人がおうむ返しに吐き捨てるように述べた。

ブラック・アウトという言葉は、老人にはとても嫌な思い出の方が多い。だが日本人は、殆どその言葉を忘れ掛けている。《この六十年間、デンキ屋が懸命に努力したためだ》と、彼は心の中で唸った。

「最近、毎月一回は突然在るんだ。地下鉄も動かなくなる始末ですよ。だから、昨日の出発の朝は、買い物に行けなくってね。それで、大爺が好きなあのお土産を持って来れなかったよ。残念だけど」

レオの言い訳に、「そうか」とまた吐き捨てるように老人は述べた。

「だけど、空港は幸い無事だったから、定刻通りに成田に着いて良かった」

「ふむ、良かったな。だが、キャビアが無いのか」、とやはり残念そうに呟いた。

「でも、ロンドンに戻ったら、直ぐに郵送するから」

「レオ、まあー、そう気にするな」

《レオ》と呼ぶのは、この若者の愛称である。だが本当はレオではなく〈亮太〉という名前だから、「リヨウ（Ｒｙｏ）」であろう。だが、それが何故か「レオ（Ｒｅｏ）」になった。理由は単純だ。イギリス人には「リヨー」の発音が、なかなか苦が手だ。このために、仲間たちがとうとう発音しやすい「レオ」と綽名を付けた。だから、〈亮太〉のことは通称「レオ」である。

（二）

一方老人の名前は、どうして「ラビアの長老」なのか。年齢は、その名にふさわしく八十を超えている。本名は、いうまでもなく武田太郎。だが、この孫のレオがずっと前に付けた綽名だ。今では、家族全員が拘り無く使うことが多い。特に、孫のレオが居る時はそうである。

このレオは、幼稚園の頃から公園などで遊んでいる若者たちのサッカーボールに、何故か興味を持っていた。大柄な割には、俊敏である。小学生の頃には、サッカーのことなら、何でも知りたがったし、放課後の運動はもちろんサッカーのボール遊びしか無かった。

切っ掛けは、隣の家に同じ歳の子供が居たためだ。頻繁に遊びに行っていた。その家には、四つほど上に顔立ちがきりっとした姉が居た。名前を、本田紀子といった。その子が、しょっちゅう庭でサッカーのボールを蹴っては遊んでいた。レオは、その紀子という少女の行動を、何時も見ていたためだろうと、両親が苦笑いをしながら話をしたことが在る。切っ掛けは本能的だし、単純なものだ。

本格化したのは、矢張り父親の影響だろう。レオの父親は、名古屋の大手企業に所属する、ちょっとしたノンプロ野球の選手だった。今は、自動車などにバッテリーの部品を納入する中小企業を興し苦労している。だが息子のレオには、過ってスポーツ選手だった父親の影響は大きい。中学二年生の頃、サッカーを本場で遣りたいといった。外国に行くといっただけで、母親の由貴子が真っ青になった。父親の水一郎も、とても資金が無いという理由で反対していた。

その頃突然、レオが一人で名古屋から福岡に訪ねて来て、老人に両親を説得して呉れといった。流石に内々準備して来たようで、語学だけはこの時すでに、留学センターの試験に早々と合格していた。そこで、老人も孫のために名古屋に通い、一年間を掛けて両親を何とか説得した。

その上で、《よし行って来い、大爺も応援する》と大見得を切ったが、それには根拠が在った。老人は、この若者の本質を見抜く超能力が働いていたからだ。単に、身内というだけでレオを見ては居なかった。この子には、きっと将来日本を背負っていくだけの能力が在ると見込んだからだ。そういう若者が、これからこの国には必要だ。国民の富を無駄遣いしている連中を放逐し、麗しい国日本を救ってくれる能力を秘めていると、老人は考えたのだった。

サッカーだけでは駄目だ、と老人はレオにいった。きょとんとする若者に、そうはっきり宣言した。

「リーダーになるための真髄を、サッカーから学べ。《日本とは何か》を、スポーツの世界から学んでくるんだぞ」

老人は、決して勉学して来い、などと平凡なことはいわなかった。この孫には、理解する能力が在ると思ったからだ。案の定レオは、サッカーの判断能力とリーダー的資質の練磨には、基礎的論理とそれを生み出した歴史の重要性を悟ったようだった。技術も要ると、考えた。西欧の歴史と文化、それに数学と会計学さらにポリテイカル・エコノミーなどを、きっちり身に着ける努力をした。

こうして、結局三年間みっちりサッカーもやり、もちろん相当な苦労をしたようだったが、老人に約束した通り世界から日本を見る目を養い、同時にそれぞれの専門科目をマスターして、一時帰国した。その時に、レオが勝手に老人を捕まえて《ラビアの長老》と綽名を付けたのだ。

レオは結局、それから彼の望みだったケンブリッジに進み、学位も取って王立研究所に入った。同時に、日系企業も含めた幾つかの会社経営のコンサルタントもしている。さらに、日本のＪ２に当たるイングランドのサッカーチームにも頼まれ、時折り若手育成のコーチも手伝ったりしているから、実に忙しい。だが付き合っている女性が、時にブロンドの弁護士だったり、或る時は金髪の医者や黒髪の設計士だったりするが、難点はすでに二十九才になるのに、未だ独身貴族という点だ。

そのレオが名付けた「ラビア（Ｒａｂｉａ）」とは、スペイン語で《怒り》という意味だ。二〇一〇年代に入り黄金期を迎えたスペイン・サッカーの、カウンター攻撃の際によく使われる言葉である。最近では、日本のメーカーのパソコンにも、それと似たよう『Ｌａｖｉｅ』という商品が在る。ただし、こちらはフランス語の「命、生命」という意味だ。言葉は似ているようだが、内容は全く違う。

そのラビアの長老が、突然ロンドンに居るレオを呼び出したのだった。出来るだけ早く来てくれないか。二、三日で良い。直に聞きたいことが在る、と言うメールだった。すると、その直後から二人の周りの空気が、何となく淀むようになって来た。

（二）

呼びつけた目的は、一体何なのか。長老は、何を知りたいのだろうか。

レオは、毎年一回は、定期的に必ず日本に戻って来ていた。もちろん、ラビアの長老にも会いに来るが、どこか決まって行く場所が在るようだ。だがその場所も目的もレオもいわないし、長老も「どこに行く」など聞いたことが無い。しかし、今回は正に大爺のラビアの長老に呼び出されて会いに来たのだった。

相当に強い風が吹き始めた。すでに暗くなり、錨り火が黒々とした海の面に映し出されているのを見ながら、ラビアの長老の口が開いた。

「世の中の風は、世論に迎合してか吹くのか、力が実に弱い。マスコミという怪物が作る逆風さえある。この強い自然の風とは、違うからな」

「アイ・シャル。ビー・シンキング、ジャスト・アグリー・ウイズ・ユー、サー」

その声が、聞こえてくる波打ち際に打ち寄せる潮騒に掻き消された。

「そろそろ、部屋を用意してくれているだろう」

「先ずは、ゆっくり温泉に浸かるか」

二人は、目と鼻の先に在るラビアの長老が経営する旅館に向かった。吹き付ける風の音が、一層強くなり出した。

にわかに、嵐に成りそうな雰囲気だ。旅館の玄関まで三分とは掛からなかったが、二人の頭の上に大粒の雨がぽつぽつと落ちて来たかと思うと、あっという間に驟雨になった。慌てて、ホテルの玄関横のテラスに走り込んだ。ところがその一瞬前に、同じくホテルの玄関の方向に飛び込んだ黒い影が在った。身の動きが、何とも軽やかだったので、印象に残った。あれは、女かも知れないと、ふと考えた。老人は気付いていないようだったが、レオは「おや」と思った。

海を、見に行っていたのだろうか。だがこんな時、好んでしかも一人で見物に出るだろうか。矢張り奇妙である。

そう思いながら、レオがロビーに慌てて入った時、素早くそこらを見回したが、あの人影の姿は何処にも無かった。勘違いかも知れない。確かに、裏手には駐車場が在るから、慌てて車に戻ったのかも知れない。

玄関に入ると、広々としたロビーが在った。見回しながら、レオは改めてこのホテルが大爺のモノだったのかと、感心するのだった。何年か前に帰国した時、老人夫婦が住んでいる福岡市内のマンションに立ち寄った。翌日だったたか、旬の烏賊（いか）を食べに行こうといわれて、食事に立ち寄ったのがこのホテルだった。

第二章　脱法〝デンキ〟

第一節　盗聴器と濃紺服の女

　この時、ナレーションが入って、「AO七七七」の星に居ることを忘れていた武田太郎が、われに返った。ナレーションは、矢張り王様の言葉だった。

「〝極光の妃美〟の官房長官。何故そんなに可笑しいのですか?」

　この国のひとたちは、地球人の心は完全に読めるが、自分たち同士の心の中までは読めないらしい。

　官房長官が、やっとくすくす笑いを止めて、王様に向かって返事をした。

「済みません、王様。失礼ながら、これから出て来るこの太郎さんたちのやっているスパイ合戦が、何とも幼稚だからです。見れば見るほど、可笑しいですから」

　そういって、また自分の手を口に当てている。

　王様が、述べた。

「官房長官！いけませんね。私たちだって、同じでしたよ。今から、数百万年前は、この人たちと同じ、あるいはそれ以前の状態だったではないですか。だから、その頃、地球に降りて行って、センサーを使いながら大きな絵を描いてみたりしたではないか」

「その通りです、王様」と、官房長官が畏まって述べた。

　そこで王様が、おっしゃった。

「この地球の人たちも、漸くセンサーや無線をグローバルに使い始めた。進歩して来た証拠だよ」

　こうして、またスクリーンが動き出した。

（一）

見るからに、瀟洒な旅館である。部屋数は多分三十五室で、二階から上が客室である。門構えをそのまま生かした、三階まで吹き抜けの白い塔が在る。一見して、旅館というよりホテルのイメージが湧くのは、玄関前の緩やかな石畳や、ロビーの敷石が、何ともきめ細かな欧風様式を取り入れて在るからだろう。

リーマンショックの後、関東の不動産業者の持ち物を、運よく殆ど二束三文の異常な低価格で買い取った時の名前は、「ホワイト・タワー旅館」だった。しかも三年前幸運にも、僅かに二本の試掘だけで温泉源を掘り当てたので、最近は温泉ホテルとして流行り出している。ビジネスホテルのイメージを払拭して、一級ホテル並みのサービスを提供することにした。従業員の訓練は、東京の知人が経営している高級ホテルに頼んでみっちり行った。料理長は、福岡のこれも由緒あるハイレベルのホテルから引き抜いた。

このため最近、「ラビア・ホットスプリングホテル」と改名した。玄関口の素敵な横文字を見ながら、孫のレオが「ナイス・ネイム。イッツ・ア・フールニューボールゲイム・ツデイ」と述べた。老人にも、〝今やて、すっかり様子が変わったよ〟、といったのが気に入って、「うむ」といいながら笑顔の目線を送り、ホテルの中に導き入れた。

広い洋風のロビーには、制服制帽の案内係の女性と、同じく黒服にネクタイをした支配人、それに二人の受付カウンター内に居る女性が、いずれもにこやかにしかもきちんとお辞儀をして、「今晩は、よくお出で下さいました」と挨拶をした。その時レオが、もう一人誰か先に来なかったかと聞いた。

「いえ、どなたも」といわれたが、手続きを済ませる間にレオが、矢張り先ほどのことが気になったのか、周りを見回しながら「エニウエイ・・・」と、口籠った。すかさず、今度は支配人が「何か、ご用でしょうか」と述べる。

　すると、老人も「何かね、レオ」と気遣って問いかけた。しかし、彼は「いや、余りにもこのロビーが洗練された作りと色合いなので、見惚れているだけです」と述べた。「それにカウンターの奥に飾って在る、あの立派な神棚は、矢張り日本的で良いなと思います」

　老人が満足そうに、「うむ、レオも気に入ったか。特に、神棚に気が付くとはね。何事も最後は神仏だから、このホテルの安全と繁栄を、わしもここに来ると毎日祈願しているというわけだ」と述べた。

　温泉湯から今しがた上って来たレオに、「どうだ、良い風呂だっただろう」と述べながら、老人が四階の奥に一室だけ在る特別室に案内した。

　二人は、今朝仕入れたばかりの玄界灘の海の幸に、舌鼓を打った。特にこの季節は、河豚（ふぐ）と烏賊（いか）、それに牡蠣（かき）が何といっても、この土地の珍味だ。レオが、盛んに〝ファイン・ディッシュ〟を連発した。

　名古屋のレオの実家には、彼が無事成田から乗り継ぎで、先ほどこちらに遣って来たが、明日はそっちに早々に送り出すから安心しろと連絡して置いた。しかしレオは、明日名古屋の実家に帰るとはいわなかった。矢張り、何時ものように別に寄るところが在るらしい。

（二）

　老人は食事も終わって、今しがたコーヒーを持って来て、黙って一礼して下を向いたままで、下がろうとする女性に「ご苦労さん、後はいいよ」といった。その従業員は、ほっそりした見惚れるような整った顔立ちだった。

後ろ向きに出て行くその女性の動きが、僅かに部屋の空気を回転させていた。それは、微かにカトレア風の化粧水の香りと、何か判らないが大学などの実験室に良くあるような別の匂いが混ざっていた。不可解な風が、レオの鼻腔を刺激していた。この匂いは、一体何だろうか。レオが、空かさず口を開いた。

「今の人は、大爺のお気に入り?」

すると、老人は「あ、あれか。何時もの派遣会社のコンパニオンだよ。何人か常時来てもらっているが、とても評判が良いよ。何事にも共通するが、わしはホテルこそ〝持て成し〟の心が、一番重要だと思っている。特にこの事業は、総べて品質の良い品物を持って成す、すなわち十二分に心からのサービスすること、その気持ちが無いといけないと考えている」と、気にすることなく述べながら、コーヒーを口に含んだ。さらに、述べた。

「殆どこの地方の出身者だから、地元の雇用にも貢献しているということだよ。もっとも、今下がって行った人物は初めて見る顔だったかな?」

そういいながら、「何か、気になることでも」と老人が、付け加えた。レオは、「そうですか、地元の方も喜んでいるでしょうね」と応えるだけにした。

だがレオが、漸く老人に今回わざわざ自分を呼んだ要件は、一体何かと話し掛けようとした、その時レオは不意に胸騒ぎがした。ふと、ロンドンの自分の研究室に仕掛けられた、盗聴器のことを思い出してしたからだ。ラビアの長老からメールが在り、「とにかく会いたい」と連絡して来た直後だった。次の日の朝、レオが研究室に出勤すると、何時もと違って部屋のロックが解除されていた。不審に思って机の中や書類箱などを調べてみたが何も無くなっていなかった。しかし念のために、卓上電話の受話器を調べて見ると、何んと盗聴用の発信器が入っていた。しかも何者かが侵入したのが、レオが出勤する直前だったようで、カトレア風の香水の匂いが残っていた。

レオがすっと立ち上がりながら、口元に片手の指を押し当てるようにして、長老に合図をした。老人もやっとレオが何をしようとしているのかを悟った。二人は協力して、足元の掘り炬燵の中や固定電話器、テレビや暖房器具などの機械類、置時計、蛍光ランプや本棚の中などを調べた。大きなランの花の鉢植えなども点検したが、それらしきものは見付からなかった。

取り越し苦労だったかなと思いながら、二人が再び掘り炬燵に座ろうとした時、レオがテーブルの上をそれとなく見た。その瞬間《おや?》と、コーヒーポットに気が付いた。それは、先ほどのコンパニオンが持ってきたものであった。丁寧にお辞儀をして出て行ったが、何となく不自然に感じられた。

伊万里焼の模様を張り付けた、とても立派で重厚な感じがする、そのポットをそっと持ち上げて、レオが底に敷いて在ったお皿の中を見た。すると、四角い銀色の数センチで、厚さは一ミリ程度の薄い無線発信器が、そこに隠されていたではないか。ロンドンの研究室の受話器に取り付けて在った発信器と、全く同じものだった。レオが、処理しようとするのを老人が、手振りで《待て》と合図した。元通りに、ポットをその上にそっと置いた。

老人が、如何にも疲れたような声の調子で述べた。

「わしは、最早酒の酔いが回った。どうだレオも、長旅で疲れただろう。今夜は外も嵐だし、もう横に成ろうかね」

「大爺のいう通りです。今夜は、ゆっくり休ませてもらいます」

「このポットとコーヒーカップはどうしますか」

「あー、それね。邪魔だから、外の廊下に置いてきて呉れないか」

レオが、「オーケイ」といって持って行った。

老人は、周りの二重窓の横に付いているカーテンウオールを、すべて締め切った。部屋のシャンデリア風のきらめく電気も消して、柱の傍の常夜灯だけにした。もしも、見張られているとすれば、用心に越したことはない。

戻ったレオが、「気が付いて良かった」といった。

「うむ」と、老人が応じた。だが彼は、内心穏やかでは無い。自らの油断に、ショックを受けていた。あの見知らぬ派遣のコンパニオンは、どうしてこのホテルに潜み、何のために盗聴器を仕掛けたのか。しかしと、さらに彼は考えた。盗聴しようというのは、レオがここに来ることを当然知ってのことだ。とすると、彼が誰かに見張られていることになる。それに応えるように、レオが述べた。

「僕がロンドンを発った時から、すでに重要人物になっていたのかな」

「そうだとすれば、レオも偉くなったものだな」

二人は苦笑いをした。だがと、老人は考えた。彼の脳裏に、ほのかに赤色の煌めきが見える。《デンキ》では無い。ぞっとした。まさかとは思うが、あの盗聴はレオでは無く、自分に向いているのではないだろうか。

第二節　国体の変革を迫る罠のマジック

――危険な〝脱法デンキ〟登場

（一）

老人が、口を開いた。

先ずは、今回レオをわざわざ呼んだわけを、話す必要が在る。

「ズバリ訊ねるが、ファンドはどの程度動きそうかね」

「それは、日本の規制改革と自由化を踏まえてということですか」

レオの、抽象的な言い方に対して、老人がかぶりを振った。

「デンキだよ。本格的に完全自由化すると首相の毛利大二郎が、述べているだろう。モウリノミクスの重要手段だと、今年の始めにスイスの山の中での国際会議で言明しただろうが」

「あー、ダボスの話ですね」

「そうだ。その後も国会の予算審議でも、同じことを述べた。こうはっきりいわれると、その間違いをどうやって止めさせられるか。わしの戦略に、手を入れないといけなくなってきた」

「なるほど」とレオが述べた。

「電力の株価は安いままだ。本格分離が始まる前に、一気に丸ごとどこかの電力会社の買収に、ファンドが突然乗り出すことは無いかという質問だがね」

長老の目的は、それだったのか。レオが、苦笑いをしながら答えた。

「長老の見立ての通り、すでに牙を磨いていますよ」

「そうだろうと思った」

「われわれの調査では、モウリノミクスの第三の矢のTPPで貿易自由化が進むことを前提に、昨年外資の日本株買い越しが百二十億ドル、約十二兆円にもなっています。だから、すでに電力株も相当に買っていると思いますよ」

レオが、さらに述べた。

「表面上は利ザヤを有利に稼ごうとするファンドが、発送電を分離されて潰れそうになる会社に直接投資したりはしないというでしょう。しかし、実際には本格的に電力会社を買収するため、あらゆる〝囮作戦〟を採るでしょうね」

「〝囮作戦〟とは?」と、老人が聞いた。

「一言でいうと、当面は再生可能エネルギーすなわち太陽光とか風力に、色々な手を使って参入していく。このために、あくまで原子力の再稼働をさせないよう、脱原発派を煽る作戦を採る。例えば九州地方ではすでに、この四月で太陽光発電の固定価格買い取り制度を前提とした設置許可が、何んと一、七八〇万KWも下りています。このKW量は、九州全体の必要最大電力を越えるほどの驚異的なものです。」

レオがそう述べると、長老が聞いた。

「それは、囮作戦でも何でもないと思うが、違うか」

「いえ、そこが囮です。何故かといえば、電力会社は一つはどんどん増える再生エネの引き取り、二つ目に政府が支援し誕生しつつ在るベンチャー新電力との戦い、三つ目に高騰する化石燃料、四つ目に原発停止による巨大な累積債務拡大、五つ目に電気料金の値上げに伴う役所の厳しい査定・・・という五点から、どんどん経営悪化に追い込まれ、益々株価が低下する」

「なるほど、そこが狙いか。株価という電力会社の時価評価額が落ちれば落ちるほど、簡単に買収出来るわけだ」

「しかも、先ほどの九州地方の例のように、太陽光発電がどんどん増えて飽くまで、原子力発電の稼働が抑えられれば、デンキは黙っていても、乗っ取れるということに、ファンドが気付いたということです」

「うん、それで・・・」と老人が相槌を打った。

「そうなると、ファンドが本格的に電力会社の買い占めに動くでしょうね。特にヘッジファンドは、何兆ドルという巨大な資金を持っていますので、ほんのその一部数千億ドルといっても、日本円に直せば何十兆円です。ファンドが買い占めていることが判って来ると、電力の株価が急騰するでしょう。だから、先回りして、短期勝負で乗っ取りに動きますよ」

老人の話を引き取って、レオが応えた。

「すでに、三本松一丸という日本の超巨大化して来たベンチャー通信事業家が、自分の会社の通信コンテンツを利用する顧客には、電気料金を割り引くサービスを始めるといっています。先ほどの太陽光発電の認定状況でも判るように再可能エネルギー開発促進法という、法律が特例を認めた脱法ドラッグではなくて、〝脱法デンキ〟ですよ」

老人が、同調して述べた。

「正に、レオのいう通りだ。〝脱法デンキ〟で稼いだお金をつぎ込んで、自分の通信コンテンツを使うお客に、《電気料金の値引きをするので、電気の契約をうちに変更しませんか》と呼び掛けるわけだな」

「そうです。実に旨いやり方ですよ」

「脱法ドラッグは、最近〝危険ドラッグ〟と呼んで警察の手入れが出来るようになったそうだが、脱法デンキも〝危険デンキ〟と呼び換えて、厳しく法律の裏を掻くような、電流で儲けるのを取り締まるべきではないかな」

老人が、そう述べるとレオが「イエッサー・マイ・パーフェクト・アグリー・ウイズ・ユー」と、敢えて英語で同調の強い意志表示をした。

「なるほど、そういう罠を首相の毛利大二郎は判っているのかな。判って居れば、発送電分離などを遣らせるはずは無いのだが・・・ところでレオ、君たちのクラブで今話に出た三本松一丸という名前が話題になっているわけだな」

　このラビアの質問に、レオが頷いて応えた。

「話題に成って居ますよ。情報通信事業の大手にのし上がろうとしている人物でしょう。彼が、電気事業の買収を企んでいるという噂ですよ」

「大爺は、どうして知っているの？」

　レオの質問に、ラビアはやや斜に構えながら苦笑いをした。

「中学の同級生ではないが、戦時中に会ったことが在る。好きになれないタイプの男だった。あの男なら電力会社を乗っ取って、これ見たことかとわしに挑戦してくるだろうな」

　ラビアの長老は、電力会社を狙って居るのは外資ファンドだけではないということを、いいたいようだった。

「何か、裏が在りそうだな、レオ」

「ひとつ在るとすれば・・・あれかな？」と、レオが天井を仰いだ。

「そうか、あれだな」

「そうですよ、あれです。送電線のガントレットですよ」

「お前も気付いたか。わしは子供の頃から、送電線の一番上に付いている一本の細い線は何だろうと思って居た。要するにあれは雷よけのための避雷線だが、そこが、光ファイバーを通せば通信線に使えるわけだ。そこが、狙いだよ」

「それが、彼らの真の狙いですよ。デンキ屋の膨大な設備投資が、そのまま利用出来る」

（二）

「実は、ロンドンのシティなどのファンドが、最早動き出しそうな気配です。多分中国のファンドも、狙って居るでしょうね。あるいは、大爺がいわれる三本松なども、必ず挑戦して来ると思います。だが、彼らの分析によると、このままでは日本がひょっとすると、五年と経たないうちに崩壊し沈没するのではないか。そういう話が密かにですが、いよいよ真剣なクラブの話題になっています」

「そうなると、いよいよハゲタカの襲来ということに成る。レオが、ここに来たのを見張られるのも当然だな」と、長老がため息交じりに述べた。

それを受けて、レオが口を開いた。

「今までの民衆党はともかく、保守派本流の自信党毛利大二郎内閣まで、これからはデンキを外資に委ねても良い、そう決断したとしか思えない電力システム改革ですよ。そうとしか取れないと、ロンドンの仲間たちは見ていいます」

「その通りだな。《国体》が変るようなことに、政治家が平気で乗っているわけだ。レオにわざわざ来て貰い、説明して呉れたお蔭で良く頭の中が整理出来た」

長老の吐いたわが国の《国体》という言葉が、レオの胸にずしりと響いた。

「日本のファンダメンタル・キャラクターが、すっかりチェンジする。そういう恐ろしい、テリブルなことが毛利内閣の遣ろうとしている電力システム改革だというのが、ラビアの長老の見立てですね」

「その通り、無責任極まりないことだ。戦前と戦時中のデンキ事業の欠点や失敗という歴史の証言を忘れた、無責任時代に戻ろうというわけだよ」と、老人はいい放った。

レオが、纏めて述べた。

「僕は、ロンドンの仲間たちから、そういう恐ろしい話を内々聞かされていたけど、日本ではそんな切迫感が無いと思います。むしろ、発送電分離は、欧米ですでにやったではないか。日本でも、それを行えばベンチャー投資家がどんどん現れて、経済が活性化すればいいではないかという話ですよね」

「レオ、そこが肝心のポイントだよ。正に〝脱法デンキ〟のマジックに掛かって仕舞っている。一体デンキという一瞬でも停電したら、みんなが困る公共物を、市場取引の手段にしようなどという、そんな〝無責任〟なことを、日本の総理大臣にさせようとしているんだよ」と、ラビアの長老が述べた。

「そうだよ大爺、大変な話です。欧米諸国が、二十年前に行った電力システム改革と同じことをすれば、自分たち同様に日本の社会が混乱することは間違いない。その時デンキの主導権を握っている官僚と結び付けば、日本の政治を完全にコントロールできるわけですよ。すると、日本が再び独裁国家に成る危険性が在る。そう成ってはいけない。危ないから、ファンドを使ってデンキ事業を乗っ取ろうという、一見彼らからするとまともな考えも在るわけです」

長老は、暫く目を瞑っていたが、やがて口を開いた。

「消費税もやがて八から十、さらに十五%と上がっていく日本で、原子力が無くては電気料金が、間もなく最低二倍に跳ね上がる。下手をすると三倍だ。そうなった時に、日本のメーカーは自動車産業も含めて、間違いなく遣っていけなくなる。もちろん鉄道も航空も運輸も、全て少なくとも五割以上に料金を上げる。わが国の各地方の立地競争力が、完全に無くなるよ。さらに食料品も家電も何もかも値上げして、株価はいっぺんに下落する。すると、それらを狙って外資ファンドが一斉に、日本株の買い占めを始める。特に、中国ファンドが動くといったような構図が、見えてくるね」

老人が、とうとう真剣な表情で、また述べた。

「レオ、ロンドンでじっとしては困るな。そろそろ、日本を救うために帰って来て呉れないか。ここまで、危機が迫っているのに、日本の政治家は誰も本気で考えていないよ。レオ恐ろしいことだ」

レオも「〝テリブル〟だ」と、繰り返した。

その言葉を聞きながら、このラビアと呼ばれる老人が、孫のレオに「世界から日本を見る目を養って来い」といって、送り出したのは正解だったなと思うのだった。

〝ナレーション〟が入った。

この時、官房長官があのハスキー声だったが、武田太郎に厳しいことをおっしゃった。

「こんな昔噺は、余り意味が無いですよ。あなたは、孫のレオ君に話そうと思っているようですが、殆ど彼らには参考に成りませんね。あなたの自己満足でしょう」

という、真に手厳しい意見が出た。

太郎は、確かにそのうち孫に、自分の子供の頃にどんなことを経験したかも参考に成るだろうと、今官房長官に指摘されたような話をしようと思って居たので、どきっとした。

「ちょっと、待ちなさい。官房長官!」と王様から、横やりが入った。

王様が、述べられた。

「面白いではないか、この地球でデンキがどういうように使われて来たのか。それを知ることは、この星では正に原子力から興した電気を、空気のように使って居るみんなに、他の星での苦労を知って貰うことになると思うよ。是非、太郎さんの経験を見ようではないかね」

官房長官が「恐れ入りました、王様」といって頭を下げ、スクリーンを動かし始めた。

スクリーンでは、太郎ことラビアの長老と孫のレオとの懇談が続いていた。

第三節　〝電流同調列島〟の爆発

――星の王様が警告

（一）

スクリーンを止めさせた星の王様が、武田太郎に向かって述べた。

「太郎さんは、若い頃に《電流同調》で、大変びっくりされたことがありましたね」

太郎は王様に突然、如何にもデンキの専門的な用語で質問をされたので、一瞬戸惑った。それに、若い頃のその場面が直ぐには思い出せなかった。

するると、王様はにやにやしながら、官房長官に何やら指示された。畏まって頷いた長官が、携帯電話のようなものでどこかに合図をした。その間に、王様が太郎に向かって、話をされた。

「太郎さん、あなたは今から地球歴でいうともう三十年以上の前のことですが、デンキの電流を支えているメッカといわれる関東地方の埼玉県で、そこの電流管理の総責任者をしていたことがありましたね」

漸く武田太郎ことラビアの長老は、そのことを微かな記憶の中から蘇らせていた。そして、口を開いた。未だ五十才になったばかりの太郎は、五千人ぐらいの技術者を管理する組織のトップをしていた。同時に、その頃の太郎の若い顔写真と、蜘蛛の巣のように縦横にさらにランダムに並ぶ各種の送電線の様子が、先ほどの官房長官の連絡によって、スクリーン上に映し出された。

太郎は、すっかり昔に返ったように語り出した。

「王様がおっしゃるのは、埼玉の奥に在るあの大きなセメント工場と、当時は国鉄だった東京の山手線の電車が、同時に停電で止まってしまったことですね。思い出しました」

「そうです。その話ですが、あれは《電流同調》という現象ですね」

王様が、頷きながら発言された。

太郎が、応じて述べた。

「確か、土曜日だったと思います。会社は休日でしたので、埼玉の支社長だった私は東京の自宅に居りました。午前十一時頃でしたが、部下の給電指令所長が特別に設置してある、赤色の電話機に緊急電話を掛けて来ました」

この電話機は、本社のトップに支社長が緊急連絡するとき、それに滅多にないことだが、現場からの事件の知らせである。それ以外は、使えないはずだ。

おタカさんが、慌てて庭の植木を弄っているところに呼び掛けて呉れた。

「あなた、緊急連絡のようですよ」

本社から、何だろう?と思って受話器を取ると、違って居た。「支社長、大変なことが起きました」というのだった。

事件は、次の通りである。

〝奇妙なことが、起きました〟と、先ず給電指令所長が電話口でいった。

十時三十分に、大宮に在る国鉄の列車の操作場辺りで、十五万ボルトの送電線に突然五千Ｋｗｈの電流消費の要請（すなわち、デンキを送って呉れという要求）が在ったという。全く計画に予定していない原因不明の要請であるが、その要請に従い瞬間的に所沢に在る変電所から、もちろん自動的に五千Ｋｗｈの電流が送られた。

これは、お客である国鉄の操作場と電力会社の間の、電力安定供給の契約であり、それが正確に履行されたことになる。

ところが、それが切っ掛けに成って異変が起きたというのだ。

先ず、その同じ瞬間に埼玉の奥に在る、大型セメント工場への送電が停止してしまった。しかも、国鉄から入った情報だと、全く同じ時刻に東京の山手線が、約十五分間原因不明の停電のため、全線の電車がストップしたというのである。

〝一体、どういうことだ？〟と質問すると、これがまた奇妙な話である。

先ず電力会社の給電指令所長のところに、国鉄の大宮操作場の所長から「操作場の中で試運転中の機関車が、操作ミスで電源を落とすところを逆に入れてしまったため、操作場全体の予定外のデンキを、電力会社に突然要請する形になった。それが、五千Ｋｗｈである。

ところが、操作場内の出来事だったから、国鉄の自家発電が同時に作動した。このため、同時同量の電気が反発して、操作場内が一瞬にして停電してしまった。よって、その後操作場内は直ぐに元に戻ったという。

しかし、電力会社の方に、操作場の責任者から何かご迷惑を掛けたのではないかと、急ぎ連絡してきたというのである。

給電指令所長の話では、要するに国鉄の試験中の機関車の操作ミスで、突然要請した電力会社（所沢から）の電流が、逆に必要ないと押し返されたので、行き場が無くった五千Ｋｗｈの電流が、同じ十五万ボルトに繋がっていた埼玉の奥、熊谷に在るセメント工場に入ろうとした。セメント工場は、休むことなく連続運転していた。昼間だったのでちょうど同じように電気の使用量が五千ＫＷ程度であった。すなわちそのセメント工場のデンキという商品の購入量は、一時間当たり使用量は五千Ｋｗｈだった。

すると、二倍のデンキは必要ないと、要するに電流が反発し合う。よって、ここでまた同時同量の《電流同調》が生じた。それを、瞬間的に避けなければ、セメント工場に二倍の強烈な電流が流れ、機械が壊れる。

下手をすると爆発しかねない。

それを避けるため、セメント工場への送電線の入り口に備え付けて在る、新鋭の自動開閉器がそれこそ自動的に働いて、電力会社から流れていたデンキを、正に自動的に止めてしまった。

だが、事前の計画に無かったことであるから、設備の安全安定保護ために自動的に止まったものを元に戻すには、今度は中央給電指令所からの解除指令が無いと、元に戻せない。しかも、工場には自家発電はこの当時無かった。

一方、行き場所が無くなった十五万ボルトの電線に流れている、五千ＫＷの電流は、とうとう三十キロメートル近く離れた、何と東京の山手線に入ろうとした。理由は、その日が土曜日だったので、殆どの工場が動いて居らず、どこも大量のデンキを必要として居なかったからだ。

すると、山手線も余計な電流が入って来て、同時同調の状態になると危ない。設備が破壊されると、大変である。よって、セメント工場と同じく自動操作で開閉器が作動して、電気を止めたので〝停電〟してしまった。結局、五千Ｋｗｈの電流は所沢の変電所に戻された。この時、電圧が一瞬狂って各事業所や家庭のデンキの煌きが瞬きをするという影響が在った。電力会社に受け入れ能力が在ったので放電しないで済んだのだ。

説明が長くなったが、ポイントは『一端発電所で生産し発生したデンキすなわち必要なＫＷ分の電流になったＫｗｈという特殊な商品は、誰かが使わない限り〝放電〟するしかない』、ということである。

ここで、読者にもう一つ、デンキ（ＫＷ）という機械が生産するＫｗｈという電流は、目には見えないし匂いも無いので、コンビニの店頭で売っているような商品とは全く違うことを説明して置こう。すなわち、この電流という商品（Ｋｗｈ）は、ご存知だと思うがプラス（＋）とマイナス（－）の二通りのデンキの相互作用で、エネルギーを発しているため、行き場が無いと必ずデンキを生産した場所に、しかも秒速三十万キロメートルという一瞬の速さで戻って来るのである。うっかりすると、感電して命に係わる話に成る。

もちろん、最初から放電しようという計画なら、無駄だがあの雷の稲妻のように、逃してやれば良い。そんな勿体ないことを、誰も計画するはずは無い。

そうすると、上述のように《デンキの電流》は、正直に自動的に（地球を七周り半、すなわち三十万キロメートルのスピードで）、何処かで消費して貰おうとして、必死に行先を探すことに成るのだ。

上述の王様が、太郎に思い出させた三十年以上前の《電流同調》事件は、その具体事例だったのだ。

太郎が、頭を掻きながら、苦笑いをして述べた。

「王様のご指摘通り、あの経験は重要でした。もちろん、国鉄のほうから謝罪に来ましたが、同時にデンキが止まったセメント工場のキルンに、セメント材がくっ付いてしまったため、生産物の損害賠償というようなことまで発生しました」

さらに、続けた。

「でも五千ＫＷ程度の容量でしたから、電圧が一瞬狂った程度で、変電所とか発電所が破損しないで済みました。当時土曜日でも、関東地方全体で二千万ＫＷから三千万ＫＷの原子力や火力や水力を動かしていたと思いますよ。だが、山手線の電車に乗って居られた乗客には、三十年以上も前の話ですが、どう説明したのでしょうね」

太郎は、しきりに昔を思い出し、反省するばかりだった。

（二一）

その上で王様は、さらに次のようにとても重要なことを述べられた。

「太郎さんに、それを思い出させたのは、他でもありません。今、現に日本の毛利大二郎首相が進めている、太陽光発電などの固定価格買い取り制度で、既に認定された発電設備が、例えば九州地方では一千七百万KWと九州全体の一千二百万人が使う全部のKWと殆ど同じか、或はそれ以上の設備を作ろうとしているというではありませんか。それを、すでに政府は認可認定して仕舞っておりますね。このまま、放っておいたら、大変なことに成りますよ」と述べられ、さらに続けられた。

「昔の太郎さんの、経験どころの騒ぎで無く、これは常時あちらこちらで電流の《同時同調》事件が起きる、重大な原因を引き起こしているようなものですよ」

このように、王様がやや興奮して述べられているのが、武田太郎には良く判った。

そこで彼が、引き取って発言した。

「正に、王様のいわれる通りです。例えば、私が住んで居るその九州地方で使うデンキの最大電力は、一千七百万KW程度です。一昨年までそのうちの四割近くが原子力発電でしたが、現在は政府の命令で全部止まっており、火力発電が殆どです。それに、王様が指摘された太陽光発電などの再生可能エネルギーからのデンキは、急激に増えております。でも、今のところ約三百万KWぐらいですので、全体の二割弱です。しかし、王様のご指摘の通り、急激に〝ソーラ発電所〟と称して、発電事業を営む人たちが、全体の七割以上となってきているようです」

「それで、問題は無いのですか」と、王様が厳しく質問された。

「現在のところ、電力会社のデンキ専門の技術者たちが、メーカーの人たちと懸命に力を合わせて対応しております。何万か所もの各家庭の屋根に取り付けられた太陽光パネルからの発電とか、農場の上につくった何百か所からものソーラパネルの発電とか、風力発電の風車が起す何百基の発電などが、どんどん電力会社の送電線に逆流して来ています。その不規則で不安定な電流を、自動的に上手にコントロールするぎりぎりの努力をしております。それに、ソーラ発電事業者とは事前に綿密に計画調整を行って、正に《同時同調》など不測の事態が生じないように、懸命に努力していると聞いて居ます」

太郎が、続けて述べた。

「二年前は、九州地方の再生可能エネルギーは殆ど風力発電と家庭用の屋根に取り付けたソーラパネルでしたし、その合計量も百五十万KWぐらいでした。全体の発電KWの一割程度、電流すなわちKwhでは数パーセントでした。ところが急激に一か所で、何十万KWとか中には百万KWというような、莫大なものが出て来ると、これは大変です」

王様が、相槌を打たれた。

「判ります。原子力発電所とか火力や水力発電所は、発電所という工場の稼働率が毎日毎時間忠実に、給電指令所などでコントロール出来ますね。ところが、例えば、太陽光発電は、言って見ればお天気次第で、しかも夜間は発電がゼロ。一方、風力発電は風任せですから、自らコントロール出来ないという大きな欠陥がありますね」

「王様のご指摘通りであり、しかもお天気次第の太陽光や風力は、稼働率がせいぜい九州地方でも、十五ないし二十パーセント維持出来れば良い方ですよ」

太郎が、そう述べた。すると、王様がすぐに意見を述べられた。

「発電コストが高くなるはずですね。普通の工場だと、稼働率が五十パーセントを切ったら、先ず間違いなく赤字経営に成って倒産しますね。それが、倒産どころか勢いよくソーラ発電所を造ろうというのは、政府が電気料金の二倍も三倍もする値段で、電力会社に作ったデンキを売ること。そして、電力会社が買わねばならないこと。さらに、その二つを、二十年間に亘って保証すること。この三つを法律で約束しているからですよ」

その上で、さらに王様が付け加えられた。

「法律に違反しない、ぼろ儲けの《脱法デンキ》じゃーないですか」

太郎は、王様の指摘に全く異論を挟む余地が無い。

すると、王様はされに厳しいことをいわれた。

「稼働率が十五とか二十パーセントぐらいですから、Kwhという実際の商品ではウエイトは低いのでしょうが、設備のKWでは最大電力すなわち原子力や火力や水力発電の合計と、殆ど同じということは大変なことですよ。仮の話ですが、もしもですよ。ある夏とか冬の、冷暖房を目いっぱい使う時期に、太郎さんの住んで居る九州全体が雲一つない快晴に成るとしましょう」

王様のいうことは判っていたが、太郎は黙って聞くことにした。

「要するに、一千七百万KWの太陽光すなわちソーラ発電が、その日の夕方までデンキを供給することに成るでしょう。すると、折角再稼働した、コストが燃料費だけなら単価一円、設備費も入れて五、六円の原子力発電のKWは、止む無く止めなくてはなりませんね」

さらに、王様がいわれた。

「みすみす、安いデンキの原子力発電をベース電源に入れるなどということが、出来なくなります。高い電気を売らされる電力会社には、多分ごうごうたる非難が巻き起こるでしょう」

この時、官房長官の極光の妃美が、ちょっと良いですかと王様に断わって、発言した。

「王様、電力会社の従業員には、相当に不満が鬱積しているようです。何故かといえば、今王様がいわれたように、どんどん高くなるソーラ発電主体のデンキ料金と、同時同調して停電が頻発するようなデンキを、《買い取って売った責任》は、電力の経営者はもちろんですが、多くの従業員は、消費者に対する国民の非難の矢面に立たされるわけでしょう。自分たちが決めたことでもないのに、従業員は誠に可愛そうですね」

その上で、官房長官が太郎に向かって述べた。

「太郎さん、こうなってはデンキの労働組合も黙って居ませんよ」

確かに、地球温暖化対策と称し、原子力発電の代替にと政府が決めたわが国の政策が、今や大変なことに成るのを、遥かな宇宙の果てに在るという、A〇七七七の星の王様が真剣に心配していることが、太郎には良く判るのだった。

武田太郎は、最早居ても立ってても心配でならない精神状態だったが、ここは宇宙の端である。この星の流儀に、従うしかない。

第三章　きらきらと輝く〝デンキ〟

第一節　煌めきを追って

（一）

ラビアの長老といわれている老人が、改めて述べた。

「レオ、わざわざ来て貰って助かった。さてこれからどうするかだが、至急対策をわしは考えねばならないが、せっかく来てくれたので、きょうは少し参考までに、昔話をして置こうか。レオがロンドンから、早く帰って来て貰う切っ掛けになるかも知れないからね」

孫のレオが、「是非聞きたいですね」と頷いた。

「レオ、君の曽爺さんに成る人、というのはわしの父親だが、小学校しか出ていなかった。何しろ貧しい農家の小作人、その三男坊だった。だが、村一番の頑張屋で勉強して役人になった。もちろん、当時は同じ役人でも判任官といってな、下級官僚という奴だ。別の言葉でいえば、ノンキャリだ」

「ほー、官僚だったの」と、レオには意外な気がした。

この国は当時、正に官僚によってリードされながら、欧米先進国を追い掛けていた。官僚が、羽振りを利かせていたわけだ。

「わしが生まれて物心が付いた頃だから、三歳に成ったばかりの頃だったかな。微かに覚えているのは、未だ二十四、五歳の血気盛んな父親が、わしを連れて何か料亭のようなところに行ったことが在った」

若い女性が居るところに出掛ける際は、多分女房に怪しまれないようにと、子供を連れて行ったのだろう。一回だけでなく、二、三回在ったような気がする。後になって想像すると、実態はどこかの政治家と官僚が、事業家の接待を受けていたのではなかろうか。そして、当時は宴会の後は、当然のことのようにこうした当時の流儀として、女性をあてがわれる。

すると、連れて行った三才の子供が邪魔になる。そこで、多分半玉といわれる十代の若い女の子が、子供を預かることになった。〈坊ちゃん、散歩に行きましょうよ〉、などといって手を引いて連れ出された。お菓子を買って貰ったり、本屋で絵本を買ってもらう。それから、多分デパートのような所を見物したようだったと長老は話した。

そのデパートのショーウインドーのキラキラ光るのが、とても美しかった。とうとう、その場を離れなくなって、ガラスの中のきらめきを夢中で眺めていた。「坊ちゃん、そろそろ帰ろうか」と、美しい顔立ちの半玉さんに催促されても、いやといって動かない。多分、十分間あるいはそれ以上もじっと眺めていたようだ。とうとう、料亭の女将さんが呼びに来た。

女将さんに抱かれると、とても良い匂いがした。それに、胸のふくらみが気に成り、手を触れようとすると「ぼんぼん、駄目よ！」といわれ、女将さんが苦笑いをしたようだった。

それから「さっきのあれは、何の光？」などと、女将さんに聞いたようだった。

「あれはね、ぼんぼんに判るかな。《デンキ》というんだよ。デンキの力だよ」と女将さんが、抱っこしながらいった。

「その時の不思議な《デンキ》という言葉が、何だか魔法のように耳にこびり付いてね。翌朝起きてからも、《デンキは面白いね》と、暫くいっていたそうだ」

長老の話を、興味深く聞いていたレオが、「そうですか。それ以来大爺は、デンキに取り付かれたというわけですか？」と、驚いていうのだった。

「いやぁー、もちろん子供だからな、そんなことは直ぐに忘れてしまったと思うよ。だけど小学校の二年生、そうだな、八つになった時だった」

「それで、何が起きたんですか」と、レオが身を乗り出した。

「ある日の朝学校に行ったら、担任の先生がこの地方出身のとても偉い方が、全校生徒にお話をされるので、授業は中止し全員講堂に集まれといわれた。立派な鼻髭を付けた人が現れたわけだ。その時、校長先生の口から、この多野木会長様は、全国の電気の生産を一手に行う大会社のトップになられた方だ」と、紹介が在った。

だが、名前が「たのき」というのを聞いて、途端に何人かの生徒がクスクスと小声を出した。慌てた教頭が、一人の生徒の顔をパチィッと殴った。そして、校長が「静かに」と述べた。

「この地方では、狸のことを《たのき》と発音するからだ。また、そういえば多野木という人の顔が、狸に似ていたということも在ったな」

長老の冗談交じりの話で会話が和らぎ、レオも笑った。

そのあと長老は一端言葉を切って、次のような話をした。

「この時、わしは殆ど忘れていた三歳ごろの、あの半玉さんに手を引かれて見ていたキラキラの光を突然思い出したというわけだ。何故かといえば、この国営電気会社の総裁に付いて来ていた陸軍の将校が、立派なサーベルを下げて居たが、そのサーベルが偶々窓ガラス越しに入って来る太陽の光を受けて、キラキラ光ったからだ。この時、突然に半玉さんの顔が、現れたということだよ。それが、本気で電気とは何かを調べ始める切っ掛けになったから不思議だ」

長老は、苦笑いをしながらレオの顔を見た。

「なるほど、大爺の電気への思い入れは、中途半端なものでは無いわけだ」

「あの時話をしてくれ人が、この時期に全国の電力会社を統合して出来た日本発送電株式会社という国営会社の総裁だったんだろうな」

「小学校に来た理由は、何だったの」

「多分、これからは軍艦とか飛行機とか大砲を作るため〈デンキ〉が要るので、家庭や学校での〈デンキ〉は節約して、みんなでお国のために協力して呉れということだったたと思う。あるいは、その人があそこの小学校の先輩だったので、偉くなって懐かしく母校に寄ったのかも知れない」

老人は、そのように述べながら、あの時の全国を取り仕切った発送電会社が、その後強烈な電気の配給統制を戦後になってまで、十二年間に亘って行っていた事実を考えずには居られなかった。

レオが、また質問する声がした。

「それから、大爺はどうしても電気を遣りたいと思ったわけですか」

「そうは、簡単に問屋が卸すわけはないよ」

だがこの時、老人は孫のレオに今日は全てを話してやろうと思った。自分の一生の出来事を、話して置く良いチャンスだ。思えば、八十三年間の生涯である。まだまだ自分では元気な積りだが、この孫のレオとこんなにゆっくり会えるのも、またと無いかも知れない。


〝ナレーション〟王様が何もいわないので、官房長官はそのまま進めた。

第四節　狙われるのは誰か

（一）

老人が、レオと懇談しているこの特別室の電話が突然鳴った。時計を見ると、夜の八時半を回ったところだった。それは、一階のロビーに在る受付から、支配人の野口がオーナーの老人に掛けて来たものだった。

「突然で、すみません。支配人の野口です」と急き込んで述べた。

「わしだが、何か変わったことでも」

暫く話を聞いた後、老人が支配人に次のように指示した。

「判った、警察にはきちんと対応して貰いなさい。しかし、お泊りになっているお客様には、決してご不安を与えないように。それが、一番肝心なことだよ。判るね」

支配人の話を総合すると、次のようであった。

ホテルの部屋は、全てツインベッドが用意されていた。原則、このホテルは予約制にしてあった。この日は、全部で三十五室のうち三十室が、予約で埋まっていた。お客様が五十八名ということは、ツインのお客様が二十八室で、二室だけがツインのシングルユースであった。普通より少し忙しい。受付と来客対応や管理掛かり、それにベルキャップテンなど常勤の従業員十名の他に、料理長を含めた厨房と食堂に勤務する者は十一名、温泉の運用係と一階土産物などの売店係、それにコンパニオン三名、支配人と副支配人を含めて、合計二十八名の体制だった。

オーナーの老人が、〃持て成しを大切にするためお願いしてある派遣会社からの三名は、主として各階ごとの宿泊客の案内、入室後のお客様に応じた行動スケジュールへの対応が役目だった。

しかしゴールデンウイークや夏休みになると、このホテルも満杯となる。特にレストランは、宿泊客以外の一般の客も利用出来る。長い行列が出来るレストランの処理が大変であり、毎年学生アルバイトなど主として女性を臨時に数人、多いときは十人ぐらい雇ったりしていた。もちろん、同じ派遣会社からである。

この日は、通常通り派遣社員は三名のはずだったが、朝から臨時に一名追加で就業時間の六時半に事務所に現れた女性が居た。管理掛の職員が、「あれ、今日は四名?」と訝った。するとその女性が、「私は井村直美といいます。良くは判りませんけれども、本日は大切なお客様もいらっしゃるようなので、臨時に行くようにいわれました」、はっきり述べたという。

管理掛の男性も、前の日に内緒だが社長の知人が海外から来られると、話が在ったことを思い出していた。このため、四階の特別室の用意を内々指示されていた。もちろん、四階の担当には、そのように知らせることになっていた。

だから、普段は臨時派遣の必要は無いのだが、あるいは別途に直接オーナーの方から要請が在ったんだろうと思い込んでしまったため、別段不審に思うことも無く、朝の点呼と指示を終えたという。しかも、その女性は夏にも臨時に手伝いに来ていたので、従業員の何人かが顔見知りだったことが、後になって判った。さらに、その女性は売店担当者に、「私は夏休みの時と同じく、夕方までお手伝いさせてもらいます」と述べたので、「それは助かるわね」ということになった。そこで一緒に、濃紺の制服に着換えて居た。

（二）

事件が起きたのは、夕方である。但し発見したのは、支配人の野口が電話して来る少し前だった。なにしろ、夕方の食事の時間帯は、ホテルの従業員はことのほか忙しい。それぞれが、持ち場と役割分担に従い、総合的にしかも効率的に従業員が動いてくれなければ、お客様に満足して貰えない。

ところが、四階すなわちこのホテルオーナーの部屋と、その奥に在る特別室を担当する予定だったコンパニオンが、何故か夜の七時半ごろすなわち特別に夕食を、オーナーの部屋に配膳させた後、居なくなっていた。だが、例の臨時の女性が、同じように濃紺色の制服を着てかいがいしく働いていたので、怪しむ者は誰も居なかった。その一時間後、すなわち八時半少し前に今度は、その臨時の井村直美というコンパニオンの姿も見えなくなった。

売店係りの年増の女性が、応援を頼むため声を掛けたが返事が無い。わざわざ今日は、売店のお手伝いをさせてもらいますといっていたのに、居なくなったのである。偶然、その時食事が終わって、レストランから出て来た数組のお客様への対応に、一人ではこなせないので困り果てていた時だった。

何とかお客様に謝りながら、やっと来客者が出て行ったのを見計って、慌ててコンパニオンを探し回った。とにかく一階のフロアーには二人とも居なかった。受付の女性に、各フロアーの様子を聞いたところ、二階と三階は返事が在った。だが、四階は応答が無い。妙だなと、副支配人に連絡した。未だ勤務中のはずで、勝手に帰ることはない。職務上副支配人は、自分の監督不行き届きになるので、必死に探し始めた。でも、何処にも居ない。

外にでも出たのかも知れないと思った。事務所から外に通じるドアの在る方向に、廊下を今度は売店係の女性も一緒になって、小走りに進んでいく。すると、奥の物置用の小部屋にカーテンが掛かっていたが、その陰に何やら、人の靴がちらっと見えた。

慌ててカーテンオールを開いてみると、後ろ手に縛られ、タオルで猿ぐつわを嵌めさせられたコンパニオンが、一人気絶したように倒れ込んでいたという。もちろん、四階を担当していた女性だったが、履いている彼女のサンダルは片方だけだった。そこで支配人に、それを急いで知らせたのだった。女性の口元に、ホルマリンの匂いが漂っていたので、多分麻酔薬を嗅がされたのだろう。発見されるまで、十数分掛かっていた。

オーナーの特別室にコーヒーポットを運んできた、村井直美という臨時雇いのコンパニオンは見付からなかった。不思議にも、副支配人が四階に調べに行った時には、レオが発信器の付いた伊万里焼の立派なポットを廊下に出して置いたが、そのポットも無くなっていた。濃混色の制服に身を包んだ、モデルのようなあの美形の女性は、一体何者だろうか。四階担当の女性を眠らせ、自分が入れ替わって盗聴器を忍び込ませる。失敗したと判ると、その忍び込ませたポットを持って、澄ましてそっと裏口から逃走したのだろうか。

翌朝オーナーの老人は、支配人の野口から、昨夜緊急に電話した事件について、警察の調査結果の報告を受けた。

警察で手当てを受け、暫くして息を吹き返したコンパニオンの話によると、四階の客室の仕事が終わって、配膳室で片付けていると、臨時雇いという女性が「手伝いましょうか?」といって入って来たという。気を使ってくれてあり難いが、特にないといって後ろ向きになった時、突然口にハンケチのようなものを当てられた。その後は、全く分からない。女性はそういったが、発見されたのが四階でなく一階の、しかも物置だったと聞いてびっくりした。どうして、四階から一階に運ばれたのだろうか。

後で現場を調べたところ、四階の配膳室の中にサンダルが片方だけ落ちていた。したがって、このコンパニオンは眠らされた後、四階から一階まで誰かに運ばれて来たのは間違いない。しかし、不可解である。

警察の推定では、逃走した犯人と思われる村井直美という若い女性は、多分相当に訓練されたプロだということだった。彼女は一見細身で、見るからに重いものなどは持てそうにない。女性を、一階まで運ぶのは無理だろう。しかも階段やエレベーターは使えば、直ぐばれる危険性が在る。だが偶々配膳室の傍の荷物用エレベーターなら可能だろう。もちろん、従業員の誰かに見付かる可能性は在る。しかし、到着するお客様もほぼ終了し、大半の従業員がレストランの夕食のサービスなどに集中している、七時半過ぎだったとしたらどうだろうか。プロとして仕込まれたスパイのような人物なら、エレベーターまで引き摺って行って、乗せることぐらいは簡単だろう。あるいは、外から誰かをそっと導き入れて、運ぶのを手伝わせたのかも知れない。警察は、それしか考えられないと話している。

四階から一階に移したのは、このホテルでは二時間置きに、支配人と副支配人が交代で、セキュリティを徹底するため各階を見廻る。多分、以前にも勤務したことの在る容疑者は、それを知っていた。だから、隠し場所の無い四階に、被害者を置いておくのは危険だと思ったのだろう。そうしたことまで配慮出来るような犯人は、相当に手ごわい相手だ。

ところで四階の部屋では、ラビアの長老とレオの会話が続いていた。が、もちろんこの時は未だ長老もレオも先ほどのような事件の展開は知らなかった。

レオが、長老に話し掛けた。

「原子力発電所は、今やなくてはならない重要な電源で在るはずなのに、日本ではあの３・１１の事故以来、《ゲンパツ》という言葉が、悪の権化のようにいわれていますよね。しかし、そもそも原子力を日本が何故積極的に導入したのか。そこのところを、長老具体的に教えて下さい」とレオが述べた。

老人が、しばらく薄明かりの中で考えていた。ようやく、口を開いた。

「四十年以上も昔のことだが、原子力発電が始まった頃だったな。産業界の長老たちが、デンキ屋が出しゃばり出した、けしからんといっていたな。そんなことは、絶対ないんだよ。政治家と官僚に利用されただけだった。われわれデンキ屋は、産業界と国民のための《縁の下の力持ち》のような役割なんだよ。しかもデンキを生産する者はブラック・アウトをしてはいけないという、徹底した供給責任と〝持て成し〟の志に徹していた。あの頃、わしらのような当時の若者は、『絶対に停電させるな』と徹底的に教育されていた。だから、とても真剣に国家国民のためにと誇りを持って仕事に励んでいたよ。デンキは、扱いを間違えるととんでもなく危険な商品であるから、危険なその魔力を制御する必要を痛感していた」

「供給責任を果たす《縁の下の力持ち》と〝持て成し〟のサービス、そして《魔力》ですか、なるほど・・・英語で何といえば良いのかな」と、レオが囁いた。

「オールウエイ・フォースド・ツー・ワーク・イン・バックステインジ・アンド・マジック」

するとと、低い声でラビアの長老が唸るようにレオに聞いた「オイルショックは、昭和四十八年だから何年前のことだったかね」

「えーと、一九七三年だから四十一年も前の出来事ですよ」

「すると、この話はそのオイル・ショックの直後のことだ。原子力が必要だと日本国民が明確に意識したのは、正にその時だった。遠い昔を思い出すなあー」

老人の目が、ほのかな光の中で輝いているようだった。何故、原子力が必要になったか。誰がいい出したか、それにあの一千キロの彼方の、今や悪魔の砦のように忌避されている福島ゲンパツを造ったのは、一体誰だったか。それを、きっちりと話して置くべきだと長老は思った。

〝ナレーション〟

ここで、王様がまた口を挟んだので、官房長官がスクリーンの映像を停めた。

「なかなか、面白いではないか。武田太郎さんが、子供の頃からデンキに憧れ、デンキと共に歩んできたことが良く判りますね。それで、もっと続けて太郎さんの幼年時代から、大学時代まで話を聞きたいね」

これに対し、〝極光の妃美〟の官房長官が畏まって述べた。

「王様、当然そうしますが、その前に太郎さんは、この星ではすでに何百万年も前から、空気と同じように使って居る原子力発電を、日本という地球の小さな国が、何時頃から何故使うようになったのか。また、デンキを作る会社がどのように見られてきたかを、太郎さんはお話ししたいようですが・・・。その後で、王様がいわれた武田太郎さんの履歴を訪ねることにします。よろしい、でしょうか?」

「そういう太郎さんの気持ちなら、そうしてください」

王様は、決して強圧的なことはおっしゃらない。人気が在るのは、その辺かなと太郎は考えた。

第四章　原発、その魔力の基を訊ねよ

第一節 〝たかが〟デンキ屋

(一)

ここは、東京の西方に当たる住宅街である。四十才そこそこの男が、早朝の始発新宿行急行電車に飛び乗った。小田急線の成城学園駅まで、この武田太郎という男はわざわざ歩いた。

吐く息が白い。二月ともなれば、陽の出はこれからだ。彼の家は、一つ手前の祖師谷大蔵駅のすぐ傍に在るのに、一駅先まで何故小走りに歩いていく必要が在るのだろうか。口癖のように、忙しすぎると何時もぶつぶついっているのに馬鹿な話だが、この男には理由が在った。

理由は二つある。一つは、手前の祖師谷の駅では、急行には乗れない。急行の停車駅は新宿まで、途中三つぐらいだ。だが、鈍行列車は十二、三か所停車する。このため、急行だと乗車時間が十五分間だが、鈍行だと三十分間は掛かる。この時間差は、当時のビジネスマンに取ってはとても大きかった。もう一つは、成城始発六時の急行に乗れば座れるという点だ。こうして、この日彼は急ぎ足に地元の小学校や幼稚園の前を通って、成城学園の校庭が在る側の道に出た。校庭沿いに仙川と呼ぶ小川が在り、割合綺麗な水が流れている。

未だ六時前なのに、川の向こうの馬小屋では学生が小屋の中に、デンキを点けて掃除を始めて居た。女子学生のようだ。多分馬術クラブに属しているのだろう。四、五人ぐらいで、懸命に馬草を取り換えているのだろうか。馬が小屋の中で動くたびに、天井から釣った電灯が揺れている。そのデンキのちょっとした明かりが、目の前の川面の流れに映り《キラキラ》と水流が躍りきらめいていた。川幅は、僅か六、七メートルほどだ。ところが、透き通った綺麗なその中ほどに枯れ木の枝が何か杭のようなものに引っ掛かっているためだろう。そこだけ、水流が躍る格好をしていた。その水の踊りに、馬小屋のデンキがちょうど映えているのだった。揺らめき《キラキラ》と光っている。

彼は、一瞬足を止めた。「踊る〝煌めきだ〟、踊る〝キラキラ〟だ」と口の中で呟いたが、慌てて急ぎ足に橋が掛かった道路に辿り着き、小走りにそれから坂を上って駅の改札口に辿り着いた時には、発車のベルが鳴り出していた。飛び乗った途端に、ドアが閉まり動き出した。その数十秒後、先ほどの小川を電車がガタゴトと渡った時、武田太郎が窓越しに外を見ると、大学の馬小屋がちらっと見えた。だが彼が見たのは、あのデンキの光が川面に映っている踊る〝キラキラ〟だった。昔から、この〝キラキラ〟と光る〝煌めき〟のようなものに出くわすと、武田は「今日は、きっと何かが起きるぞ」と思うのだった。

目的の皇居前に在るゴールデンホテルには、ちょうど七時に辿り着いた。すでに、日本産業連合会事務局のスタッフが二人来ていた。武田と同じ四十ぐらいの原山というメガネを掛けた精悍な顔付きの男が、武田に「よう」といって手を挙げ、新聞を差し出した。

もう一人は、背が低く狐のような細目の、しかし髭面の原田よりやや若い種市と名乗る若者が、未だ眠そうに両手を挙げて大きな欠伸をしていた。昨夜は、役人とでも飲んだのだろうか。三人は、もちろん顔なじみである。しかも、今朝の会合のスタッフは、この三人だけだ。しかし、日本産業連合会の事務局員でもない武田だけが、この会合に何故出て来る必要が在るのか。

この日の朝食会の主役になるはずの初老の男は、何故か重要な打ち合わせや会議になると、秘書を通じて突然「一緒に出席するように」と連絡して来る。時には、直接電話で「忙しくなかったら、付いてきなさい」というからだ。幾ら忙しくても、トップの命令だから仕方がない。

彼の仕事は資材調達部門の下働きで係長といったところだが、こうした役目をいい付けられる理由が、何なのかは武田太郎にもよく判らない。ただ海外出張の折り、通訳まがいのことが出来るのでその性かも知れないとも思う。こうして、武田がこの会社のボスに仕えるようになって、すでに一年以上が経つ。最初は、日本産業連合会の事務局も江戸電力という会社のトップだけが、武田のような小者を何時も同席させるのを嫌った。当然だろう、不平等だしトップ同士の秘密の情報が抜ける恐れもある。だが、彼は信用できる部下だから頼むとその初老の社長東山正義が、事務局長に頼んだらしい。太郎も最近、ひょっとすると、この東山という男の三代前の岩田輝夫という社長が入社した際の自分の保証人であったから、太郎を使えとか何かの引継ぎが在ったのだろうか、などと勝手に推測したりした。

「原田さんも、種市さんも何時も早いですね」

武田が挨拶代わりに、若干感心するような口ぶりで述べた。そこは、このホテルの二階に当たる今朝の会合の部屋の、いわば控えの間だった。初春のこの時期、その窓から皇居前の広場の整った松に、すでに鶯が居るのだろうか。綺麗に響く声が聞こえてくるような雰囲気だった。だが、今朝ここに集まろうとする経済界のトップたちの心境は、多分そんな穏やかなものでは無いようだ。ホテルのボーイが、お茶を持て来てテーブルの上に、置いて行った。

この日は、日本産業連合会の会長板垣東一郎以下、数人の副会長級の大物が集まり、朝食会を行うことに成っていた。しかも、それが僅か二、三日前に決まった突然の話だった。会合は八時からだが、事務局としては準備が要るし、中には早く遣って来る年寄りも居る。

案の定、間もなく旭日重工業の会長小俣玄史郎が、大きなお腹を揺らせて、「おはよう」といいながら遣って来た。身長も在るが、多分体重の方も九十キロは在るだろう。名前は小俣だが、黒々とした髪毛も多い実に大柄な男だ。続いて、さらに三分ぐらいすると、今度は飄々と歩く細身の東亜日本鉄鋼会長大倉得郎が、「みなさん、早いですなー」と声を掛けて現れ、早速出された幾つかの新聞を選んで手に取った。

ボーイが今度は、コーヒーを運んできた。すると、大倉がボーイにいった。

「悪いけど、お茶を一杯貰えないかな。僕は今、ここの部屋でコーヒーを飲んだばかりですから」。そして恐縮するボーイに、重ねて「悪いね」といった。

さらに、先に来ていた小俣玄史郎に「僕はもう年だから、なかなか朝が弱くてね。とうとうここに泊ったんですよ」と、いい訳をした。

すると、即座に小俣が少々お腹を揺り、にやにやしながらからからかった。

「嘘でしょう。大倉さんは、奥さんを早く起こしたくないからでしょう」

「いや、私は亭主関白ですよ。小俣さん、あんたこそ奥さんに今朝も叱られて出て来たんでしょう」

「いやはや、お互い様ですな」といって、二人の笑い話になった。

そうこうするうちに、さらに小柄で小太りの南海化学の会長富田達治と、主催者側の事務局長辻井　徹が殆ど同時に現れた。辻井は、白髪の紳士だが、元々は役人だったようだ。その辻井が一番若く六十八才、しかし他の三人の大会社の会長たちは概ね七十を過ぎている。昭和五十三年（一九七八）当時としては、正に殆どが長老という条件にぴったりの人物である。一人だけ違ったのは、後で現れる筈の武田太郎のボスに当たる江戸電力の社長東山正義だけだった。東山は未だ六十三才だった。

「時間は、今何時ですかな」と、先ほど旭日重工の小俣といい合っていた東亜日鉄の大倉得郎が、誰とは無しに尋ねた。腕時計を見ると、未だ七時半になるところだ。事務局の若い種市がそのことを告げると、大倉が述べた。

「ホテルに泊まると、楽で良いですな」と、またみんなにいい訳をした。

「ほぉー、今日はこのホテルに、お泊りでしたか。賢明ですな」

愛想の良い事務局長の辻井が、鸚鵡返しに問い返した。すると、旭日重工の小俣がつやつやした顔を歪めながら「いやー、辻井さんよ。大倉さんは、早起きすると奥さんに怒られるから、逃げ出して来たんですよ」と、改めて皮肉った。

「相変わらず小俣さんは、ヒト聞きの悪いことをいうね。自分のところが、そうだからといって、共連れは困るよ」

そういって、またげらげら笑いながら、大倉が南海化学の会長富田に、「あんたのところは、どう?」と聞いた。富田はちょうど七十才になったばかりで、二人の会長たちよりも四、五才ほど若い。

「はい、私のところは家内も早起きですので、気にしないようですがね」

余りにも、真面目な答えだったので、一瞬座が白けた。そこを、見計うように旭日重工の小俣が、「今日はまた、突然の集まりだが、後は誰が来るのかね。もちろん招集した板垣会長は、見えるだろうが」

「あとは、板垣会長と江戸電力の東山正義社長、東西商事の碇山国男会長それに日本公共投資銀行の有木一角総裁です」と、事務局の調査役原山が精悍な顔付きのまま述べた。全部で七名の豪華メンバーである。

「テーマは、何だね」

小俣は、判っていながら突然わざわざ集められたのが不満のようで、吐き捨てるように問い質した。今度は、事務局長の辻井が手もみをしながら、口を開いた。

「申し訳ありません、こんな早くにお集まりいただいて済みません。内容は、会長がみんなが集まった時に話すといわれましたので、はっきり聞いてはいません。ですが、江戸電力の東山社長と投資銀行の有木総裁を特にお呼びしております。したがって、矢張り原子力発電所の開発を急ぐことと、もう一つ石炭を安く海外から買うしかないというような話を、産業団体の方針として決めたいということではないかと思います」

すると、「ほー、板垣会長もせっかちですな」といいながら、そこにいた四人が、ひそひそ話を始めた。

（二）

「ＯＰＥＣが出来てから、電気代が八倍に上がっているからね。これは、企業に取っては痛いね。板垣さんが、焦がれるのも判るけどな」と、東亜日鉄の大倉得郎を中心にもごもご述べていたが、旭日重工の小俣が話題を変えた。

「大体ですよ。江戸電力なんていうのは、元々われわれにデンキを安く届けてくればいいんですよ。ただの下請けの燃料会社ですよ。《たかがデンキ屋》なんだから。ところが、石油の値段がどんどん高くなって、いうことを聞かないね」

「あのデンキ屋どもが、終戦直後に困っていた時ですよ。地域別の民間会社が良いと考えたのは、僕らだよ。僕たちが、作ってやってあの連中を育てて来たのに、その恩義を考えろといいたいよ」

「ところが、ＯＰＥＣが値上げして、油の値段が上がったから、電気代を上げるのは仕方ないといいやがる」

「この国はデンキを作るエネルギー資源が無いから、デンキ屋どもは政府を動かして、どんどん安い資源を調達して来るべきですよ」

「今まで面倒を見てやった恩返しをすべきなのに、あの連中ときたら全然そんなことは考えて居ないね」

「その通りですよ。以前は、われわれが面倒を見てやっていたのに、最近では逆だよ。彼らに、面倒を見てもらう状況だから、弱ったものですな」

南海化学の会長富田達治と旭日重工の小俣玄史郎が、東亜日鉄の大倉得郎に悔しそうに訴えた。その上で、さらに述べた。

「各地方共に、デンキ屋が出しゃばり出しましたね。地方の産業界の会長は、全部デンキ屋どもに支配されましたね」

すると、東亜日鉄の大倉得郎が、さらにひそひそと囁くように述べた。

「会長の板垣さんにいわれて、われわれの産業連合会にも江戸電力を入れたけど、こういう会合からはデンキ屋の連中は追い出せないかね」

すると、富田が同調して述べた。

「大倉さんのおっしゃる通りですよ。江戸電力なんて、たかが関東だけの会社でしょう。われわれのように、全国に展開する会社と一緒にされては困りますよ」

小俣が、口を挟んだ。

「富田さんのいう通りだ。そうでないと、彼らが益々図に乗って出しゃばるばかりだよ」

この時〝どきっ〟としたように、事務局長の辻井徹が若者三人の方を見た。そこには事務局の二人の他に、もう一人黙って耳を澄ましている人物が居たことに、辻井が初めて気付いた。

事務局の二人以外にもう一人居たのは、今産業界の長老たちが、「電力会社をこうした場から追い出せないか」と相談している、その正に江戸電力の社長東山正義の懐刀といわれるようになる武田太郎だったからである。事務局長だから、自分の部下でないことは直ぐ判ったのだ。しかし、辻井は、流石にかって役人から、こうした産業界の事務局長に居座った大物だけに、直ぐに顔色を直して全く無表情に慌てず述べた。

「いやあ、そこに居る三人は、うちの事務局員ですから・・・おい、お前たちちょっと席を外せ」と命じた。するると安心したように、それからさらに、三人の話が続くようだったが、辻井事務局長がもうそろそろ、残りの人たちも遣って来るはずだと考えて、くちばしを入れた。

「しかし、会長の板垣さんが、今朝もわざわざ江戸電力の東山さんを連れ出して、みんなに話をさせるわけでしょう。だからそんなこと、今更無理ですよ」

そういい終わったところに、「遅くなって済みません」と、くだんの江戸電力の社長東山正義と日本公共投資銀行総裁の有木一角、それに東西商事の会長碌山国男の三人が到着した。すると、奇怪なことにその場の雰囲気が百八十度ガラリと変わった。

「いやー、東山社長さん、日頃からお世話になっています」

「今朝はまた、お忙しいところを、お出で頂いてありがたいお話を、承るということでとても光栄です」

「板垣会長も、意地悪ですな。ヨーロッパから、お帰りになったばかりの東山さんを呼び出すんだから」

このように、こもごも江戸電力の社長を持ち上げる言葉が続いた。一体先ほどの、デンキ屋をバッシングするような話は、どこへ行ったのだろうか。

その様子を、後ろで眺めていた事務局の原田と種市があっけに取れて眺めていたが、ボーイが電話だといって呼びに来たので、種市が慌てて出て行った。直ぐに戻ってきて、「あと五分ぐらいで、板垣会長が見えるそうです」と報告した。

では、会議室に移ろうかといいながら、みんなが隣の部屋に移動する。武田太郎は、うっかり先ほどの自分の親分を追い出そうと話していた三人に、江戸電力の者が居たころがバレルとまずいと思った。そこで、わざと会議室とは離れた方の手洗いに急いで歩いて行った。すると、後ろから事務局長の辻井が追って来た。追い付いて、「先ほどの話は、聞かなかったことにしてくれないか」といった。

「何も、聞いていませんよ」と、武田がうそぶく。

「そうして呉れ。社長の東山さんにはいわないでね」

「当たり前でしょう。何も聞いていませんから」

すると、辻井が「判った。ありがとう」と、述べた。連れションをしながら、武田が辻井にいった。

「三十年経ったら、アメリカ人と同じく話しますよ」

すると、苦笑いをしながら「良いだろう。僕はその頃は、もうこの世に居ないから」と述べた。

その辻井事務局長は、この後なお五年ぐらい事務局長を勤め引退したが、引退すると間もなく、体を壊して亡くなった。

なかなか気骨の在る男だったと、時々武田は彼のことをというよりも、あのトイレでの会話を思い出す。

そういえば、この話は昭和五十一年（一九七六）のことだから、すでに四十年前になる。あの時、辻井に「三十年経ったら話す」といって置いたから、彼も天国で笑っていることだろう。

老人には、そういう昔のことが最近不思議と思い出されるのだった。その中で、辻井　徹に関しては妙な思い出が在る。それは、彼のお通夜の折りのことだ。

武田が、法要の直後親族にご挨拶に伺った。すると、亡くなった辻井の連れ合いと思われるお年寄りの横に、娘さんと思しき女性と幼稚園児ぐらいの、これもまた女の子が居た。

武田が挨拶をして腰を上げた時、突然その幼稚園児が母親に尋ねた。

「ねえ、ママ。この人もうちのおじいちゃんをいじめた人」と問いかけた。そして、武田の顔を見ながら、睨み付けるような仕草をした。

隣の母親と未亡人が、慌てて「これ、この子ったら失礼なことを！おじいちゃんの、お役所の方ではないのよ」

「まあー、本当にすみません。おませな子で、後で厳しく叱って置きますので」

などと、慌てて謝った。

ところが、確かにおませさんらしく、それでは収まらなかった。

「だって、おじいちゃんが持っていた写真を、あたいに見せて悪いのはこれだと、何時もいっていた顔と、この人そっくりだもん」

武田もびっくりして、頭を掻いた。同時に母親が、その子の頬を《パチッ》と大きな音がするくらいに敲いた。

もちろん、わあー！と幼児が泣き出したので、周りにいたみんなが何事が起きたのかと、驚いて見ている。

武田は、バツが悪くなって「それでは済みません」といって急いで退出した。未亡人が、追い掛けてきて「本当に申し訳ないことを」と、涙声でいったのである。

後で聞いた噂では、辻井は日本産業連合会の事務局長になる前に居た役所で、上司とそりが合わなかったという。最高学府を出た男だから、本来なら役所の次官にまで登り詰めることが出来たのかも知れない。だが、自分から要望して、民間に出たということだった。だから、休みの日などに孫を抱いている時、昔の写真帳などを捲りながら、気楽に話していたんだろう。「この人誰」と聞かれて、「うん、良い人だよ」といい、次いで「この人は」というと「ああー、その人はお爺ちゃんを虐めた人」

孫が「じゃー、悪い人ね」と聞く。すると「そうだよ」などと、いっていたのかも知れない。それにしても、あのようにはっきりと「この人と写真の顔が同じ」と断言されて、しかも睨み付けられると、武田はもちろんいい気持ちはしなかった。辻井が孫娘に《この人は悪い人》と、教えた役所で一緒だった写真の人物は彼の上司のことだったかも知れないが、それ程自分に似ていたのかと、思い出しては苦笑するのだった。

だがこのことは、この後武田太郎に取って、単なる勘違いで済む話では無いことが判ってくる。

（三）

今朝の臨時の集まりは、板垣会長以下日本産業連合会のトップ七名に、事務局長と事務方三人を入れ十一名である。この部屋はそれ程大きくないが、十五人程度以下で行う朝食会には、ちょうど打って付けの高級感の在る部屋だった。しかも、正面には床の間が在って、そこには可なり立派な神棚が備え付けてあった。会議が始まる前に、事務局に交じって出席していた武田太郎が、丁寧にその神棚に向かって、〈二礼一拍一礼〉の正式のお参りを行い、柏手を打った。

すると、会長の板垣東一郎が「これはいけない。若い者に教えられた」といいながら、わざわざ立って行って同じようにお参りした。慌てて、みんなが真似しようと立ち上がると「いや、今私が代表して拝礼したので、皆さんは結構ですよ」といって、座るようにと述べた。そこで、漸く打合せが始まった。事務局員は、一段後ろに控えているが、そこに座っている武田に向かって、原田が「お前には、叶わないよ」と小声で囁いた。

真ん中に、長方形のテーブルが在る。白いテーブル掛けが掛かっており、清潔感を醸し出している。しかも、椅子は牛の本革を鞣した艶の在る色調が、全体をシックな様相に包んでいる。

八時きっかりに始まった打合せに先立つ朝食は、僅か十五分で終わった。コーヒーが出た頃を見計らって、事務局長の辻井　徹が会長の板垣に耳打ちした。

若い頃柔道で鍛えたという板垣は、すでに八十を超えている。だが、こういう所での食事も誰よりも早いし、出たものは勿体ないという理由で、何でも全部食べないと気が済まないようだ。そのためか、北畠機械の会長という現職でかつ、日本を代表する産業連合会長を務めている。

凄い男だから、経済界はもちろん、今や政治家も役人もが、板垣のいうことにはなかなか反対出来ない。また、いうことに、理と筋道が通っている。もちろん、彼は必至で勉強する。この歳で、例えば総理大臣に会いに行く前の晩などには、殆ど徹夜で勉強するという。また、彼が発する言葉使いにも、威厳が在る。

この日の朝も、短い食事がすむや否や、事務局長に始めて良いかと断る間も無く、口が開いた。今朝は、早くから集まってもらいご苦労様という前置きの後に、直ぐ本題に入った。

「みんなも知っての通り、四年前にＯＰＥＣが石油の価格を大幅に値上げしたため、日本は電気料金だけでなく、あらゆる物価が上がってしまい、特に中小企業は大打撃を受けています。このままでは、どうにもなりません。私共は、産油国のＯＰＥＣが持っている石油や天然ガスに頼ること、それを出来るだけ少なくする努力をしなければなりません」

ややしわがれ声で、とうとうと喋っていた会長の板垣東一郎が、一端切って机の上の茶碗を掴んで、お茶を一口含んだ。それを、ごくりと飲み込んで、隣に座らせた江戸電力の社長東山正義の方を見ながら、話を続けた。

「みなさん、知っての通り今やわが国は、外国に対する産業界の対抗手段としては、この場合二つしか在りません。一つは、コストの最も安い原子力発電所を、早く作ることです。もう一つが、石炭です。これも、石油よりは安い。オーストラリアには、天然そのままの良質の石炭が眠っています。よって、原子力と石炭、この二つを使って日本はＯＰＥＣに対するバーゲニング・パワーとすべきです。この二つを推進することを、私はみなさんに提案します」

その上で「きょう私は、記者発表もしますが、先ずこの場でこれからどのようなことをすべきか、みなさんの意見を聞きたいと思い集まって貰いました。そこで、江戸電力の東山社長にわざわざ来て貰ったので、先ず状況を説明して頂こうと思います」

ここまで、僅か五分間だった。実は、この一か月間の間に会長の板垣は、江戸電力の東山を連れて、原子力発電所の現場を訪問し、これからどこに新たに原子力発電所を造るかを、関係者と打ち合わせて回っていた。同時に東西商事の会長碌山国男の案内で、オーストラリアを訪問したりしていた。このため、自分の思いを語る準備は板垣には十分整っている。そこで、先ずは電力の東山と商社の碌山に、取り組み状況を説明させて、その上で自分の案を提案し記者発表しようとしたのである。

ところが、出席させられた他の連中は何も知らない。あっという間に具体的な状況を紹介する話になり掛けた。そこで、流石に板垣の一方的な進め方に、異議を申し出た者が居た。

「ちょっと、会長良いですか？」と口を挟んだのは、実直でしかもこの日の長老の中では一番若い南海化学の会長富田達治だった。

「何か、在るのかね」と、板垣が不機嫌に問い返した。小太りで丸顔にやや赤味を帯びた頬の、豊かな膨らみを揺らすような仕草で、片手を少し持ち上げて、しかも反っくり返るような姿勢で述べた。

「いや、板垣会長のご趣旨は良く判りますがね。われわれは突然話を聞かされましたが、しかし何の用意もないのにどんどん物事を進められても困りますがね」

《がね》と語尾に、わざわざ不満を表す表現の仕方をした。

富田の発言には、先ほどみんなが来る前に、デンキ屋に出しゃばられては困るという内緒話を先輩たちとしていたことを念頭に、しかも自分がそうした不満を、引き取って主張したという風だった。

するとと、会長の板垣の顔が急に紅潮したかと思うと、口が開いた。

「だから、これから内容を君たちに理解してもらうために、わざわざ江戸電力の東山さんに来て頂いて、しっかり説明して貰うわけだよ。君たちの業界のために、東山社長にはいろいろご努力頂いて居る。その内容を、聞かなくていいのかね」

大声で、一喝されて南海化学の会長富田達治が、頭を掻きながら「済みません、良く判りました」と頭を下げた。

座が白けたところで、例によって事務局長の辻井徹が口を挟んで述べた。

「済みません。本日のお集まりは、突然のお話で私の方で会長とご相談し、内容については全く内々のことですから、敢えて勝手ながらペーパーも用意しておりませんので、ご出席の皆様には事務局長からお詫びいたします」

気色ばんだ雰囲気を変えようとした、ご機嫌取りのこの発言が一層板垣の勘に触った。

「君は余計なことは、いわんで良い。僕が、突然声を掛けたのだから、事務局長が謝る必要は無い」

第二節　準国産資源

（一）

また、部屋の空気が深閑とした。すると、江戸電力の社長東山正義が、「あのー、それでは私から電力というより、日本のエネルギー供給の現状と対策について、板垣会長のご指示に従って十分間ぐらいで説明させて頂きます」と、穏やかに発言した。

それを聞いて、板垣の機嫌が直ったのか東山に催促の声を掛けた。

「東山社長、十分間といわずに時間は十分ありますから、みんなに判るように是非説明してください」

「それでは・・・」と東山がいいかけた時、また板垣が述べた。

「実は昨日だが、内々僕は総理大臣の前田　進さんに会って来ました。そして、原子力発電の推進は、国家の方針であることを確認したわけです」

一端切ったかと思うと、突然そこで大きな咳払いをした。太い二の腕を出して、目の前の湯呑茶碗を掴み、残りのお茶を全部飲み干して、その後で次のように重要な補足をした。

「僕がこれだけ真剣なのは、このわが国のエネルギー問題、特に原子力発電の促進と、石炭の輸入問題とは、単に中小企業とか産業界のためだけでは無いということです。国民に、低廉で安定的な電気を供給して貰い、むしろ東山社長にこれから先は、電気料金を上げるのではなく是非下げて貰いたいと思うからです」

このような電気料金の値下げということまで、大演説を打たれては今朝呼び出された各産業界のトップも、もちろん反対のしようがない。「是非、板垣会長よろしく」といわざるを得なかった。

逆にびっくりしたのは、江戸電力の社長東山正義の方である。

「あのー、電気料金の値下げという話は、あくまで原子力がもっと出来上がってからの話ですので」と、断わってから「それでは、ご指示に従い状況をご説明します」と述べた。

江戸電力の社長東山正義が述べたのは、次の三点だった。

第一に、わが国はエネルギー資源が無いため、中東のアラブ諸国や東南アジアなど、すなわちOPECから殆ど石油や天然ガスを輸入得ざるを得ない。だが、オイルショック以来、その値段がどんどん上昇している。僅か数年前までの値段の三十倍から五十倍になっている。

第二に、このままでは電気料金をまた値上げせざるを得ない。だから、それを抑えるためには、何としてもOPECに対抗出来る安くて安定的なエネルギー資源を、日本が持つしかない。それが、原子力発電と石炭火力発電である。

第三に、特に原子力は地球環境問題の原因になるCO2が出ないので、電力業界としては政府の方針に従い、積極的に進める積りである。

そのような説明をした後、東山は次のように締めくくった。

「ところが、原子力発電は事故が起きると放射能が出るというので、地域住民の方々が建設立地に反対されるので困っています。私共は、メーカーのご協力を得て、国の方針に従い安全で確実に安い電気を、皆様方に供給するのが仕事です。いわば、縁の下の力持ちです」

さらに、東山が述べた。

「デンキは今や皆様の産業のために、一瞬なりともブラック・アウトすなわち停電させてはならない基本的なエネルギーです。デンキを生産する私たちは、その低廉で安定した商品を、責任を持って〝持て成し〟の志で、お届けしようと覚悟しております」

先ほど、電力会社の悪口を内緒で語っていた大倉や小俣たちが、東山の口から出た、《私共は、縁の下の力持ち》とか《持て成しの志》だという言葉を聞いて、無言で顔を見合わせ溜飲を下げているような様子だった。

すると先ず東亜日鉄の大倉得郎がトーンの高いだみ声で、東山に質問した。

「いやいや、板垣会長もそれに東山社長も、本当にご苦労様です。ところで、その原子力の新規地点はどこかに決まったんですか。差支えなかったら、教えて戴けませんか」

これには、板垣といえども勝手に応えられない。東山に、発言を催促した。

「あのー、現在あちこちと当たっていますが、簡単ではありません。昨日も、フランスから帰国早々に板垣会長にお供して東京の知事に会いに行きました」

そこまで、東山が話したのを引き継いで、今度は板垣が述べた。

「知事も当てにならんな。東山さんが関東地域の電気はこの地域内で発電して住民の方々に送るのが一番良いし、安くて安定供給になる。だから、国の方針に従い原子力発電も、関東地域内のどこかに作らせて貰えないかと述べたんだ」

「それで、どうだったんですか」と、小俣が聞いた。

「全くにべもなく、《天皇陛下の御座所の近くでは困るとしかいいようがない》との一点張りなんだ。どうしようもないよ」

板垣がさらに、「せめて国の方針に沿って、努力しますということぐらいはいって貰わないと・・・政権与党の知事だから」と、憤懣やり方ない素振りである。

東山が慌てて、補足した。

「あのー、私共は懸命に努力します。だがどうしても、新しいところが見つからない場合は、これまでの場所は、いずれも私共の供給エリアの外から電気を運ぶという無駄をしておりますが、仕方なくそうした所に増設していくしかありません」

「そういうことですか、私は知らなかったけど福島とか新潟の原子力は、わざわざ東京とか神奈川とか関東地方の人たちのために、無理をして作ったんですか」

南海化学の会長富田達治が、小太りの頬を膨らませながら東山に頭を下げるような格好で述べた。先ほどの悪口は、吹き飛んだようだった。

ここぞとばかり、東山も述べた。

「特に福島の浜通り地点は、正直申し上げて私共は余り賛成ではなかったんです。ですが、日米原子力協定が出来て、どうしても地点を選定する必要が在りました。すると、地元の福島から是非この場所を提供するから、過疎を豊かな街に甦らせて呉れといってきました」

「そんな事情が在ったんですか」と、今度は旭日重工の小俣玄史郎が口を挟んだ。

東山が、続けて説明した。

「その上で、今動いている一号基四十五万KWと二号基七十八万四千KWの二つは、殆ど全て日米政府と福島県が相談して作ってくれました。もちろん、原子力の機器も設計者や建設技師なども全部残念ながらアメリカから持ってきたものです。当然建設所長は、アメリカの建設会社の方です。《ターンキー方式》という契約でして、私共は発電所が運転を開始するまで、全てを委託して完成したものです」

その上で、と東山は「これは、全て政府の方針によるものでした」と強調した。

「現在は、どうなっているんですか」

今度は、東亜日鉄の大倉得郎が質問した。すると、「東山さん、日本全体のこともみんなに教えてやってくれませんか」と、会長の板垣が催促した。漸く、みんなが真剣にメモを取り始めていた。

「はい、わかりました」と述べて、江戸電力の社長東山正義が、概ね次のように説明した。

分厚いメモ用紙を、内ポケットから東山が取り出した。それを、しっかり読みながらの説明である。もちろん、そのメモは一昨日フランスのパリから東山正義のお供で戻り、一息付こうとしていた武田太郎の自宅に、その東山から直接電話がかかって来たため、慌てて徹夜で準備して社長の自宅に届けたものだった。このようにこの頃の武田太郎の役割は、こうした東山の発言のメモづくりが重要な仕事の一つだった。

先ず、関東地方の状況から説明し始めた。
※現在福島地点には、完全にアメリカが昭和四十六年に建設した一、二号機計一二二万四千KWの他に、五十三年までに完成した三、四号機計一五六、八万KWの合計二七九、二万KWの原子力が動いており、これに原子力発電専門の会社が運転する東海原子力の一一〇万KWを入れると、五基三八九、二万KWになること。
これは、関東地方を受け持つ江戸電力が、その住民の方々全部の電気の一割を、すでに昼夜を分かたず《原子力のとても安い価格で供給》していることになる。

ここまで説明し終わった時、懸命にメモをしていた会長の板垣が、隅の方に控えていた事務局に向かって述べた。

「君たち、資料は無いのかね…ちゃんと用意しておかないと駄目じゃないか」

面食らったのは、事務局長の辻井である。本日の議題も教えずに、突然集めた会議の資料が無いのはけしからんと、いわれてもどうしようもない。先ほど、突然の集まりであり会議の資料が無いことは、断わったはずだ。しかも、事務局長が口を出す話では無いと、板垣に叱られたばかりだ。何とも返事が出来ず、下を向い儘だ。事務局の原田と種市も、きょとんとしている。特に、原田の方は顔が青ざめている。何か文句でも、いい出しそうな様子だ。

武田が、一瞬不味いと思った。

「済みません、事務局の不手際です。後ほど、きちんと整理したものを、皆様に早々にお届けしますので・・・よろしくお願いします」

それを、聞いて板垣がいった。

「これから、気を付けろ。よし、後で整理したものを僕にも、そしてここに居られる方に、東山社長さんから資料をきちんとお借りしてだな。頼むぞ！」

「はい、畏まりました」

一件落着だったが、武田は内心おかしなことになったな、本当は自分が作ったメモなのに、そのことで謝っている。しかも、社長の東山からそれを逆にお借りして、みんなに配るというのである。何てことだと、両手で頭を掻いた。

そんな事情を知らない隣の原田が、武田を肘で突いて小声で囁いた。

「参ったよ、お前もすっかり事務局員だな」

こうして、東山は何食わぬ顔で説明を続けた。

※もちろん、大阪の関西地方、名古屋の中部地方、東北・中国・九州・四国の各地に、それぞれの地域の電力会社が努力して原子力発電所が建設されており、合計すると、先ほどの関東地方を上回る八基約六百万KWの原子力発電所が、完成している。

※総合計すると、（三十五、六年前のこの時）約一千万KWになり、日本の全国民が使う電気の約一割は、すでに原子力発電が受け持っている。

※エネルギー資源の無いわが国が、電気料金を引き下げ海外諸国に対応するには、こうした原子力発電を政府の方針に従い、これからさらに三倍から四倍にしなければならない。石炭火力も有効だが、CO2が出る

のが難点。よって、今は何といっても原子力だ。そうすれば、電気料金はうんと下げられる。

（二）

一応、東山の説明が終わると、会長の板垣が「みなさん質問とか意見は無いかね」といった。

待ちかねたように、東亜日鉄の大倉得郎が質問した。

「原子力発電の燃料といわれるウランは、どのくらい世界中に在るんですか」

「一番多いのはカナダを始め北米地域、それにロシアや中国などに散在します。石油と同じ可採埋蔵年数いうと、五十年から百年分ぐらいが在ります。但し、ご存じの通り高速増殖炉という夢の原子炉が完成しますと、半永久的に利用できるわけです。資源の無いわが国にとっては重要なプロジェクトの一つです」

「日本は、何処から持って来るのですか」

東山が、引き受けて応えた。

「日米原子力協定で、濃縮ウランの原料を日本に提供するには、ＩＡＥＡという国際機関の許可が要ります。何故かといえば、日本は第二次大戦で敗戦国になって、完全に軍隊も軍事力も持てない国になったわけです。当然核兵器を持つことはできません。ということは、本当は原子力発電に使うウランは使えない国なのです」

大倉が、述べた。

「成るほど、戦争に勝った側の英米仏などの連合軍と、インド、中国などは原子力発電所が作れるけれども、日本という国は本来は作れないということですか」

「その通りです。そういうことですが、日本は憲法で戦争を放棄しているので、特別に平和利用のためにだけなら、ウランを使っても良いが、ＩＡＥＡとかいう所の許可を得て、発電所を作り発電しているわけです」

「だから、アメリカには頭が上がらないということですか」と、南海化学の富田達治が、皮肉っぽく述べた。

「東山さん、もう一つ重要なことですが、使用したウラン燃料は、どう処理するんですか」

今度は、旭日重工の小俣玄史郎が聞いた。東山が「はい・・・えーと」といいながら手元に在るメモを捲っていたが、そこまで聞かれるとは思っていなかったらしく準備不足を露呈しそうになったが、そこはこの男も大したものである。

資料を捲るのを諦めて、みんなをゆっくりと見回したあと口を開いた。

「実は、昨年来板垣会長にもご了解を得て、イギリスとフランスに行って参りました。両国は、原子力発電の先進国です。この二つの国は、一回発電に使ったウラン燃料を、再処理してもう一回使うことにしております」

「ほー、そういうことですか」と、みんながそれぞれ感心するように述べた。

東山が続けた。

「もっと詳しい説明が必要でしたら、そこに居る事務スタッフから説明させますが、簡単にいえば取りあえず、わが国はこの英仏の二か国に再処理を委託することにしました」一端切って、述べた。

「すでに、契約しています。だが、本日の板垣会長のいわれる通り、日本政府がもっと原子力を増やし、日本経済の成長を促すようにとの皆様方の要請を受けていますので、委託する量を増やす交渉を行ってきた次第です」

さらに、追加して述べた。

「もちろん、わが国は将来独自に再処理をする必要があります。その準備も、関係省庁と綿密に打ち合わせながら、国の方針に従って進めております」

ここで、会長の板垣が口を挟んだ。

「今の東山さんの説明の通り、将来の電気の安定供給と電気の料金を引き下げるために、大変な苦労をして頂いているわけだ」

「成るほどね」と誰かが述べた。それを受けて、また板垣が発言した。

「事務局、何か補足は無いかね。東山社長さんの説明で良いか」

先ほどから、ボスの東山が恍けたように、詳しいことは事務スタッフから説明させるなどと突然いうものだから、びっくりしていた武田太郎が、今度は産業連合会の会長板垣東一郎にまで追い討ちを掛けられた。

もちろん、黙って居ても問題なかったが、折角の要請だからと武田が「それでは」といったものだから、今度はボスの東山も事務局長の辻井までが驚いた。

武田は、今朝成城学園の駅に走り込む前、小川を渡る直前に女子学生が、大きなお尻を出しながら馬小屋の掃除をするために、点けた電灯の光が川面に反映して《キラキラ》と煌めいたのを見て、今日は何かが降りかかって来るぞと予感していた。それが、これだったかと頭に浮かべながらゆっくりと落ち着いて述べた。

「事務局としては、国際取引に関する資金調達のことが在ると思います。また、これからのウラン資源の調査や開発も重要な課題かと考えます」

武田が、メインテーブルに座って居ながら、全く発言の無い日本公共投資政策銀行の総裁有木一角と東西商事の会長碌山国男の方を見ながら、短く発言した。

すると会長の板垣が、これを受けて口を開いた。

「事務局も、良い所に気が付いたな。今の二点について、折角来て頂いているお二人から、説明して呉れませんか」

こうして、有木と碌山が発言のチャンスを貰って、それぞれ説明をして行ったことはいうまでもない。

東山から原子力の話をさせ一段落した後、板垣は序でだから取り急ぎといって石炭のことを話したいといった。

すると、事務局長の辻井が側から板垣に、メモ用紙を見せた。それを見て、「あー、そうだったか。各紙の記者の諸君に、これから記者会見をするといって在るが、その時間になったようだから、きょうはこれで終わりたいが」といった。

だが、その前にとまた述べて、会長の板垣が東西商事の会長碌山国男に案内させて、つい最近オーストラリアの露天掘りの石炭山地を見学してきたことを自ら説明した。

その上で「原子力は発電所の建設に時間が掛かるが、石炭火力は割合簡単だから、豪州炭を早く輸入すべきだ」と述べて、碌山に若干説明を補足させた。

板垣は、ここまで約一時間半の会合を締めくくるように述べた。

「では諸君、良いかね。これから僕は日本政府の要請に従って、日本国民の将来の一層の経済発展のためには、原子力発電がどうしても必要であり、経済団体はメーカーと電力会社の協力も得て積極的に進めること。さらに、豪州炭の積極的輸入にも取り組むことを宣言します」

この日の長い朝食会が終わったのは、九時半過ぎだった。立ち上がった会長の板垣が、東山に今日はありがとうと労いの声を掛けている処に、同じく東亜日鉄の大倉と旭日重工の小俣などが寄って来て、「とにかく電気は《魔物》ですな」といった。板垣が「魔物かな電気は？」というと、後ろから小柄な南海化学の富田が「最早われわれの商売は、安定豊富な電気が無ければ成り立ちませんからね・・・それでいて、目にも見えない《デンキ》は、間違いなく《魔物》ですよ」と解説した。

すると、珍しく謹厳実直そうな東西商事の碌山が、ぼそりと述べた。

「その魔物をすっかり飼い馴らされている東山社長は、凄い剣術士ですね」

今度は、板垣が発言した。

「東山さんは、堂々とした武士道を心得ていらっしゃるんだよ。そのうち、一度レクチャーして貰いましょうかね。《デンキという魔物》の扱い方を、是非聞きたいですね」

「東山さんは、魔物使いですか」

そんな雑談をしている処に、待ち切れなくなった新聞記者が雪崩れ込んできた。

翌日の新聞に、わが国がオイルショックの苦悩を乗り切るために、政府の要請に従い、原子力発電を一層推進することと、石炭の輸入を本格化させることが特記されていた。ところが同時に、東山が何故か《デンキの魔物使い》が上手という話が、尾ひれを付けて報じられていた。


この時〝ナレーション〟が入り、大きな画面の映像が中断した。王様が、発言されたからだ。

「太郎さん、いや実に面白い。電力会社を、産業界の重鎮たちが〝独占資本の牙城〟といったり、逆に〝電力会社は地方地域の会社に過ぎない。全国で商売をしている産業界とは格が違う〟というように述べて、全く矛盾した理屈でとにかくこうしたトップ経済界の《政策集団》には、むしろ入れようとしなかった。そこが実に面白い」

と、王様が述べた。

「デンキというよりも〝電流〟と述べたほうが、より明確に判ると思いますが、それは私たちの地球も、王様のこの国同様にデンキが人間の活動の根源なのです。空気や水と同じです。だから、それを利用している集団から見ると、彼らよりも一段低い者どもなんですね。そういう意識がずっと在るんでしょう。それを、私は述べたかったわけです」

太郎が、王様の感想を受けて述べた。

すると、今度は〝極光の妃美〟の官房長官が、発言した。

「とにかく、地球上の日本という国のデンキを造り提供する〝電力会社〟は、産業界からも官僚組織からも、もちろん政治家からも、そして国民からもどんどん利用され続けて来ましたね。そして責任を、全部取らされてきたようですね。だから、太郎さんは怒っているんでしょう」

官房長官の同情的な発言に、太郎は感謝しながら述べた。

「ありがとう、極光の妃美。だけど、怒っているだけでは意味が在りません。何としても、モウリノミクスの中での発送電分離という、電力改革の間違いだけは止めさせないと、日本という国が無くなるかも知れませんから・・・」

その太郎の発言を引き取って、AO七七七星の王様が口を開いた。

「太郎さんがいうようなことになってしまうと、地球という星のバランスが崩れる。そうすると、今度はその微妙な変化が、宇宙全体のバランスの崩れになっていくのです。あのヒッグス粒子の重力の変化よりも、もっと大きないろいろな粒子や元素が混じり合ったり、そのため又た新たな元素が生まれたり、そういう混乱を引き起こす可能性が在るのです・・・だから、太郎さんに至急来てもらったわけです」

王様は、このように丁寧に話して下さった。

「王様、私は一体地球に戻って何をすれば良いのですか」と、太郎が質問した。

王様は、にっこりして次のようにお答えになった。

「太郎さん、〝法のサイエンス化〟ということを、是非やってみてください」

「何ですか?その〝法のサイエンス化〟というの

は」

太郎が質問すると、代わって官房長官が応えた。

「例えばですが、日本の政府は電力自由化のために発送電分離という制度を作ろうとして、新たな法律を造りました。しかし、それによってどれだけの、またどのような効果が在るのかという《経済効果の収支》を、具体的に計算しておりません。要するに、サイエンス化されて居りません」

太郎が、質問した。

「その計算が、きちんとされていることが〝法のサイエンス化〟ということでしょうか。私が政治家や官僚たちに呼びかけ、経済効果が在るか無いかを、きちんと証明させるべし、といわれるのでしょうか」

「その通りです」と、王様も述べられた。

第四節　無責任体制の戒め
――法のサイエンス化をすべし

（一）

ここまで、ラビアの長老と呼ばれる武田太郎の回想が終わった時、柱時計を見るとちょうど十時だった。

「原子力発電を、是非やらなければ日本は海外諸国に対抗できない、ということを決めたのは、日本国家すなわち政府のはっきりした方針だったということですね」

レオが、噛みしめるように述べた。お茶を啜りながら、ラビアの長老は一瞬目を瞑っていたが、やがて遠くを見るような恰好で口を開いた。

「その通りだ。レオ、江戸電力のトップの片腕として、その場に居た武田太郎という若者が、はっきり証言するわけだよ」

「それで大爺は、そのわが国の姿は、今も四十年の昔も変わって居ない。したがって、モウリノミクスの成長戦略に、準国産資源ともいえる原子力発電を無視しては、絶対に成り立たないというわけですか」

レオの問い掛けに、ラビアの長老は「その通りだ」と明言した。

そこで、さらにレオが述べた。

「話の中に出てきた、その当時の経済界長老たちが《たかがデンキ屋、あの連中に出しゃばらせては困る》という風潮は、その時江戸電力の東山正義社長が、《私たちは、国民や産業界の縁の下の力持ち》という話で、消えたんですか、それとも今も在るんですか?」

するとと、ラビアの長老が一瞬暗がりの中で、ぎらりと目を光らせながら、ゆっくりと口を開いた。

「レオ、良いところに気が付いたな。《縁の下の力持ち》というのは、別の表現をすれば〝デンキの供給責任を持て〟ということだよ。どんな商品でもそうだが、不良品とかが出るとその商品は誰が造ったのかという製造者の責任が、先ず出て来る。デンキは瞬時に消費されるので、一般の商品以上に生産者の発電部門が最後まで責任を持てるような仕組みでないと、きちんとした〝持て成し〟は絶対に無理だということだ」

一端切って、短く鋭い声でラビアの長老が述べた。

「よいかレオ、〝電流〟は途中で切ったら、使い物にならなくなる。自動車の会社だって何だってそうだろう。同じ会社だから、生産から販売まで全責任を持ってお客のために、忠実に事業活動を行うことで、はじめて企業としての責任が持てる。事業が完遂出来る。だが、分断して別々の会社にされたら、必らず無責任になる。自分だけを守ろうとするからだ」

それを聴いて、レオがいった。

「現在は、一体的に経営を行っているから、経営者も従業員も全部が組織力を生かしているわけですね。そうしなければ、本当の自由な競争は出来ませんね。結局は、停電したり、電圧や周波数が狂ったりしたら、それは不良製品だから発送電と配電販売を瞬時に行っている電力会社の一体的な責任だということですか。要するに、生産から販売まで一体的な運用をしなければ、とてもデンキの自由競争なんか不可能ですね」

「そうだ。戦中から戦後かけての十二年間の悪夢のようなデンキの国家管理が終わって、今の地域別私企業による電力システムが出来上がったのは、昭和二十六年（一九五一）だった。その基本は、何だったか。それは、〝電流〟を滞ることなくお客さんのところに運ぶこと、すなわち発送電を切り離さずに、デンキの供給責任を持てということだったんだ。今の体制を創った電力の鬼という綽名の人物・杉元高右門がはっきり述べている」

老人が、さらに敷衍した。

「だから、そういう明確な責任体制で遣って来たものを崩すというのは、別のいい方をすると、《デンキの供給責任を》を放棄して、欧米流に国民がそれぞれ自己責任で、自由にデンキを取引しようということに成るよ」

「本当に、それで良いと思っているのかな」と、レオが述べると老人が苦笑いをした。

「役人は、責任逃れの天才だ。しっかりしているよ。法律の規則を良く読むと、デンキの小売りが完全自由化に成っても、デンキを販売する者は、供給責任を怠ってはいけないと謳っている。だから、ちゃんと歯止めがしてあるよ」

「でもイギリスでは、すでに今大問題になっているのは、発送電分離前と違って、デンキを生産する事業者と、国民にデンキを売る事業者とが、送電線を介して別々の『利害関係が対立する』人間が運営している会社だから、どうしても無責任になって来る。〝電流〟

は、生産即消費である。物理的に切れないし、したがって生産者から流通者へ、そして販売者へ責任の擦り合せを綿密に行って、常に信頼関係を作り出しておかなければ無責任になる。そういうことで、イギリスで発送電分離したのは拙かった。元に、戻そうという動きが出て来ています」

「元に戻るかね」

「そこが肝心のポイントです。イギリスがやったのは二十年も前です。一度分解すると既得権益を得るものが、必らず出てきます。何でも同じですが、一度そうなると今度は、新たな既得権益の集団を分解することになるので、簡単ではないようです」

「フランス人は、賢いね。一応分離したように見せかけているが、実態は発送電一貫運営だね」

レオが、述べた。

「ロンドンの研究所の仲間のしっかりした意見の一つに、あの3・11の大地震とツナミで江戸電力の原子力が事故を起して、大停電した本当の原因は、デンキが足りなかったからではない。西日本ではデンキは余っていたといっています。要するに、日本列島の電流が東西二つのサイクルに分かれているからだというのです。だからサイクル調整を大きくして、現在の二百KW程度を十倍ぐらいの二千KWぐらいにすれば、全然問題ない。何兆円かの投資で解決出来るはずだといっています」

長老が述べた。

「発送電分離をしなくてはならないなどということとは、全く関係無いということか」

「イエス・サー」とレオが言った。

レオが、続けて訊ねた。

「最近官邸の官僚が、毛利首相まで誑かして、デンキの事業法を改正したでしょう。それは、一言でいえば戦後六十年間続いて来た、デンキの供給責任者が、居なくなることです。そういう意味で、［改正］ではなく［改悪］ですが、産業連合会をはじめ経済界の大御所たちは、殆ど何も反論していないのは、それで良いといっていることと同じですね。多分、みんなが何らかの新たな利益集団に成れると〝過信〟しているからでしょう」

いったん切って、述べた。

「本当にそれで良いと、国民も産業界も思っているとは、考えられませんが」

すると、老人が唸るように述べた。

「デンキ事業者に、もうあなた方には《縁の下の力持ち》は頼まない。自分たちでやるからということに成るね。みんながそう思っているかどうかは別として、そういう考え方を持っている人たちが、大勢居るよ。そういう恐ろしい〝過信〟が在るんだよ」

「その根拠は、何ですか?」と、レオが訊ねた。老人が天井を眺めていたが、次のように皮肉ったような話をした。

「レオ、天井のあの隅の方に、《戦前の電気事業という言葉》が点滅しているとしよう。古い話だから、さび付いている。今の世の中に、使えるような言葉で無いことは確かだ。ところが、それを持ち出して来て昔は、発送電は分離して居り、自由取引だったと書いて在るだろう。昔のように、自由にデンキをやり取りすれば、世の中は元気になるはずだ・・・と、考えているのではないかね」

「昔は、そうだったんですか」

「レオ、勘違いしてはいけない。日本人にとってのデンキの必要性が、昔と今では全く違っていることを無視して居る話だ。昔は、日本人の電気の消費量は、全エネルギー消費量のうちの一、二パーセントだったが、今や三割ということは、日本人はデンキ漬けの中で生活しているわけだよ。だから、システムが狂うと大変なことに成るんだよ」

老人が、そう述べた。レオが、頷きながら口を開いた。

「じゃー、それは後の話として、現在ロンドンのシティや僕が関係している投資会社のクラブなどの連中も、先ほど長老がいわれた通り、事業法を改正してまで電力会社の発送電分離をしたがるのは、日本の産業界や国民大衆が、今後はデンキの供給責任は、欧米並みに自分たちで考え対応することに踏み切ったということに成るというんですよ。だけど僕は、間違いなく日本の社会の成り立ちからいってマイナス。大きな負の遺産になると心配しているところです」

　すると、ラビアの長老がまた、目を光らせて一気に述べた。

「そこだよ、レオ。昔、デンキ屋が出しゃばるのは困るといっていた風潮は、未だに消えていないというのは、そういうことだよ。たかがデンキ屋どもが、原子力だ、原発が必要だといって来た。ところが今度は頭《ず》に乗って、とうとう放射能漏れまで起こしてしまった。《もう、彼らに任せておけない。デンキは自分たちが、自由に作ってやる。イノベーションの時代だ。役人の知恵と権限を活用して、市場競争でデンキをコントロールしたほうが良い》と、思い込んでいる」

　さらに、続けた。

「デンキ会社の方も、国民と産業界からこれまで大事にされてきたので、長年の間に慢心していた嫌いが在る。そこを、しっかり戒めるべきことはいうまでもない。その上で、電気事業の基本は何かを厳しく考えるべきだ。その基本とは、ブラック・アウトが生じないように、〝デンキの安定供給を果たす縁の下の力持ち〟であり、同時に〝持て成し〟の志で責任を果たしていく必要が在るということ、それがすべての土台。だから、生産者の責任が持てなくなるような、発送電分離は絶対に遣るべきでないと堂々と主張すべきだよ」

　さらに述べた。

「やはり、法律で決めたこと、例えば発送電分離で本当にどれだけプラス効果が生まれ、逆にどれほどのマイナスが出るのかという《収支計算》をすべきだと思うよ。〝法のサイエンス化〟それが、全くなされていない」

〝ナレーション〟が、入った。

AO七七の星の王様が、述べた。

「あれー、太郎さんは、いつの間にか、私がサゼスチョンした〝法のサイエンス化〟を、早速取り入れましたね」

太郎が、リプライした。

「王様、当たり前です。教えて頂いたことは、早速取り入れます」

王様も官房長官も、共に頷いた。

そうしてまた、スクリーンが動き出した。

(二)

「ところでレオ。君は欧米人と日本人の、その本質の違いをどう理解しているのかね」

長老が、レオの理解力を試すような口振りで聞いた。

レオが「では、東西の文化の違いを踏まえて、ちょっと僕の意見を述べます」と断わって、次のように話した。

「ロンドンで暮らしていて強く感じるのは、欧米人は間違いなく個人主義です。その原点は、元々自分たちは〝ノマド(遊牧民族の末裔)〟だというか、とにかく自立して移動するということに、全く抵抗を感じない集団だという理解です。だから、彼らが移動する先々で、例えばデンキのような公共材は、国が用意するということでずっと遣って来たわけです。ところが、三十年前イギリスで首相になったサッチャー女史は、

ＩＴが発達した世の中だから、デンキという公共材も国ではなく、自分たちで簡単に作って売り買い出来ると思った。民営化とは、そういうことだったんです。しかし彼らは、本質的にノマドだから商売道具としてデンキを取引しようとした。しかし、そのことに今に成って漸く失敗したと気付いたわけです」

「なるほど。ところで、日本についてはどう考えているんだね」

レオが、〈イエス〉といって続けた。

「農耕民族でかつ組織社会すなわちどうしてもお上ご一任の日本人は、百三十年も前にデンキの原理が導入されたとき、こんな魔物のようなものは、専門家集団の企業に任せるべきで、権限を振り回すお上に任せてはいけないと思ったわけです。デンキを国家が、欧米のようにコントロールするのは、とても危険だしまた技術的にも難しいと思ったんですね。もちろん、デンキは贅沢品という考えも在ったでしょう。そして、デンキが段々に贅沢品から国民みんなが使う汎用的な公共材に成って来ると、益々専門集団の電力会社に競争をさせようということだったわけです」

「全面的な自由取引にしたのが、間違いだったということか」

「そうです。その通りですよ」

「具体的な事例は、何か無いかね」と、老人が述べた。

レオが「参ったな、大爺の方が、良く知っているはずなのに、テストされているわけですね」と、苦笑いをした。

「この間、ロンドンの図書館で見付けましたが、日本の事例が在りました。それは、大正年代の中ごろの話だそうです。日本全国に、発送電会社や配電販売会社などが、すでに四百社ぐらい在ったようです。これは、典型的な自由競争の事例です。それでも、デンキは備蓄出来ないので、基本的には発電事業者が供給責任を持っていました。それが日本文化の実に良いところで、契約が無くても作った商品を最後まで見届けるというのが、〝持て成し〟という美徳だったといえます」

一端切って、続けて述べた。

「具体例を述べますが、名前を例えば『レオ電力』という石炭火力で発電する会社が在ったとしましょう。その子会社の『レオ電気販売会社』が、そのレオ電力からの発電で東京の中央区一帯の五千軒にデンキを責任を持って供給して居ました。ところが、利根大川の水を使った水力発電の『ラビア電力』が、これを奪おうと画策しました。そこで『ラビア電力』の経営者は、隣の文京区に販売している『長老電灯会社』の経営者と相談して、密かに大量の資金を出して「レオ電気販売会社」を買収します。すると、ある日突然一晩のうちに、電線が張り替えられて中央区の五千軒が、『レオ電力』から『ラビア電力』の発電したデンキに変った、というようなことが生じました」

「レオの会社から、ラビアの会社にあっという間に変るわけだな」

長老が、そう述べた。レオが、また一端切って続けた。

「そうです。しかも、最初のうちは『ラビア電力』の水力の方が料金が安かったけれども、数か月すると前の石炭火力の『レオ電力』より、高い電気料金になったというわけです。供給責任の無い自由競争だと、こうした実際にデンキを使う消費者に取って不都合なことが、勝手に起きるわけです」

「それで収まったのかね」と、長老が述べた。

「収まるわけは無いでしょう。『レオ電力』は実力行使をします。電線を自分のものに張り替えします。すると、血も雨が降る」

「要するに、昔の真似をしたデンキの完全自由競争というのは、中身は違ってもこうした不都合なことが、しょっちゅう起きるということだね」

長老がそう述べた。二人は、戦前のデンキの自由競争というのが、如何に不都合な、無責任な生産販売競争が起きていたか。それを、検証してみたのだった。

「今日では、もちろん形は違うけれど、いくらITが発達したからといっても、発電と送電と配電販売を分離して、自由競争でデンキを売買しようとすると、もちろん出来ないことは無いだろうが、わしが一番心配するのはブラック・アウトだよ。しかも、何処かで万一機械の故障とか、人為的なコントロールにミスが生じると、日本の全部の送電線を広域運営という目的で、一つの輪に繋がっている状態になっていたとすると、日本中が大停電に成る危険性が在るということだね」

「時々銀行のATMなどが、ネットのちょっとした接続違いなどで、機能停止して全国に波及したりすることがあります。ロンドンでも、在りましたよ。矢張りデンキのネットも所詮は機械です。何が起きるか判りません。大きなネットにすれば、それだけ危険性のリスクは大きく成るでしょう。大変なことを、孕んでいますよ」と、レオが述べた。

さらに、レオの説明が続いた。

「ところが、それに目を付けたのが戦前の国家権力です。特に、軍事政権になると、全国の私企業の電気を政府が取り挙げて、国家管理にしてしまったわけです。

こうした歴史と、それに東西の文化の違いを踏まえて考えると、今の日本政府と官僚が行おうとしている〝発送電分離〟というのは、専門集団の電力会社が責任を持って遣るべきことを、結局は今度は戦時中のように国家が取り挙げるわけですね。だから、一見戦前の自由競争のような見せかけをしているけれども、実態は戦時中の国家管理の轍を再び踏もうとしているわけですよ」

「その通りだ、レオ。するとどういうことが起きると思うかね」

「どういうことになりますか？」

長老が、述べた。

「こういうことだ、レオ。政府というか国家の行政を行う官僚は、先ほども触れたように「送電線」を独占する。先ずは二〇一五年から遣ろうとしている『広域運営新機関』だ。すでにトップは恰好よく学者を据えたが、実体は官僚がコントロールするわけだ。そして発電部門と販売部門は、ＩＴネットワーク通信網を利用して、完全自由化し民間の市場競争にする。だが、デンキの販売事業者は、供給を確保するように義務付ける。これが、筋書きだよ」

「それで、低廉で安定的なデンキの供給が、出来るというわけですか」

レオが訊ねると、長老は大きく首を横に振って口を開いた。

「全くその逆だね。原子力発電のような安い資源が在るはずは無いのに、自由競争するということは、それぞれの経営者は、利益を確保するためにデンキという商品の供給量（販売量）を、如何に上手に高く売れるかに関心が行く。そのうえで、結局はデンキを高く売らなければ、経営出来ないということに成っていくわけだ。現に環境対策のために原子力の代りといって、政府公認の原子力の何倍も高い太陽光とか風力とかを、どんどん作って結果として高い電気を国民に買わせる仕組みを、政治のリーダーはつくり上げているわけだよ。だからこんなやってはいけない発送電分離という手段を持ち込んで非合理的な電力自由化をしたら、結果はどうしてもＫｗｈという商品の供給責任では無く、高く売れなければＫｗｈは売れないという商売の話になる」

「それは、〝供給責任〟が、無いからですね」

「そうだ。多分送電線を使って、政府が結局停電すなわちブラック・アウトにならないように、販売事業者をコントロールして、強制的に配給させるだろうな。責任は、決して取らない。もしも、ブラック・アウトとか電圧低下とかが起きたら、理屈を付けてデンキを生産する発電事業者か、販売する配電事業者か、どちらかに押し付けることが、幾らでも出来るという仕掛けだよ」

レオが、結論を述べた。

「良く判りましたよ、大爺。だから、行政機関が直接コントロール出来るようなシステム改革だけは、絶対に遣ってはいかないということになると、僕は思っています」


また〝ナレーション〟が入った。

「太郎さん、もうそこまで振り返る必要は無いでしょう。お孫さんのレオと近い将来話す時、ここは省いたらどうですか」

〝極光すなわちオーロラの妃美〟の官房長官が、そう述べた。

すると、王様が官房長官に意見をした。

「待ちなさい、長官! そういう歴史も重要です。そこは、カットなどせずに太郎さんのリードで、お孫さんのレオ君が勉強した成果を述べて貰ったらどうだろうか」

「判りました」と官房長官が述べ、スクリーンがまた動き出した。

（三）

「レオ、もう一つだが、その実際に戦時中に起きたデンキの国家管理による不都合な無責任体制とは、どういう内容だか判るかな」

「厳しいな、大爺は怖いよ」といったが、彼は自分で調べた内容を、次のようにざっと纏めて呉れた。

昭和十二年（一九三七）、といえば、今から七十五年ぐらい前だがレオの大爺である武田太郎ことラビアの長老が、小学校の一年生だった時に当時は支邦事変といっていたが、日中戦争が勃発した。それを踏まえて、政府は一方的に経済の統制を始めた。統制の対象は、人・物資・資金・事業活動の四つというが、結局生活の全てに及んだ。先ず、内閣調査局というところから、「電力国家管理案」というものが出て来た。

もちろん、官僚が創ったものだ。

みんながびっくりする中、最初は産業界も電力連盟を通じて、猛烈に反対した。ところが国家総動員法という、全員が軍事行動に従うべしいう法律が出来た。

すると先ず、デンキの国家管理統制に反対するのは怪しからん、という理由で電力連盟が解散させられた。こうなると、もう後は、官僚と政治が遣りたい放題である。

二年後の昭和十四年（一九三九）、電気庁と日本発送電株式会社が発足し、全国に約三百五十社ほど在った発電や送電の会社を、全て国が国債を発行して買い上げ日本発送電会社へ帰属させた。例えば九州では当時十三万KWの発電所を持っていた九州水力電気以下三十九社が、全て先ほどの日本発送電会社に統合した。一番小さな自家発電のような僅か九KWの会社も在ったが、それも全て統合し、今後はお国のために、国家が管理運営すべしということになった。

武田太郎に取って、一番悲しいことが起きた。昭和十五年（一九四〇）からは、デンキの消費規制が始まったからだ。ネオンサインはもちろん、公園や道路の街路灯さらに事業所のエレベーターなども含めて禁止となった。街から段々に、デンキのキラキラが無くなった。

この当時、わが国のデンキの年間消費量は、六百七十万KWhだったので、国民が使う電化率（エネルー消費に占めるデンキの割合）は、せいぜい三パーセント程度であり、さらにそのうちのキラキラの電灯の割合は、二割だった。それが、四、五年の間に電灯は制限されて一割以下に成って行った。

現在はどうか、日本人は、年間一兆KWh以上のデンキを使って居る。だから、あの当時の約十五倍だ。正に、われわれはデンキ漬けに成っている。電化率も三割に近いし、電灯のウエイトも四割にも成っている。

　さらに、二年後の昭和十六年（一九四一）に太平洋戦争が勃発すると同時に、遂にデンキの完全統制が始まり、軍需工場や重要電源以外はデンキは使えないことになった。しかも、国家管理の下で働くデンキ会社の従業員に取って最も苦しかったのは、渇水と石炭の不足だったといわれる。

　エネルギー資源が無いための悲哀を最も感じていたのは、電力会社の人たちだった。それに、もう一つ重要な指摘が要る。それは、管理するのは、官僚である。官僚の鶴の一声で、デンキの値段（料金）も販売先も発電の仕方も、全て恣意的に決められた。

　デンキは、備蓄が出来ない。遠くに送ろうとすると、デンキという商品はロス（損失）が大きく、空中に逃げてしまう。発電した近くに事務所や工場が在って使ってもらうというのが、デンキという特殊商品のルールだ。それが、デンキという商品の、基本的な〝持て成し〟の志だが、それが完全に無視された。

　当時九州だけでも、四十か所近く発電所が在ったというのは、先ほどの「レオ電力」と「ラビア電力」の争いのような自由競争の弊害は在ったけれども、このように「デンキは地産地消」で、概ね発電事業者が最後の販売まで責任を持っていた。ところが、全国を統括した国営電力会社にしてしまったため、デンキのロスがメチャクチャに増えた。渇水や石炭不足で、懸命に作った電気も、政府（軍部）と行政官僚の、恣意的な命令で統制して、軍需産業などに一方的に使うようにした。

　国民にとっては、こんな酷い悲劇は無い。ここでも、デンキの供給責任は完全に封印されていたということだ。

　レオが指摘したのは、すでに述べたことだが、最近民衆党政権の下で決めた、〝原発ゼロ〟を前提とした、太陽光や風力などの固定価格買い取り制度と、全国の送電線を中立機関と称して、政府の恣意の下に行政がコントロールする遣り方が、正に戦時中の電力国家管理の悪弊を、思い出させるという点だった。

「ところで、長老は、どうしてそのように《デンキの魔力》に取り憑かれたのですか？」

腕組みをしていた老人が、「判った、それでは大爺が《何故電気会社の入ったのか》という話からしよう」と言った。

「いや待てよ、やっぱり大爺が十三才。あのアメリカとの戦争に負けたのは、中学校の二年生になった時だ。わしらは少年少女だったが、すでにひとかどの兵隊の積りだった。理屈は良く判らないが、そういうように教えられてきたわけだ。その時、わしはキラキラの《デンキ》を感じたんだ。あの、小学校二年の時校庭に集められて《狸》に似た名前の国営電力会社の総裁から、デンキの話を聞き、サーベルの光にキラキラを感じたとき以来だよ」

〝ナレーション〟

王様が述べられた。

「太郎さん、いや〝ラビアの長老〟が、お孫さんの〝レオ〟にされたお話は、実に良く判ります。この星の、民衆にも是非見せたいと思いましたよ。すでに、この星では、同じ様なことを地球の暦年で勘定すると、何百万年も前に私たちは経験して居ます。だがこの星の進化は、太郎さんの地球の数百倍の速さですので、もうそんな遠い昔のことは、誰も知らないのですよ」

そう述べて、「それではいよいよ太郎さんの、若い頃の話を私たちにも聞かせて下さい」といわれた。

官房長官が、それではスクリーンを再びご覧ください と、あのハスキー声でいった。

第五章　夢見るデンキの魔力

第一節　覚悟の少年少女挺身隊

（一）

武田太郎は、あの人が崖の縁で泣いているのを凝視していた。

その女性は中学の先生にしては、若すぎる。生徒たちよりも、せいぜい二、三才ぐらい上といった感じである。お河童にした短い髪の毛が、整った顔立ちを引き立てている。きりっとした口元と目が愛くるしい、うりざね顔の矢張り少女だ。

太郎が凝視しているのは、この日の十一時ごろ大変な事件が起きるのだが、その大事件のほんの少し後のことである。戦争が終わる僅か四日前の八月十一日、晴天、日中の気温三十度。とにかく、早朝から暑かった。

生徒たちは町中の家々を早々に出て、懸命に歩いてこの工場に辿り着いていた。一番遠い生徒は、一時間半は掛かっていた。太郎は、約一時間足らずの距離だったが、工場に着いた時は汗が背中からお腹にかけて、滝のように流れていた。それをタオルで拭く暇もなく、門衛に敬礼の挨拶をして事務棟の控室に急いだ。

持ち物は、弁当箱とお守り袋などを忍ばせて在るくらいだった。それ以外は、一切持ってはならなかった。薄茶色をした小型の［兵納（はいのう）］と呼ばれる道具入れを、肩から斜めに掛けていた。

武田太郎は、この家の家風通り早朝起きて顔を洗い、身支度を整えた後、必ず奥の床の間に飾って在る神棚にお参りし、次いでその横に誂えて在る先祖代々を祀る仏壇に、お線香をあげて手を合わせる。

母親が作ってくれた、アルミの弁当箱を兵納に入れた。玄関で運動靴を履き、カーキ色の制服のズボンに、兵隊たちと同じゲートルという締め上げを巻いている。母親の信代が「今日も、お国のためにしっかりやんなさい」と述べた。

父親の武田太兵衛門は、官庁に勤める小役人だった。芸者遊びを隠すため、幼児の太郎を伴って一緒に出掛けていた。そのお蔭で、太郎が半玉さんに連れて行かれたりして、あの《煌めくデンキ》を発見する切っ掛けを作った。

だがここでの物語は、あの三才の折りから七、八年後のことだ。太兵衛門は、徴兵検査で甲種合格になり、赤紙が来て勇んで出征した。しばらくして、海軍二等水兵として、巡洋艦に乗り組み航空母艦を護衛し南方戦線に出撃中、という勇ましい葉書が届いた。だが、インドネシアの当時セベレス、現在シラウシア島と呼ばれた沖合で、敵潜水艦に敢え無く撃沈された。

奇跡的に、数十名が湾内に逃げ込んだ救助ボートに引き上げられ助かったが、左太腿に大怪我をしていたので内地の病院に送還された。内地送還という特別扱いを受けた理由は、大怪我をしながらも、偶々直ぐ傍で上官の将校が溺れそうになっていたのを、日頃から鍛えて居た両腕で何とか抱き上げて、ボートに乗せ救助したという、英雄的行動が在ったからだと聞かされた。

殆ど傷も癒え、太兵衛門は役所の勤務に復帰した。それにこの頃はどういうわけか、県庁の役人になっていた。その傍ら、在郷軍人として青年団の軍事教練を手伝っている。この日も、朝早くから小学校の校庭で訓練指導をしていた。

一方少年たちは、戦闘帽を被り、少女たちは紺色の制服に下はモンペ姿のズボン。髪毛の上に白い鉢巻をし、真ん中の日の丸の横には［挺身隊］と書かれた文字が勇ましく踊っていた。もちろん引率役の、あの人も鉢巻を巻いて同じような服装をしていた。

軍需工場は、この国では別名〝筑紫次郎〟と呼ばれる、大川《筑後川》の傍に建っていた。元々ここでは、当時としては未だ殆ど希少品だった自動車用のタイヤや、自転車のタイヤなどを生産していた。だが数年前から、当局の指令で次第に軍事生産に協力するようになり、軍用トラックのタイヤやゴム製の金型などの生産工場へと、大きく変化していた。

（二）

武田太郎たちが、この五月初めてこの工場に出勤した時、少年少女約百五十名が、工場敷地の広場に集められて［入営式］と称して、鼻髭をピンと張り金筋入りの帽子と軍服を纏った軍人の挨拶を聞かされた。後で聞いた噂では、この地方の連隊長で陸軍少将だったという。連隊長の演説は、少年少女を威嚇し、銃後の守りはお前たちに掛かっているということを、頭に詰め込ませるには十分だった。

しかし、太郎にとってはこの将校の訓示の中に出てきた、工場は敵と戦うための大切な軍需品を、《貴重なデンキ》を使っているから、無駄なことをしないよう大切にせよと述べた言葉に、神経を集中させていた。いやむしろ、《貴重なデンキ》という言葉だけが、太郎の耳に残ったといっても良い。

太郎たちが、強制的に手伝わされている工場の一角は、軍事トラック用の、金型の部品を生産しているところだった。先ず金型を作り、そこにドロドロに溶けた液体を万弁なく流し込む。次の工程で、素早く水に漬ける。猛烈な湯気が、天井から煙突まで伝って抜けて出ていく。匂いも凄いが、少年少女たちにとっては、熱気の暑さが堪らない。中には、耐え切れずに倒れる者が、毎日のように出る。作業中にうっかり液体に触れ、火傷を負う者も可なり在った。そうした時に、いち早く対処してくれるのが、引率者のあの人だった。

みんなは到着すると先ず事務棟に入り、自分の荷物をそれぞれのボックスに全て仕舞い込み、工場には一切持ち込んではならない。三段になった木製のボックス箱が、ずっと先まで並んでいる。個数は多分四百個ぐらいは在るだろう。しかし、大半は工場の工員たちが使うボックスであり、武田たち男女の挺身隊は、臨時に使わせて貰っている。

一度、出口で制帽を被った管理官にカギを返す。番号が、ボックスに付いていた。武田太郎の上から二段目のボックスには「たー125」と書いて在った。カギにも同じ札が付いていた。もちろん、そこにも部屋の奥に、神棚が置いて在った。太郎は毎朝必ず参拝し、〈お国のために頑張る〉という誓いをしていた。太郎と同じく大概の者が、柏手を打っていた。

昼休みには、戻ってきてまたカギを貰って、ボックスから弁当を取り出し、同じフロアー内に設けられた、だだっ広い食堂で一緒に食事をする。男子生徒の反対側が、女子生徒の荷物ボックスであり、一枚のベニヤ板で仕切られている。事務棟のロビーは、とても広くてどこでも食事をしてよいことになっていた。

だが、先ほどの引率者のグループ十六人は、作業中はもちろん食事なども一緒でなくてはならない。そういう決まりだった。男子は太郎を入れて八名、女子は七名と引率者を入れ同じく八名。工員たちとは、たとえ知り合いが居ても口を聞いてはならなかった。もしも話をしているのが、常に見張っている巡視官にでも見付かろうものなら、その場でこっ酷く殴られた。

しかし、同じグループの者たちは、食事の間だけはほんの少しだけ会話が出来た。小声なら、大丈夫だった。何故なら、引率のあの人が作業中に起きた生徒たちの、作業のやり方を手振り身振りを交えて話すことになっていた。確かに、太郎が弁当箱を持ち上げて、辺りを見回すとそれぞれリーダーのような引率の人たちが、同じように話をしている風であった。

あの人の名前は、小峰タカといった。約二か月前に初めてこの工場に太郎たちが配属され、最初の昼食の時に自己紹介をしてくれた。そして、自分のことは名前でなく［主任］と呼ぶようにと述べた。

だが、全員が違う中学校の者を敢えて組み合わせたらしく、お互いに全く知らない者ばかりだった。この軍需工場まで、歩いて一時間半以内に来れる生徒が通う、県立・市立・私立の男女の普通中学、商業、工業、農業学校などを合計すると、多分二十数校は在る。組み合わせは、当局の命令で無作為に選んだものだ。主任は、同じく近くの中学校や女学校の上級生で、特に品行方正で学業成績も良い生徒を、選んだのではなかろうかと思われた。

十五名のグループの男女の生徒の名前は、その主任の小峰さんは名簿を持っており、毎朝毎夕点呼するので十分承知だが、みんなは彼女の点呼を聞いて覚えるしかなかった。だが、お互いに殆ど一週間もしないうちに知り合いになった。

幸いなことに、主任の小峰さんの指導が良かったのだろうか。太郎が居る班からは、怪我人などは出て居なかった。厳しい中でも、この二か月余りの食事時間だけは、太郎たちにとっては逆にわくわくするような素晴らしい時間に思えた。この当時は、男女の生徒が一緒に歩いていたというだけで、ひどい制裁を受けた。

だから、思春期の太郎たちにとっては、黙って男女の生徒が一緒にただ食事するというそんなことだけでも、正にどきどきしたものだ。食事の場合も、習慣的に男子生徒の八人と女子生徒の七人に主任の小峰さん入れた八人は、別々に分かれて着席して居た。その際の会話は、他愛のないことだったが、一、二週間もすると自然に男子生徒同士のひそひそ話は、女子生徒七名の評価がもっぱらになってくる。

「おい、みんなは、あの七人の中でどの子が一番だと思う？」増せた、ニキビ面の少年が、話のリード役である。この少年は、三本松一丸という珍しい名前だったので、みんなに一番先に覚えられてしまった。

「おい、三本松もっとひそひそ話にしろよ。向うに聞こえるぞ」

誰かが、注意した。

「そうだな、向う側の一番左から二番目かな。ちょっと笑窪が可愛いぞ」と、手前に座った天真爛漫に何時も良くしゃべる長身の少年が述べた。

「そうかな、あいつは目が吊り上がったところを見るときつそうだぞ」

今度は、真ん中の小柄だが、経験豊富そうな少年がちらっと、向う側の女性を眺めながら、囁くように発言した。

「うん、俺の好みとも違うな。俺はやっぱり、一番こっちのデブだな。肉感たっぷりで、しかも色っぽいところが何ともいえない」。そして「あいつ、すでに男の経験が在りそうだな。どうだろうか」と、リード役の増せた少年が述べると、みんながくすくすと小声で笑った。

すると、女性のほうが一斉にこちらを見た。不味いと思ったのだろうか、もちろん何を話しているかは判らないが、主任の小峰さんが立って来て、「みんな、不味いわよ。ほら監視官がこちらを向いているでしょう。気を付けなさい。でないと、放り出されて、全員体罰ものよ」そういって、みんなを小声で叱った。

そこで、しばらく無言が続いた。だが先ほどからむしろ、天井から吊るされた電球が、どのくらいの燭光だろうかなどと考え、みんなの会話を話半分に聞いていた太郎は、くすくす笑いもしなかった。このため、リード役の増せた三本松少年が気になってか、また話を盛り返した。

「武田君といったかな。君はどうだ、どの子が一番良いと思うかね」

太郎は、デンキに気を取られていたが、ここは返事をしないとみんなの雰囲気を壊すと思って、率直に答えた。

「僕は、七人には興味がない。むしろ、主任さんが一番良いと思う。理知的だし、姿恰好も整っているから、もっとも好きなタイプだ」 そして「センスが良い」と付け加えた。

「へえー、こいつ赤くなって居る。主任に惚れてるんだ。でも年上だぞ、尻に敷かれるのが見えているよ」

リード役のニキビの三本松が、皮肉ってからかった。

すると太郎が、何故か剥きになって反論した。

「君が聞いたから、敢えて述べただけだ。この電球の煌めきのように、センスが良く無くては活けないということを、いったまでだ」

声が、大きく成り出していた。すると、先ほどは、くすくす笑いに参加して置きながら、謹厳実直ぶりを表したいのか、向う側の真ん中に居た四角い顔の少年が、突然厳しい声を出した。

「《センス》などと、敵性語で話すな！」

周りのテーブルにも、監視官にも届きそうな声だったが、殆ど同時に昼食終了のベルがけたたましく鳴った。みんなが、ほっとしたことはいうまでもない。

しかし、太郎にはその日もデンキの〝煌めき〟の具合から、この時すなわち七十年も前に出会った三本松一丸というこの男のことを思い出す度に、何か関わりが出て来そうな嫌な予感がしていた。しかも間違いなく、それが現実の問題となっていく。

〝ナレーション〟が入って、スクリーンの映像が中断した。

《宇宙星AO七七七》の王様が、口を挟んだからである。

「官房長官、この星の技術は大したものだね。太郎さんの若い頃の、こんな初恋物語まで分析再現できるのだから、大変なものだ」

そういった後、武田太郎に王様が質問した。

「どうですか、太郎さん。いま官房長官がスクリーンに映し出していることは、間違いない事実ですかね。間違って居たら、是非指摘してください」

そういわれた太郎が、恥ずかしそうに少し顔を赤らめながら述べた。

「お恥ずかしい次第ですが、全くその通りです・・・逆に、どうしてこんなに私たちの過去のことまで、緻密に再現しました映像が作成出来るのですか?不思議でなりません」

「そう褒められるようなものではありませんが、確かに太郎さんが居る地球の科学技術のレベルからすれば、大変なことかも知れませんね」

王様は、そういって官房長官に説明するよう指示した。すると、〝極光の妃美〟の長官が述べた。

「すでにご説明した通りあなた方の地球歴でいえば百三十七億年前に、この宇宙は誕生しました。それから、百三十五億五千年経った頃に、最初に知能を持ったモノが生まれた星が、私たちの〝A〇七七七〟です」

長官は、一端切ってさらに述べた。

「知能を授かってから、私たちは約一億年掛かって今あなた方が持つような地球人類の知能水準に達し、その後の五千万年の間に加速的に一層高度な知能や経験を持ち、この宇宙が壊れないように維持していくという使命を、自らに課すようになったわけです。したがって、すでに五百万年ぐらい前から地球だけではありませんが、生命体が居る星については全て、綿密に個々の生命体の動きや行動状況を、緻密に分析し記録出来るようにしております」

太郎が、質問した。

「全てですか?」

「はい、その通りです」

「すると、私とおタカなん・・・いや小峰さんとのあらゆることもですか」

太郎が、顔を赤らめながら恐るおそる訊ねた。

「はい、その通りです」

彼が、びっくりして口を開けたままでいると、王様が今度は応えた。

「まぁー、太郎さん。とにかく、スクリーンを続けて見ましょう」

第二節　劇的な太郎と小峰の出会い

（一）

この日、小峰主任のチームは、工員がクレーンで運んできた金型に入ったどろどろの液体が流し込んである部品を、水の中に入れ込む作業を、漸く始めたところだった。猛烈な湯気が天井へトンネルを通るように煙突に向かって登っていくのを見上げていた時、突然サイレンが鳴り始めた。すでに、最近ではこうしたことが、現実に殆ど毎日のように繰り返されていた。

しかし、この日遂に太郎の、〝キラキラ〟の予感が当たったのである。

政府の命令ですでに、学校の授業が中止になり、一億玉砕も覚悟の総力戦に突入していた。この日の二週間ぐらい前から、敵機の来襲も激しくなり、大きな街が次々に空襲を受け、廃塵に帰すというニュースが続いていた。八月になって広島や長崎に新型爆弾が投下され、一瞬にて何十万人もの死傷者が出ると同時に、街が完全に廃墟になったというニュースが伝わってきた。

太郎が住んでいる久留米という街には、日本軍の主力の一つ第十二師団の本営が在った。それに、太郎たちが挺身隊として勤務している軍需工場も在るから、きっと近いうちに爆弾が落ちてくるだろうと思われた。だから、みんなは、家を出るとき両親などに覚悟の勤務だと伝えて出てきていた。

午前十一時頃だった。あと少し一時間ぐらいで、苦しく厳しい中にも、あのお昼の楽しい一瞬が来るなと思って、みんなが作業に勤しんでいた時である。《ウォーン》と長引くサイレンが、工場の中に響き渡った。そこで生徒たちは、工場長の命令に従って仕事を中断した。これが、永遠に少年少女挺身隊の役割が、終焉となる事件の始まりだった。

序でに述べると、サイレンは次の三つの鳴り方在った。先ほどのように《ウォーン》という音が長く続くのは、これから敵機が来襲する可能性が在るので用心せよという知らせである。次いで、《ウォーン、ウォーン》とけたたましい音は、敵機が来たという警報。三番目は、《ウォーーッ》と最後が途切れるもので、警報解除の指令であった。みんなは、毎日こうしたサイレンが発する警報を、びくびく気にしながら、仕事や任務に励んでいた。大人も少年や子供たちまで、全てがそうだった。青年たちは、戦争に駆り出されていた。

話を戻そう。生徒たちは、作業を中止して隊列を組み、事務棟に帰ろうとした時、何時もよりも早く今度は、《ウォーン、ウォーン》とけたたましいサイレンが鳴り出した。

十六人は、小峰主任に先導されて、何時もの小学校のグラウンドまで約二百メートルぐらいの距離を、何も持たずに駆け足で走り、順番に防空壕に飛び込んだ。防空壕は、二組約三十人ぐらいが入れるものだった。

武田太郎は、この日の当番だった。防空壕の中にみんなが入った途端に、「カンカンカン」と半鐘を連打する、けたたましい音がしてきたと思うと、《グォーン》とお腹に響くような航空機が飛んでくる音がしてきた。すでに、この頃は、日本の赤トンボと呼ばれた戦闘機も、使い果たして居なかったのか、飛んで来ない。制空権は完全に米軍に握られていた。せいぜい時々遠くで高射砲の音がするくらいだった。

爆撃機の音がだんだんひどくなって、耳をつんざくような合成音になってきた。太郎が、隙間からちらりと見ると、青空の下を何十機もの巨大な米軍の爆撃機が真上を通過するところだった。後に聞いた話では、それはB24という種類の爆撃機だった。B29よりも、やや小型だが日本の軍用機とは比較にならないほど巨大に見えた。

全部通り過ぎたので、警報を解除する《ウォーーツ》という最後が途切れるサイレンが鳴った。みんながやれやれと思って防空壕の外に出た。緊張が解け、隊列を組まずに事務棟の方に足を運んでいた。

（二）

その時だった。意外にもまた《ウォーン》と長く引っ張る警戒警報のサイレンが鳴り響いた。またか、よく来るなと太郎は思った。管理官のような男が、早く防空壕に戻れと命令していた。

小峰主任は、一番後から漸く防空壕を出たところだったが、しきりに手を振って「みんな早く戻りなさい」と叫んでいた。

仕方なく、また防空壕の中かとぶつぶついいながら戻り掛けて時だった。今度は突然《カンカンカン》と、半鐘が成り出した。遅れて、敵機襲来を告げる《ウォーン、ウォーン》と短く響くサイレンが、半鐘と同時に聞こえて来た。みんなが、これは只事ではないと瞬間的に悟ったのであろう。一斉に走り出した。そして、めちゃくちゃに、どこでも良いからと防空壕に飛び込み始めた。

その直後である。今度は、《グォーーン》というあの腹に響く鈍く太い轟音を立てた巨大なB24爆撃機が、真上に迫って来た。一度通過したと見せ掛けて、戻って来た。しかも、今度は爆弾を、落とし始めた。《ドドッ、ドドッ》というような、音と地響きがしてきた。同時に猛烈なそして、真黒な噴煙がそこら中で上がり始めていた。とうとう、この街にも悲劇がやって来たのである。

広い運動場の、ちょうど中ごろに在った、太郎たちの防空壕は、満杯になっていた。多分、驚いて遠くに在る自分たちの防空壕には、戻れなかった人たちが、突然潜り込んだのだろう。三十名程度しか収容出来ないはずのこの壕には、生徒だけでなく工員まで含めて、何と四十名ぐらいが犇めいていた。もちろん、真夏の洞穴の中は、熱気と人いきれで地獄の惨状だといっても良い。その時、近くで壕を揺るがすほどの、《シュルシュル、ズトン》という轟音がして、みんなが震え上がった。それは、不発弾だった。

太郎は、止む無く半分身を乗り出す格好になっていた。焼夷弾の直撃を受けたら、一貫の終わりであるが彼は覚悟を決めた。焼夷弾が工場の屋根に、《ボスッ、ボスッ》と当たって、遂先ほどまで働いていた現場を直撃していた。運動場にも、先ほどと同じように《シュルシュル、ドスン》と大きな音を立てて落ちて来た。途端に、爆発して火炎の油を振りまく。二か所ほど直撃を受けたらしく、大勢の人が壕から飛び出し泣きながら、走っている。見ると、焼夷弾の油が付いたのか着物に火を纏ったまま走って倒れた男子生徒が、二人ほど居たが誰も面倒を見るような状態ではなかった。大人たちも生徒も、自分が助かることで、精いっぱいという状況だった。

幸いにも、太郎たちの防空壕への直撃は無かった。外に出て良いかどうか何の指示しないので、じっと待っていると、漸く遠くの方で警察官が、「みんな、早く防空壕から出ろ。火が回らない内に、大川の方に逃げろ」と呼びまわった。それを聞いて、われ先にとみんなが必至の形相で、飛び出してきた。

市街は、全焼している様子である。真黒で巨大な噴煙の筒のようになって、何百メートルも上へ高々と立ち昇っていた。間もなく、猛烈な風が巻き起こる。次いで、真黒に濁った雨が降る。その前に、早く逃げろというので在る。

太郎も、大川の方に逃げようと思った。が、その時小峰主任のことが気になった。十数メートル離れた場所から、太郎は防空壕まで踝を返した。ところが、反対向きに戻る者などは居ない。風も吹いて来た。突き飛ばされながら、数メートル戻ると、例のニキビ男の三本松にぶっつかった。

「小峰主任は?」と聞くと、一番奥にいたから未だ壕の中かも知れない。そういっただけで〈あかん、ベー〉だという顔をして、すぐに群衆の中に消えて行った。

太郎は、漸く数分かかって、自分たちの防空壕に辿り着いた。すでに誰も、出て来る人は居ない。それでも彼は、真っ暗な壕の中に向かって「小峰主任、小峰さん」と数回大声で呼び掛けた。返事がない。中に這入って見ると、むうーと熱気が漂って来たが、もちろんもぬけの殻だった。良かったと思い、それでは自分も逃げようと思った時だった。

（三）

その防空壕から、二十メートルぐらい先にこの小学校の校庭のために囲った塀が在った。その塀の上に、女生徒が一人立って泣いていた。よく見ると、何とそれが小峰主任だった。どうしようというのだろうか、太郎は一瞬凝視した。そのうえで、瞬間行動を起こした。彼女の処まで、飛ぶように走って行った。

息を詰まらせながら、「小峰さーん」と大声で二三回呼んだ。騒音の中だった。

だが、声が届いたのだろう。彼女が、こちらを向いて弱々しく片手を振った。だがもう片方は、未だ泣いているのか顔に手を当てている。

太郎が、傍まで行って、崖の下を覗いた。下まで、二メートルぐらいの高さだろうか。道幅は、意外と広かった。しかも、少し道が左にカーブしていて淀みが在った。そこを、大勢の人たちが、避けるようにして逃げ去っていく。しかも、すでに慌てて逃げ出す人たちの帯が出来ていた。

一番最後に防空壕から出て来た彼女は、そこから約八十メートルぐらい先の道路まで行くのは無理がと思ったんだろう。たどり着く前に、燃え広がる直ぐ傍の校舎の煙に巻き込まれると考えたようだ。そこで、直ぐ横のグラウンドの塀から飛び降りようとした。ところが、下を見て自分の背丈よりも高いように感じた。もちろん、崖から飛び降りた経験など無いのだろう。それでも、飛び降りようとしたが、足が竦んでどうにもならない。矢張り少女である。多分《お母さん》、とでもいって泣き出したのではなかろうか。

太郎は、覚悟した。焼夷弾に当たらなかっただけでも、命拾いである。よし俺が助けてやろう。

「小峰さん、ちょっと待ってください」

そういって、太郎は崖によじ登り、下を覗いて「すみません、今飛び降りるから、ちょっとそこ開けてね」といったとたんに、地面の淀みの中に飛び降りた。ほんの少し、走るようにして逃げ行く大人の脛を蹴ったが、割合うまく飛べた。

　直ぐに起き上がると、今度は上を向いて叫んだ。

「小峰さん、さあ、自分を目掛けて飛び降りて！」

「さあ、早く」と催促した。

　太郎は二メートルぐらいだから、大したことはない高さだと思ったが、矢張り子供である。その頃の彼の身長は、百五十センチぐらいだ。体重は、三十五キロ程度。少女の方も二年上だから、背丈も体重も太郎と殆ど同じようなものだったろう。その女子生徒を受け止めるとなると、矢張り大変なことである。普段なら、とてもこんな危険なことはするはずがない。

　しかし、緊急事態である。「さあー、早く飛んで」と声を張り上げた。すると、偶然幸運なことが起きた。相撲取りのような大きな体の青年が、走り掛かって上を見上げて立ち止まった。少年の太郎が、助けようとしている義侠心に共感したのだろうか。

「坊ちゃん、俺が助っ人してやるよ」といって、太郎の体を後ろから抱きかかえるようにしてくれた。すると、さらに走って逃げようとする同じような何人かが、少女が今正に塀の上から飛び降りようとするのを一瞬目撃すると、同じく足を止めて青年の周りに、偶然にもそれぞれ両手を指し出して青年を支え、協力の姿勢を取って呉れていた。

「小峰さん。早く」ともう一度叫んだ。火の回りが彼女の傍まで押し寄せていたのか、覚悟したのであろう。やっと太郎を目掛けて、一目散に飛んだ。

　普通だと、頭の方が重いため、体は真っ逆さまか、あるいはスピードによっては若干下向きで飛んでくる。だが、彼女は少し前屈みになったような状態で落ちて来た。よく見ると、彼女の足に誰かが抛り投げていったのだろうか、兵納のようなものが絡んでいた。それが、重りの役をしたのだろう。

　このため何と、手を広げていた太郎に向かってまともに飛んで来た。バサッという音と共に飛んできた少女が少年に勢いよく、抱き着くような形になった。そして、後ろにのけ反った。大きな体の青年が、ほんの少々太郎の体を支えながら引いたために、落ちて来る少女の打撃が吸収されたのだろう。少年の太郎が、頭や胸の骨を折ったりするようなことはなかった。抱き着く恰好になった時、彼女が本能的に太郎の頭の左側に、自分の頭を持って行ったので、頭をぶっつけることもしなかった。また、体を後ろから支えて呉れた青年も、周りから数人掛りで補強したので、怪我は無かった。ただ、太郎は突然の衝撃で、青年が手を放すとその場に倒れ込んでしまった。

　手助けした人たちは、空襲で火が回って来たので逃げる途中だったことを思い出して、《良かったな》などといいながら、それぞれ慌てて去って行った。大きな体の青年も、《怪我は無いようだな、早く行きなさい》と声を掛けて、群衆の中に消えた。

　ただ、少年太郎は、少女の小峰が手を広げて崖の上から抱き着いてきた瞬間、目から〝きらきら〟と、あのデンキの煌めきのように火花が散ったかと思う途端に、呼吸器官を突然圧迫されたのか気絶していた。先ほどのように、大きな体の青年が手を離したとき、そのまま倒れこんだのである。また、飛び降りた少女の方も、体を強く打ったので、急には起き上がれない。

　だが、先ず太郎の上に乗った少女の小峰が、やっと気が付いて起き上がった。しかし、太郎は気絶したままだった。小峰が、今度は慌てて「武田君、起きて・・・ねえー、起きてよ」と、またもや泣き出した。死んだと思ったんだろう。大川の川面を目指して逃げて行く人の数が、どんどん増え出した。もう道端で、上向きに倒れている少年や、泣きじゃくりながら起こそうとしている少女を、構っている余裕の在るような者は居ない。少女は、少年の胸を「起きてよ」といって、どんどん叩いていた。それが、却って良かったのだろうか。そんな中で、太郎は漸く目が覚めたようだった。彼の目が開いたのを見て、泣くのを止めた小峰が、今度はもう一度本格的に太郎に抱き着いて来た。

「武田君、ありがとう」、と漸く太郎の耳元でいった。その時、あの何ともいえない女性の匂いが太郎の鼻を憑いて、太郎は逆に小峰の体に両手を軽く廻していた。小峰の色白のふんわりした乳房の感覚が、太郎に伝わって来た。汗びっしょりになりながら、まるで二人は抱き合ったままの恰好に成って居た。

二人は、しばらくして起き上がり、とにかく自分たちも大川の方に逃げないといけないと思った。もちろん手をいつの間にか、繋いだままだった。喉が、乾き切っていた。二人は、他の人たちに交じって、手ですくって大川の水を飲んだ。少し濁っていたが、美味いと思った。ただ、少女の小峰の方は「家に帰れば、おいしい水が在るから」といって、ほんの口を潤す程度しか飲まなかった。この頃はすでに水道水も米も、街では配給制になっていた。

「僕だって、うちには在るよ」と太郎がいった。その頃太郎の家には、おいしい井戸水が在ったからだ。すると、彼女が「家には、発電所が在るから、水は沢山在るの」といった。

「えー、主任さんの家はデンキを作っているの！」と、太郎が大変な災難の最中にもかかわらず、びっくりしたような声で訊ねた。

「そうよ、自家発電所なの」といった。太郎は、三年前大川の上流に遠足に行った時、大きな桜の木が在った発電所を見学し、そこの鉄管の傍で食事をしたのを思い出した。

「遠足に行った時、工場の社長さんのような人に、水力発電所の話を聞いたよ。あの方は、小峰さんのお父さんだったのかな？」

するとと彼女が、多分そうじゃないかなと述べた。その話を聞いて、太郎は益々彼女を身近に感じていた。こうして、二人は心配しているはずの両親の元に、早く帰らなければならないと思った。

「武田君の家は?」と小峰に聞かれて、「大川沿いだけど、小峰さんの発電所より、ずっと手前。ここから一時間ぐらいかかな」

「割合に近いのね、良かった」と彼女がいったが、何故良かったといったかは、お互いに確認しなくても、握り合った手をまた強く握りしめただけで、通じているようだった。

大川の土手には、大勢の人がいた。みんなが、放心したような状態で街の方を眺めていた。B24が落とした焼夷弾が、久留米の街を丸ごと焼き尽くしている。ほんの数時間前まで、作業をしていた軍需工場も燃えている。工場の中から、破裂する音がする。そのたびに大きな火柱が、立ち昇る真黒な煙の中で、時々風にあおられて見え隠れしていた。小峰と太郎の二人も、依然しっかり手を繋いだままで、そういう人たちの輪の中で、無言のまま立ち尽くしていた。普段なら、男女が手を繋ぐなどとんでもない話であった。

すると、またもや飛行機の爆音がして来た。可笑しなことに、今度はただの一機である。銀色に光る小型の飛行機は、爆撃機ではないようだった。偵察機だったのだろう。それが、飛び去って数分すると、紙吹雪が飛んで来た。

異様なことが起きた。二か月ほど前に、少年少女があの軍需工場に入隊するときに、全員を集めて訓示した連隊長と思しき人物が、十数名の兵隊を伴って川渕を身を屈めるようにして、軍刀を抜きながら小走りに走っている。何をしているのだろうか。

そう思って眺めていると、何と落ちて来る紙吹雪を切っているではないか。紙吹雪は、沢山落ちて来る。だが、風に煽られて、あの将校たちの目の前に飛んでくるのは、せいぜい数枚である。それを切って、どうしようというのであろうか。

これでは、とても戦争に勝てないだろうなと、太郎はその時思った。小峰さんは何もいわないが、同じように思ったのではないかと彼は考えた。

紙吹雪は、先程の偵察機が撒いて行ったアメリカ軍の宣伝ビラで在った。要するに、『早く戦争を止めましょう。被害が大きく成るだけです。国民のみなさんは、被害者です』というようなことが書いて在った。もちろん、日本語である。

しばらくして、小峰主任が太郎の握ったままの手を突然強く握りしめてきた。思わず太郎も強く握り返した。

すると、「もう会えるかどうか判らないけど、武田君に助けられたことは、忘れません。本当にありがとう」と、小峰さんが太郎の顔をまじまじと見ながら述べた。

「僕も、今日のこと忘れないよ」

「じゃー、元気でね」とどちらからともなく述べて、漸く手を離した。


〝ナレーション〟が入った。

王様が、「なかなか良いシーンを、見せて頂いて居ます。しかし、爆撃の中で必死だったんですね。若い二人が助かって良かったと思います」といわれた。

「官房長官、このままスクリーンを進めて下さい。太郎さん、良いですね」

彼は、こうした技術力の凄さに驚くばかりで、無口で同意するしかなかった。

第三節　大火の後始末

（一）

この街への爆撃は、あの日の一回だけだった。しかし、街や工場が一瞬にして丸焼けになり、大勢の一般市民が犠牲になったため、全ての生産活動が中止になった。もちろん、学校も休校、少年少女挺身隊による勤労奉仕活動も中止となり、すべてが中断した。

それから三日後だった。突然大人たちの動きが、騒がしくなった。同時に、朝九時ごろ必ず飛んでくる米軍の戦闘機や偵察機が、この日は来なくなった。真夏の太陽が、じりじりと照り付ける日だった。お昼近くになった。大人たちが、学校や警察や役場、それに大きな庭が在るような農家の家に集合して、ラジオ放送に耳を傾けた。《天皇陛下の玉音放送》である。

それを聞いた大人たちは、何か良く判らないが日本が戦争に負けたことは確かだと悟ったようだった。表面的には、みんながっかりと肩の荷を落としたようだった。だが、戦争が終わったということで、内心では誰もがほっとしたのは確かだったといえよう。

しかしこの日を契機にして、今までのアメリカ軍が上陸してくるかも知れないという戦闘行為から、一転して《これから、どう生きていくか》という自分たちの〝生活の問題〟に、みんなの志向が百八十度転換して行った。

学校から来た謄写版一枚の連絡票には、「君たちが五月以来働いていた軍需工場は完全に焼け落ちたが、幸い管理棟は無事だった。よって、諸君の持ち物を、管理棟を閉鎖する八月二十二日までに取りに来るようにせよ」と書いて在った。

今日は二十一日、閉鎖日の一日前である。そういえば、今朝も母親が「太郎、あのアルマイトのお弁当箱を、取っておいでよ」、といっていたことを思い出した。太郎は、軍需工場まで行くことにした。

残念ながら、雨模様だった。少し降り方が激しくなったので、途中まで行って今日は止めようかとも思った。だがその時、ふとひょっとすると小峰さんに逢えるかも知れないと考えた。この約十日間は、全く彼女のことを考える余裕など無かった。それは、太郎の家に爆撃で家を焼かれた伯父さん一家が避難して来ることになったし、もう一つこの家の隣の病院には、同じように怪我をした人たちが大勢収容されていたからである。焼夷弾が落ちて、半分ぐらい焼けてしまった伯父さんの家の瓦礫の処理の手伝いが在る程度片付くと、今度は旧挺身隊として、彼は隣の病院への食糧や衣類などの運搬などを、近所に住む同級生や先輩たち数人と共に懸命に行っていた。そのため、すっかりあの日の出来事も、それっきりになっていた。

約一時間近く掛かって、懐かしい工場に辿り着いた。場所を間違えたかと思うぐらいに、その工場の周辺は様変わりしていた。一言でいえば、建物が焼け落ちて何にも無くなっていたといってよい。驚いたことに、管理棟の前から大川の川面が、ずっと先に見渡せた。

入り口で、名前をいうと何時もの守衛とは違う人が、《た―125》の鍵を呉れた。昼間なのに、雨のせいか廊下は薄暗く、さらにロッカー室はデンキも点いて居ない。逆に湿気だけは高くて、すでに太郎は被った帽子から、そして着ているシャツの脇から汗がどっと出ていた。

誰も今日は来ていないようだった。ようやく自分の見慣れた箱の前に辿り着いて、周りを見るともうすでに蓋が開いたままの箱が殆どだった。矢張りみんな、急いで取りに来たんだ。そう思って、太郎は自分の箱に鍵を差し込んだ。

その時だった。反対側から、何か微かな音がしたようだった。誰も居ないと思ったのに、誰か居たのか？何となくそう考えて、横を向くと五メートルぐらい離れた入り口に近い場所から、突然駆け寄ってくる人影が在った。

その影が、突然太郎にぶっつかって来た。思わず手をボックスから放して、身構えようとしたが間に合わなかった。そのまま太郎がどんと後ろのベニヤ板に、頭と体をぶっつける恰好になった。またもや、目からキラキラとデンキが流れた。

「わあっ」という暇もなく、今度はその影が抱き付いた。汗臭い、女性の匂いがした。驚いたことに、間違いなくそれは小峰主任だった。無言である。しかも、太郎はあっという間に、抱きすくめられたまま口付けまでされてしまった。

小峰の説明によると、この一週間ほど毎日、彼女はここに来ては自分の班に居た十五名が無事だったかどうか。荷物を取りに来れば判ると思い、毎日待機していたらしい。その結果、一昨日までにあのニキビ面の生徒が取りに来て、太郎以外は男女とも無事だったことが判ったという。だから、後は太郎だけになった。

昨日も小峰は来て待っていたが、とうとう来なかった。もう後二日間である。今日は雨だから、太郎が来るとすれば矢張り、締め切りの最後の日かも知れない。それでも来なかったら、彼の身の上に何かあったとしか思えない。そこまで、小峰は考え心配していたという。

それが、何と来ないと思った日に遣って来たし、偶々他には誰も居ない状況だったので、この未だ十四才の少女としては、衝動的に弟というより待ちに待った恋人がやっと来たというような気になり、突然飛び付いたのだった。

二人は、揃って帰ることにした。幸い、雨も上がっていた。

「ところで、太郎の家はどの辺なの？この間は、余り具体的に聞かなかったけど」

「久留米の市街地に入る少し手前に、弥生時代の古墳の井戸が在るのを、小峰さん知っていますか」

「知っているわよ。遠足で、行ったことあるから。大分前だけど」

「えー、遠足！前に話したけど、僕は逆に小峰さんの発電所に行ったから・・・合いこだね」

　他愛ない話でも、二人は楽しくて仕方ないようだった。

「古墳の近くに、畑の中にポツンと一軒家が在るけど」

　太郎が、述べると、今度はタカが、「あー、それはもしかしたら《チンドン・カキチ》の家」

と、びっくりしたというようないい方をした。

《チンドン・カキチ》とは、太郎の父、武田太兵衛門が乗り回していた、新型の自動車のことに由来が在る。昭和の初めごろ、ドイツから輸入され発売されたもので、その車はサイドカーというものだった。

　元々は、ドイツ軍の軽自動車部隊として活躍したものである。オープンカーであり、サイドに美女を載せて街の中を走った。どちらかというとちょっとカッコいい、珍しいものに飛びつくプレイボーイの道具として発売された。

　太兵衛門は、恰好良く乗り回していたが、載せたい美女がなかなか見付つからず、仕方なく大川の土手を走っている最中に、反対側から来た珍どん屋の一団を交わそうとして、スリップしもんどり打って大川に転落した。本人は、どぶネズミのようになって川から這い上がって助かった。だが、サイドカーは《ちんどん》と落ちてそのまま川の中に、抛り棄てた。本来なら、交通違反と河川への違法な投棄という罪になり処罰されるところだが、そこは下っ端とはいえ、お役人様だったので、書類送検程度で助かったようだ。

　太郎も、自分の家が《チンドン・カキチ》だといわ

れていることは、知っていた。〈カキチ〉とは、〝カー〟すなわち〝車気違い〟ということを捩ったものだ。

こうして、二人は今度は一緒に大川の上流の方向に、街の中を通って帰っていった。最早、男女の中学生が一緒に歩いていても、誰も咎める者は居ない。僅か、一か月も経たない間に、世の中が大転換していた。

第六章　変動の嵐

〝ナレーション〟が、入った。

〝宇宙星AO七七〟の王宮、その一番奥に在る王様のご座所に在る、巨大なスクリーンの映像が突然変わった。

王様が「あれ、これは何?・・・さっきの太郎さんの少年時代のストリーを続けて下さい」と、珍しく注文を付けた。

すると官房長官が、あのハスキー声で「恐れ入ります。王様のご要請は良く判りますが、この映像は正に太郎さんが数か月後に行なおうとする行動心理を予測しているモノです。この星の超能力技術を駆使して、それを行って居ます」

官房長官が、続けた。

「この場面は、ラビアの長老と呼ばれる太郎さんが、お孫さんのレオ君に昔話をしている場面です。彼らは食事を終って、さらに何時間も話し込んでいるので、一端その日はこれで終わって、明日また続けようと考えているところですから・・・必ず王様のご要請になる続きの話が出てまいります。よろしいでしょうか」

王様が、述べた。

「なるほど、そういうことだな。良く判った、続けて下さい」

〝極光の妃美〟の官房長官は、王様が了解して呉れたので、ほっとしてスクリーンの場面を再開した。

第一節　伊都国《いとのくに》、糸島へ

（一）

外は嵐だったが、ラビア・ホットスプリングホテルの奥まった一室では、ラビアの長老と孫のレオの対話が長々と続いていた。

時計を見ると、ちょうど午前零時になるところだった。

ラビアの長老が、述べた。

「レオ、今日はここまでにして、どうだろう。もう一日付き合わないか。わしも、どうやら眠くなってきた。明日またゆっくり話そうと思うが」

「話が上手すぎて、わくわくして聞いていたよ。そうだね、小峰タカという人は、多分タカお婆様のことじゃないかと思うけど、大爺が結婚された経緯も興味が在ります」

そうレオが述べると、老人は苦笑いをしながら「こいつ・・・お前も早く結婚しろよ」と、いい返した。

「どうだろう、レオまた同じところでもなんだから、明日はそう遠くないが、君のタカお婆さまが好きな糸島の別荘に行くか」

「糸島の別荘って、行ったこと無いな」

「じゃー、ちょうど良い。明日の朝、おタカさんに電話して、用意させるよ」


ところで、すでに二人の会話は誰かに盗聴されていたようだ。レオが発見したコーヒーポットの盗聴用の発信機は、むしろ《囮》だった。実際は、すでに空調用のダクトと、さらにこの部屋の外側の壁面に、何とかモドキのように、色を壁と全く同じにした超高感度の盗聴器が、据えつけられていた。それに、二人の動きはGPSで、常時監視されていると考えて置いた方が良かっただろう。

翌朝、このホテルの支配人の野口が報告に来た。盗聴器を長老の部屋に仕掛けようとして失敗した謎の若い女性が井村直美という名前だとは分かったが、その行方不明事件についてである。警察からは、調査中という連絡が在ったが、それ以上に具体的なことは何もなかった。臨時に派遣を命じられたと偽って来た女性のことについては、人材派遣管理体制の不徹底が在ったことで、会社の幹部が謝罪に遣ってきた。だが、姿をくらました侭のその女性の身元は、現在追跡中だと警察と余り変わらない報告だった。

その報告を踏まえて、老人はそこに居る幹部全員に指示した。

「これからも同じような事件が起きることが無いように、特に臨時雇いや派遣の人たちについては、しっかり管理するように頼みます」

だが、この朝のミーティングを終えて、長老は考えた。

今や情報合戦は、人間の代わりになるロボット自体が、センサーテクノロジーや無線技術のより一層の高度化によって、ロボットを使い始めたからである。ロボットがロボットを使うとは、恐ろしい時代になったものだ。

セキュリティのチェックは、もちろん重要であり盗聴されたりしないように細心の注意が必要だが、百パーセント防ぐには、相当な金銭的負担と人材が要る。

こうして、ラビアの長老とレオは、次の日に糸島の別荘に移ることにした。ここは、古代卑弥呼の時代には、《伊都の国》として栄えたというだけ在って、温暖かつ風光明媚な玄界灘に面している。ラビアの長老こと太郎が最愛の人、おタカさんのために建てたという、小高い丘の中腹に瀟洒《しょうしゃ》な住いが在る。南面に在る森の中のこの別荘から、小鳥の囀る声を聴きながら、緩やかな傾斜の小道を十分間程度掛けてゆっくり登ると、そこは峠の頂上である。朝陽は、右の山の中腹から昇るが、玄界灘の彼方に沈む直前の巨大な真っ赤な夕陽が、何ともいえぬ美しさである。老夫婦は、時々この別荘に遣ってくると、必ず夕方この丘に手を繋いで登り、それをじっと眺めるのが楽しみのようだ。

（二）

早朝老人がおタカさんに、携帯で連絡した。すると、孫のレオが一緒なら喜んで準備するという返事だった。何なら、名古屋にも連絡してレオの両親たちも来てもらおうかと、おタカさんがいうので、向うの都合が付けば良いアイディアだといって置いた。

レオは、午前中時間を貰いたいといって、昨夜のホテルの四階の特別室から、ロンドンにそれから東京にパソコンでメールを送ったり、国際電話を掛けたりしていたが、ちょうど九時になるとちょっと、そこのゴルフ場の辺りまで散歩してくるといって、車を借りて出掛けた。その同じころ、ヘリコプターが飛ぶ音がした。近くに、自衛隊の基地が在る。訓練に、ヘリが飛ぶこともあるが珍しい。

そのレオから、十二時半には帰るという連絡が在ったが、時間通りに帰って来た。ちょうど午後一時の時報が鳴った頃、昨夜の打合せ通り長老とレオはホテルの自家用車で、糸島の別荘に向け出掛けた。もちろん、この老人のトレードマークのような、細い赤線の入ったグレーの中折れ帽子を被り、小さな黒の鞄を持っていた。ほぼ一時間ぐらいで到着するが、それでは未だおタカさんの別荘の準備が整っていないはずだ。なにしろ、彼女も福岡の自宅から矢張り車で一時間は掛かる。

霜月すなわち秋冷の候ともいわれる、この十一月の時期は、同じく玄界灘に面した糸島の海岸一帯には、取れ立ての養殖牡蠣を食べる名物の〈牡蠣小屋〉が立ち並ぶ。ちょうど良い。おタカさんが準備をし、出来れば名古屋からレオの両親一家が出て来るのと相前後して、車で別荘に辿り着けばベストだ。牡蠣小屋から別荘までは、約二十分足らずだ。

携帯でおタカさんと時々行くR小屋に、予約を入れて置いた。《R》に拘ったのは、矢張り《ラビア》を意識したからだった。

道々平和に見える唐津の街並みから、鳥栖方面の僅かに霞が罹ったように煙る景色を車窓に見ながら、レオが質問した。

「春霞というのは判るけど、《秋霞》とか《冬霞》などは聞いたことがないな。大爺いつもこうなの」

半分寝ていたようだったが、長老がレオに催促されて目を覚ましてしばらく外を眺めた後に、口を開いた。

「昔は無かった。これは、間違いなく中国大陸から飛んでくるPM2・5だ。遂十年前は飛来の原因は、モンゴルやタクラマンの黄砂といっていたが、今は違う」

「PM2・5は、ロンドンの研究所でも、問題視していますよ」とレオが、外を見ながら「イッツ・アー・ダーティ」と口籠って述べた。

「中国とわが国の立場が逆だったら、大変だろうな。防止対策の話し合いは、していると聞いているけど、進んでいるんですか」と、さらに質問した。

長老が、おもむろに述べた。

「うん、遣っているようだ。だが、中国が公言しているのは、現在は原子力発電所は十九基二千万KWしか持って居ないが、PM2・5を減らすために、われわれは二〇三〇年までに原子力発電所を、何と遼東半島辺りから五千キロも在る沿岸線に、百か所約一億KW以上を建設する。そして、石炭火力をどんどん減らし、日本に貢献したいというようなことだ。とにかく、したたかだよ」

レオが、それを聞いてさっそく述べた。

「現在、政府が止めているけど日本は、原子力発電所が約五十基で四五〇〇万KWでしょう。イギリスが中国の現状と同じく十九基約二千万KWと、日本の半分以下でしょう。だが日本とイギリスの人口の割合でいうと、国民一人当たりの原子力発電のウエイトしては、大体同じぐらいだと思いますよ」

「なるほど、それで」と、長老が述べた。レオが、続けて発言した。

「したがって日英両国ともに、原子力発電に依存するウエイトは、総エネルギー消費量の夫々十パーセントといったところだと思います」

また同じように長老が、「なるほど、それで」を繰り返した。

「ところが、中国は人口が日本の十倍以上だから、仮に十数年後にはわれわれと同じ生活水準に達するとすれば、先ほどの百基一億KWどころか、本音はその倍以上を建設してもなお足りないと思っているかも知れませんね」

レオが、心配そうに述べた。その時、運転手が窓の外をちらちら眺め出した。上を見ているようだ。長老が、気が付いた。へリコプターの音のような気がしたからだ。しかしレオは、話に夢中だ。

「確かに、その通りだろう。嫌な予感がするね」

「嫌な予感ですか」と、レオが聞いた。

「レオ、君が向うの指導者だったら、どう判断するかね。例えばだよ、日本の骨董品のような著名な政治家や、金儲けに長けた環境派モドキの政商さらには文化人などがマスコミを煽って、《日本の原発ゼロ、江戸電力会社をぶっ潰す》といわせる」一端切って、言葉を継いだ。

「もちろん、この前まで《原発ゼロ》を唱えていた民衆党やより左の連中も乗ってくる。本気で、そういう世論を作り出す。そうなれば、毛利首相の与党も原発推進を変えざるを得なくなる。遂には、敗北・・・こういう筋書きを、描いたりしないだろうか。どうだ、レオ」

「なるほど」と口籠ったレオが質問した。

「その狙いは、何かということですか?」

するとと、ラビアの長老が嘆息交じりに言葉を吐き出すようにして述べた。

「レオともあろう男が、判らんのかね。人材だよ、日本の優秀な原発関係者だよ。日本が本気で、仮にだよ国民投票か何かで、原発をゼロにしたと宣言する。その時、日本の原発のことが判る有能な人材・・・それが、トップの政策官僚から電気事業の経営者、マネジャー、労働者まで含めると四、五十万人は居るだろう。彼らから見ると、こんな宝物が自分の国の直ぐ傍に在るというわけだよ」

「なるほどね。矢張り尊敬する大爺は、ラビアの長老だ」

長老は、また述べた。

「小さな島の取り合いなど、向うにしてみれば猫騙しのようなことかも知れないね。囮作戦だよ。本命は、日本からの原発のためのお雇い外国人だ。その時、哀れな日本という国は、原発が無くなって電気料金が三倍になり、経済はあのギリシャ以上に悲惨なことになっているだろうよ。そこが、彼らの真意かも知れないね。今でも電気料金はアメリカの三倍、中国に一・五倍、東南アジア諸国の二倍だ。それが、さらに数倍に上がれば、この国がどうなるか。この情報社会の中で、彼らにはすでに日本が徐々にというより、急速に衰退いく姿を、しっかり見えているんじゃないかな」

レオが、頷きながら引き取って話した。

「なるほど、判ります。そこが日本国民には敢えて、見えないように成って居るのは、この国の愚かなゲンパツ反対と叫んでいる声だけを、マスコミが英雄扱いにしているからでしょうね」

　長老が、応じた。

「百四十年前の明治のお雇い外人は、重要な人物には大臣級の報酬を与えていたそうだ。今の大臣の報酬とは比較にならないよ。それに比して、中国が日本の原発キャリアを大量調達するのは、日本から頼まれるのだから派遣社員のようなものだよ。哀れな日本人になって居なければ良いが・・・」

「それに、中国は直ぐに技術技能を学んだら、自分で作り上げる伝統が在るから、日本の原発関係者は直ぐ解雇されますね」

　レオがそう述べると「コアの最優秀な技術者だけは、囲い込むだろうね」、と老人が応えた。

「それに残念だったのは、3・11の福島原発の事故の時、民衆党の甘城首相が、実に不味いことをしてしまったと思うよ」

「何が、問題ですか？」

　すると、老人が実に重大なことを述べた。

「水素爆発した四基は、殆どアメリカ製なんだよ。もちろん、日本が引き取ったものだとしても、設計から建設までアメリカ製だ。だから、あの時原子力潜水艦を持つアメリカ海軍が助けに来ただろう。重大事故だからこそ、直ぐにアメリカに引き渡して居れば、海軍が完全封鎖して呉れたと思うよ。もちろん、海軍そのものは事故処理の能力は無いだろう。だが、あそこを造ったアメリカの専門家が、しっかり活躍して呉れたはずだ。放射能汚染の基準も、例えばセシュームがアメリカの基準値千二百ベクレルか、世界基準値の千ベクレルとなり、日本の役所が勝手に決めた世界基準の十分と一の百ベクレルなどというような、とんでもないことには、なって居なかったはずだ。日本人のトラウマがもっと早く、かつとても軽くて済んだだろうよ。例えば、放射能の除染作業も早く簡単だったかも知れないね」

「それで・・・」

「そうすれば、今大変な苦労をしている事故処理が、ＩＡＥＡの協力の仕方を含め、もっとスムーズに行なえたと思う。日本政府も、国内だけでなく国際的な対応の仕方が違っていた。もちろん、地元も電力会社もそれに国民も、原発への認識と処理の仕方が、これほどマスコミに在ること無いこと叩かれ、そして煽られずに済んだ。とにかく穴城首相の対応が、地元だけでなく日本中を不幸にしてしまった。それに、日本人の原子力核エネルギーに対し、営々と培かい発展させて来た技術技能への世界的単価を歪めてしまった」

ヘリコプターの爆音が、段々と大きくなってきた。運転手が「どうやら、この車を付けているようです」と、時々外を見上げながらいうので、「そっちに気を取られていると、危ないよ。事故のもとだ。気にせんでよかよ」と、老人が敢えて九州弁で諭した。

しかし、何故だろう。レオと自分のどちらを付けているのかなと思った。レオは、冷静だった。先ほど、途中のパーキングで、ガソリンの補油のために立ち寄った時、運転手が「この車もリースですから、個人情報は調べればすぐわかるでしょう」と述べていた。車のナンバーで、利用者の履歴が瞬時に確認出来るシステムが、むしろ日本で開発された。太郎が顧問をしている富山の秀れたセンサー技術を持っている会社が開発したものだ。それが、今や世界中に出回っているという話だ。

「ちょうど、Ｒ小屋に着いたぞ。そこでゆっくり続きを話すよ。その前に、おいしい牡蠣を食べて、腹ごしらえだ」

二人は、車を駐車場に預けて、Ｒ小屋まで歩いて行った。ヘリコプターは、どこかに行ったようだった。運転手が戻って来たので、傍で一緒に食事をするように手配し、二人は海岸淵の座席に並んで先ずビールを注文した。例のトレードマークの帽子は、入り口でウエイトレスが預かりましょうというので渡した。帽子を預かって呉れたウエイトレスが、にこやかに注文した生ビールを運んで来た。ベージュ色の服を着ている。それは、この店の制服のようだ。

次いで生牡蠣を注文した。今日は、海も穏やかだし、夕陽が別荘の上の峠から綺麗に見られるかも知れない。そう思いながら、長老は孫のレオに向かって昔話を再開しようとした時、レオが盛んに奥の客席の方を覗き込んでいる。長老も、何かなと思って同じ方を覗いた。

奥の方に二組の先客が居たが、そこで対応している別のウエイトレスが、気になっているようである。レオが「その女性が、何となく昨夜ホテルで見かけたような気がする」と口籠った。

「大爺、彼女は、あのコーヒーポットの女じゃないかな?」と、小声でいった。

「あの、スパイのことか。名前は、何といったかな」

レオが、手帳をめくっていたが「あっ、在った。井村直美だ」

するとレオが、少し大きな声で『井村さーん』と呼んでみた。しかし、全く反応が無かった。

しばらくして、今度は注文して置いたサラダを、その女性が運んできた。同じようににこやかに、〈いらっしゃいませ〉というのを捉えて、またレオが尋ねた。

「大変失礼だけど、あなたは井村直美さんではないですか」

するると、彼女の顔から一瞬笑顔が消えたが、また元のにこやかな顔に戻って「いえ、違いますが、そのお方をお探しですか?」と、聞き返された。

「失礼しました。感じが良く似ていたので、済みません」

レオが、少し頭を下げて謝った。

そのウエイトレスの胸には、田中昌枝というネームプレートが付いていた。

しかに、長老の方はそうしたやり取りを聞きながら、女性がにこやかな顔で居ながら、寧ろやり取りをしている若いレオよりも、自分の方をじっと見ているのが、気に成っていた。

〝ナレーション〟が、また入り、スクリーンが止まった。王様が、口を挟んだからである。

「太郎さんが、何者かに狙われているという話は、実にミステリックで面白いですね・・・ところでそろそろ、太郎さんと恋人の小峰タカさんの物語の続きを、聞かせて頂けませんか」

するど、官房長官がにこにこしながら「はい、王様。正に太郎さんことラビアの長老が、あの続きを語り始めるところです」

そう述べて、スクリーンを稼働させた。

第二節　新たなデンキの魔物

（一）

ラビアの長老が、レオの催促で昨夜の続きをし始めた。あの戦争が終わった時の話である。

武田太郎は、《チンドン・カキチ》の自宅に帰るため、歩いていた。もちろん、タカと一緒だ。後二十分ぐらいで、弥生時代の遺跡井戸が傍に在るわが家の近くになった時、偶然伯父の武田次郎ヱ門一家に出会った。リヤカーに焼け残りの家財道具を積み、夫婦と子供二人が一緒だった。爆撃の後これまでは、被災者用の共同避難所の公民館で暮らしていた。

「伯父さんじゃないですか。済みません、今日は朝方から、勤労奉仕先の荷物を取りに行って、帰りに伯父さんの所に最後に手伝いに行けといわれていました。けど、遅くなって、行けずに済みません」

するると、気の良い伯父さん一家は、リヤカーを引く手を止めて「タロ坊、ありがとよ。その言葉だけで十分。毎日タロ坊が手伝ってくれたお蔭で、やっと片付いた。今日から、ゆっくりタロ坊の親父さんにお世話になる。よろしくね」と述べ、一家四人が頭を下げた。太郎は、慌ててお辞儀をした。伯父さんは、久留米の街中で雑貨店を開いていたが、この度の爆撃で店と家が半分以上が焼けたのだった。

挨拶を終えた一行は、連れだって《チンドン・カキチ》の自宅の方向に向かって歩き出した。その時、太郎に連れが居ることに伯父さんが気付いた。

「この女子学生さんは?大変な別嬪さんだが・・・」と、尋ねた。聞かれた太郎が、やや赤くなりながら話そうとした時、タカの方が先に自己紹介をした。

「小峰といいます。同じ挺身隊で働いていました。私たち二人が同じ班の責任者ですので、最後の後片付けをして帰るところです」そして、「被害に逢われて、大変ですね。私たち、お手伝いに行かねばならなかったのに。済みません」

淀みなく、はっきりと述べたので伯父さんが、すっかり気に入ったらしく話し掛けた。

「私は、このタロ坊の伯父で、これは家族です。これからこのタロ坊の家に厄介になります。タロ坊は、良いやつですよ。よろしく頼みますね」

「こちらこそ、よろしく」

太郎が、はにかんでいると、伯父さん夫婦の追い討ちのひそひそ話の会話が続いた。

「あの人、タロ坊の良い嫁さんになるよ」

「そうだね。別嬪さんだし、しっかりしているようね」

「タロ坊も、良い男だしね。だけど、未だ中学生だよ」

「いや、私の直感ではもう約束してるね。ひょっとすると、出来てるかも知れないよ」

「そんな不謹慎な、バカなことというんじゃないよ。兄さん夫婦に叱られるよ」

「聞こえるよ！」

「大丈夫だよ」

そうした、夫婦のひそひそ話を打ち消すように、伯父さんが太郎に向かって問い掛けた。タカも、連れだって聞いていた。歩きながら伯父さんが、太郎に面白い話が在るけどと前置きをして、興味は無いかというのだった。

「タロ坊は、キラキラのデンキに興味が在るよと、何時もよく家に遊びに来るといっていたね」

「はい、そうですが、何か」

すると、伯父さんがびっくりするようなことを述べた。

「タロ坊は、水力のキラキラの魔物は、知ってるね。だが、《火》がキラキラの魔物に変化し、デンキになる話は知ってるかね」

「えー、火がですか？」と、一瞬立ち止まって尋ねた。

「そうだよ、火だよ《火の力》といった方が良いかも知れない。

驚きながら、太郎が質問した。

「その《火の力》という魔物が、どこかに居るんですか」

すると伯父さんが、ニコニコしながら述べた。

「実は明日から伯父さんは、その火の力を手伝うことになったんだよ」

（二）

伯父さんの武田次郎ヱ門の話は、こうだった。

偶々だが、焼け跡を整理していた。何しろ、何も無くなった近所に広場がポッカリ出来たような始末である。ところが、あの終戦の日から一週間ぐらい経ってからだった。朝早くから、七、八十メートルほど離れた場所に盛んに一時間置きぐらいにリヤカーで、何か重そうな品物を運び込み、さらにそれを運び出している人がいた。それが、定期的に続く。そして、午後になるとこれまた、定期的に今度は、兵納を絡げて出て行って、数時間すると戻ってくる。運んでいたのは、石炭だった。遠くだから、良くは判らないが熱心である。かんかん照りの中でも、天気の悪い日でも同じようだった。そのうち、手伝い人が増えてきた。そんなある日、ちらちら向うの様子を覗いていると、気が付いたのかその人が遣ってきて挨拶をした。

大伴家郎といいますと自己紹介した後、こちらの事情を聞かれた。雑貨屋だったがご覧の通り、焼けてしまった。しかし元々は、鉄道のモーターを作る技師だったこと。それに、この地方の国立工業専門学校を出ていることを話すと、仕事がなければ是非自分の所に来てくれないかといわれたというのである。

何をする会社かと聞くと、これから発電所を立ち上げる積りだと述べたという。元々はこの人も技術屋で、民間の電気会社の技師として大学を出て入ったが、その会社が国営会社に吸収された。ちょうどその時に、徴兵されて三年間広島に在る呉海軍基地で、新型潜水艦の設計を命じられたが、幸い外地に行かずに敗戦になった。だが、実家が大牟田の炭鉱で掘った石炭を、販売する問屋をしていた。終戦の日の直ぐ後に、実家に帰りついでに電力会社に挨拶に行った。すると昔の上司から、とにかくデンキが足りない。発電所を至急建てる、その協力を求められた。「君の自家用の石炭を使って、発電所を建てられないか」という相談だった。

そこで大伴家郎は、そういう壮大な新事業を遣る積りだと述べた。

そこで、太郎がもし興味が在るなら明日一緒に行って、大伴家郎という人を紹介するというのだった。

そこまで話している間に、武田太郎の自宅《チンドン・カキチ》に到着した。玄関では、太郎の両親と兄弟たちが、出迎えて呉れた。もちろん、伯父の武田次郎ヱ門一家が避難所から漸く引っ越してきたからだ。

ところが、太郎にも同行の者が居た。しかもそれが、太郎と同じような女学生である。終戦になったからとはいえ、女性を自宅に連れてくるなどとは、この時期は、多分常識外れだった。

そこで、先ず父親の太兵衛門が、怒鳴り付けた。

「太郎！馬鹿もん。貴様女学生と一緒だったのか。この恥知らずが・・・」

一同が、びっくりして一瞬黙った。だが、先ず母親の信代が横から出て来て、女子学生に謝った。

「済まないね、うちの人は役人だからね。戦争に負けて、あーでもいわないと格好が付かないんですよ」

女子学生の小峰に、頭を下げた。

「お前は、黙ってろ。口出しならん」

取り付くしまが無い。また一瞬、空気の流れが止まったような状況になった。

「お兄さん、口出して済まんが、ちょっといわせてくれんか」と、今日から厄介になることになっている伯父の次郎ヱ門が、穏やかに述べた。

兄と違って、性格も穏やかな弟の次郎ヱ門が、街角でこちらに来る時、偶然出会った経緯を述べた後、次のように話をした。

「二人は、五月以来軍需工場で働いていた男女挺身隊の隊長と副隊長だったようです。だから、工場での作業中も二人で、懸命に大勢の隊員たちの指揮監督をしていました」

小峰主任と太郎の立場は、逆である。しかも、隊長、副隊長などという肩書もない。だが、この伯父の注釈付の説明という機転が利いた。そこに居るみんなが「そうだったの、大変だったのね」というようなことを、口々に述べた。

兄の太兵衛門の怒りが少し和らいだと見るや、さらに次郎ヱ門が口を開いて次のように付け加えて述べた。

「特に、爆撃の最中は大変だったようですよ。仲間が弾に当たって死んだ人もいるそうですが、二人はとても勇敢に友人たちを危険を冒して救出したそうです。そうだろう?」

見ても居ないのに、凄い迫力の在る説明をして呉れた。それに応えて、二人が大きな声を出して述べた。

「ハイ、必死で救出しました」と太郎が述べた。多分、小峰を救出したことを思い出してのことだった。

「私も、必死で役目を果たしました」と、タカがよどみなく返事をした。彼女の方も、太郎の体を敲きながら、死なないでと必死に叫んでいたことを思い出していた。

「そうか、判った・・・太郎も早くそういえばいいんだ。少年少女挺身隊の隊長と副隊長に、在郷軍団長の吾輩からもお礼をいわねばならんな」

そして、「ちょっと待て」といって、家の中に急いで踵を返して入っていた。

何事だろうと、みんなが思ったが、とにかくこの家の主人の怒りが無事収まって、みんながほっとした。

そこに、再びこの家の主人が、在郷軍人団長の制服制帽で現れた。みんなが、またびっくりした。

「少年少女挺身隊の隊長、副隊長に、敬礼!」と怒鳴って、直立不動で腰の軍刀を抜き払って、見事な敬礼の姿勢を取った。

驚いたのは、太郎とタカだったが、従わざるを得ない。二人も、身繕いを整え、タカは兵納の中から取り出した、日の丸の入った白タオルを額に巻いて、敬礼の姿勢を取った。

するとその場にいたお手伝いさんなども含めて皆も、仕方なく中には敬礼の姿勢を取ったり、女性たちや子供はただ姿勢を正したりした。五、六秒間その状態が続いた。

「全体、直れ！」と在郷軍人団長が述べて、礼式が終わった。

こうして、漸く父親の太兵衛門もすっかり怒りが取れ、むしろ太郎たち二人を嬉しそうに眺めるようであった。とにかく、家に上がってもらい夕食を一緒にどうかとなった。

「済みません、お言葉ありがたいのですが、初めてのお宅でご馳走などに成ったら、両親に叱られます。もうすぐ陽も暮れますので、急いで帰ります」と、タカが畳に手を付いて述べた。

そのしっかりした態度に、逆にこの家の主人も母親もすっかり感心して、初めて「お名前は、そして自宅は、どちらで？」と聞いた。

「あーあの大川の水力発電所のお嬢さんでしたか。小峰兵二郎さんでしたね。良く存じています」と、笑顔で述べ正座をしてまた挨拶しながら付け加えた。

「私は、兵二郎さんのお兄さんの源太郎さんとは、中学の同級生ですよ・・・だが残念だな、彼が僅か一年前に南方で戦死するとはなぁー」といって、突然嗚咽した。

それが収まって、再び主人の武田太兵衛門が述べた。

「よし、判った。おかぁさんよ、こっちから発電所の兵二郎さんに電話しよう。そしてお嬢さんを迎えに来て貰らおう。その間に、夕食をお嬢さんには取ってもらうから。太郎良いだろう」と逆に、息子に話し掛けた。

面白いな、人と人の交わりは、ちょっとしたことで旨く行くが、そうでない場合も在ると、今日からこの家に厄介になる伯父の次郎ヱ門は、腕組みしながら、その場の成り行きをじっくりと見ていた。

太郎も、ほっとした。なにしろ、逆に両親がタカを気に入ってくれたようだからである。

（三）

翌日太郎は、新たなキラキラのデンキを、水力でなく石炭で作るという話に誘われて、伯父の武田次郎ヱ門と一緒に、大川に面した発電所の建設現場に行ってみた。もちろん、大伴家郎という人が貯めて置いた石炭が、運び込まれている大きな貯炭場も、直ぐ近くに在った。最近臨時に作ったと見られる、急ごしらえの事務所の扉が在った。

『筑後火力発電会社』という、立派な看板が掛かっていた。

その扉を開けて、伯父と一緒に顔を出すと、十名ぐらいの人が忙しそうに、机に向かって仕事をしていた。その奥で、大きな机の真ん中に座って、立っている人に何か指示をしている髭は濃く、しかし頭の髪を短く五分刈りにした穏やかな表情の中年の紳士が居た。その人は珍しく濃紺の海軍軍人が使う作業服を着ていた。

伯父の武田次郎ヱ門が、挨拶して何か話していたが、その人が太郎の方を見ると、手招きで傍に来るようにと呼んでくれた。その中年の紳士が座っている大きな机の上の棚には、神社を模った神棚が置いて在った。

「こんにちは、中学二年の武田太郎といいます」と述べて挨拶をした。

「私は大伴家郎です。ここに居られる君の伯父さんの話では、デンキに興味があるそうだが、どんなことが知りたいのですか」と、優しく話してくれた。

太郎が、思い切って述べた。

「水がデンキに成るのは、水の力で水車の付いた発電機を回す時に作られるということが、小学校の頃水力発電所の現場を見学して良く判りました」

「なるほど、それで・・・」と、大伴社長が相槌を入れた。

「伯父が教えて呉れたのは、石炭を燃やして火にして発電機を回すと、デンキが生まれるそうですが、その理屈を教えて下さい」

するとと、大伴社長はにっこりして、口を開いた。

「太郎君といったかね。それは、こういうことだよ。水力発電は、水の力で発電機の水車を回して発電させる。発電の大きさは、落差と水量で決まる。ところが、石炭の場合は燃える石炭の火の強さ、それを〈火力〉というのだが、その火力で水を沸騰させる。その蒸気の圧力で、水車を回して発電させるということだ。だから、原理は全く同じだよ。判るかな」

太郎が、「はい」と答えて、続けて質問した。

「良く判りましたが、それでは水力と火力では、どっちがデンキを沢山作れるのですか」

すると、大伴社長が「太郎君、凄いね。そこに、気が付くとは鋭いね」と述べた。そのうえで、次のように教えて呉れた。

「太郎君、間もなくわが国の社会は発展していく。その場合、今よりももっとデンキが必要になるわけだ。すると、日本の川の水は限られているから、増やせないわけだ。だから、他の手段でデンキを作らないといけなくなる」

「判ります」

「戦争が終わった今、炭鉱に在る石炭を使って電気を作る火力発電でどんどん発電すれば、国民に必要なデンキの供給源になるというわけだよ。私は、その火力発電所をこれから、ここに造る積りです」

「凄いことですね。どのくらいの大きさですか」

「大きさというと？」

太郎が、述べた。

「KWのことです」

大伴社長が、少々驚いて太郎に言葉を返した。

「KWまで、太郎君は判るのか。では教えるけど、大体五万KWぐらいですね」

それを聞いて、太郎が仰天した。あの小峰タカのところの水力発電所が五百KW程度だった。それに比べると、大伴社長の計画は水力発電の百倍の威力が在る。

驚きながら、最後に太郎が質問した。

「びっくりしました。しかし、どうしてそれだけ大きな出力になるのですか」

笑顔を絶やさず、社長の大伴は応えて呉れた。

「太郎君は、凄い。教えよう。それは、石炭が発する熱の力。それを〈カロリー〉というのだが、石炭が赤く燃える時の熱量という方が正しいだろう。熱量すなわちカロリーが水力の水が出す圧力より、ずっと大きいということだ。判るかな」

太郎は、即座には理解できなかったが、しかし何となく《デンキの魔力》が新たに発生する話に、遭遇しているように感じて身震いした。

「大伴様、今日はお忙しいところ、色々教えて下さってありがとうございました。デンキという《魔物》が、水力だけでなく石炭の火力からも生まれるんですね」

「デンキの《魔物》ですか、なるほどね」と、大伴社長が太郎の表現を、面白いと感じたのか、口籠っていた。

それから、石炭を使い始めた時の話は知っているかね、と大伴社長が太郎に尋ねた、もちろん、知りませんというと、教えてあげようと述べた。

「太郎君、イギリスの話だが、〈魔女・ウイッチ〉のことは判るね」

「はい、人間の血を吸うという話ですが、怖いです」

「実は、それが石炭と関係が在るんだよ。昔はお湯を沸かしたり、暖房にするには、その材料は薪や木炭だった。ところが、石炭を偶然燃やしたところ物凄い火力が在ることが判った。正に、太郎君がいうように、〈魔力の火〉だというので反対運動が巻き起こったわけだ」

太郎がつられて「それから、どうなったんですか」と催促した。

「石炭を使うことに反対する人たちが、あれは魔女の仕業だといって、全く関係ないのに、年を取ったお婆さんを連れ出して、何と火炙りにしたりした。そういう事件が、昔々イギリスで実際に在ったんだよ」

太郎はもちろん、案内した伯父の次郎ヱ門も、感心して大伴社長の話を聞いていた。そして、社長は次のように最後に話をした。

「新しいことを始めようとすることを〈改革〉などというけど、必ず抵抗する人たちが出て来るんだよ。だけど、人々の役に立つと思うことは、信念を持ってやり通すという、その意志というか〈覚悟〉が要ると思う」

太郎が「覚悟ですね」と復唱して、しっかりお礼を述べて、立ち上がりかけた時だった。大伴社長が、ついでにもう一つ教えようといって、次のような話をして呉れた。

「太郎君、君のような若者が是非デンキの事業に参加してもらいたいね。君がいった《デンキの魔物》は、石炭からさらにもっと、新しい《凄い魔物》を使ってデンキが出来るというようになると思うよ。でも、原理は同じだ」

「原理は同じだとすると、魔物作りの違いは何ですか」

「太郎君、それは君がこの次に私に逢いに来た時までに考えて見なさい」

大伴社長は、笑顔で太郎に宿題を出した。

最後に社長の大伴が述べた言葉を、太郎は帰る道すがら頭の中で何回も繰り返していた。

「どんどん日本は《デンキの魔物》を、必要とするようになるだろう。すると、新たな《魔物の素が必要》になるはずだ。それこそ、君たちが考えることだよ」

太郎に取って、この時の大伴家郎との出会いが、彼の人生の方向を決めることになったことは間違いない。

それからの、長い道のりを老人は孫のレオに話さずには、居られなくなっていた。レオも、それを知りたがった。

第三節　難関突破（その一）——二刀流

（一）

昭和二十二年といえば、今まで述べてきたような敗戦の玉音放送が在ってから僅か二年目である。未だ日本は、完全武装の米兵が約三十万人も列島の隅々まで常駐し、連合軍というよりも米軍に占領されていた時代である。ただし、形だけは日本政府が、従来通り政治行政を行っていた。

この年の初め、武田太兵衛門すなわち《チンドン・カキチ》の主人が、福岡県庁から焼け野が原の東京に転勤する話が出た。すなわち役所の体制が変わったのを機に、出向が解けて福岡から本省に行くようにと辞令が出たのだった。もっとも、この時の辞令は強制的では無かった。何故なら、行く先が焼け野が原の東京である。仕事よりも、むしろ衣食住の生活の苦労が目に見えている。しかも、武田太兵衛門は、戦地で重傷を負った傷病軍人だった。この時、彼は三十五才である。

それに、さらに転勤するとなると、自分の女房と太郎を頂点に何とすでに、男女五人ずつ計十人の子持ちでも在った。よくも、お国のために産めよ増やせよと生産したものである。自分も入れると、十二名が食料も住宅も無い大都会でこれから過ごすことになる。考えただけでも、気が遠くなるような話であった。

太兵衛門は逡巡した。ところがそこを、「東京に行こう」と後押ししたのが、何と太郎だった。太郎はすでに十六才、敗戦から二年後の昭和二十二年には、学制改革で新たに生まれた新制高校の二年生になっていた。

一方小峰タカは、太郎より二年上だから、十八才。地元に在る県立女子専門学校の一年生になっているが、ここで実は問題が生じた。

例の敗戦時の武田家と小峰家との偶然の出会いから、自然態で太郎とタカを将来夫婦にしても良いという話が、それとなく進んでいた。しかし、問題は小峰家には一人娘のタカしか居ないので、もしも二人が夫婦になると、小峰家を継ぐ者が居なくなる。したがって、結果的には二人には気の毒だが、夫婦になるのは難しいということがだんだん話題になった。

最初は矢張り、タカの方が年上だし太郎も諦めるしかない、というぐらいの話だった。だが、本人たちはそうなると、逆に諦め切れなくなる。特にタカは、太郎と一緒になることが出来なければ、永久に結婚しないといい出す始末だった。

そういう状況下で、それを救ったのは、太郎の弟将次郎だった。兄さんたちの代わりに、自分が小峰家の養子に行って、お嫁さんを迎えるというのだった。

もちろん、この提案には小峰家が、それでは血が繋がらないからと反対した。ところが、偶々近くで材木事業を営む小峰家の伯父の家には三人の子供が居たがいずれも娘で、その頃それぞれ可愛い小学生だった。太郎の弟将次郎とは五、六歳違うが、大きく成って気に入ったら、三人の中の誰かと夫婦にしても良い。そうすれば、直系ではないが血は繋がる。そんな話から、この一件落着となった。

そこまでは、単なる手続きの話だったが、それからの実際の成行きは大変な経緯を辿ったと、長老は回想するのだった。

何故なら、太郎が父親に東京への転勤の後押しをしたのは、例の火力発電所をその後無事に作って、この地方を統括するようになる八馬電力株式会社の常務取締役になった大伴家郎が、太郎に奨めた話が原因だった。大伴は、結局自分の火力発電所を、八馬電力に合併させ同時に火力担当の常務取締役になったのだった。

太郎は、その後も大伴常務に色々とデンキの《魔力》の話を、聞きに行っていた。大伴も、太郎のような若者と話すのが楽しみだったらしく、高校生になった太郎と会うと、食事に誘ったりした。

ますます太郎は、デンキに興味を持ち将来は、自分も大伴の電力会社に入りたいと思い相談した。すると大伴は、最初は太郎が会社に入るというなら、喜んで僕のスタッフにしても良いから、大学に入ったらしっかり勉強しなさい。矢張り、電気を専攻すると同時に、機械についても十分に勉強して置いた方が良いなどと、喜んでアドバイスをして呉れた。

ところが、太郎の能力に惚れ込んでいた大伴が、突然病気になった。太郎は、毎日のように見舞いに行っていたが、一か月もすると見る見るうちに悪化して、日によっては今日は人と会うのが無理だという状態になった。そんな或る時、大伴が逆に今日は「是非とも太郎君に会いたい」といって来た。

面談すると、枕元で涙を流して喜びながら大伴が述べた。

「太郎君、私はもう長くない。そこで、君へのアドバイスだが、東京に行きなさい」というのだった。太郎は、びっくりして何故だと大伴に聞いた。

大伴が挙げた理由は、太郎がデンキを一生の仕事にするというなら、矢張り日本で一番大きい会社に入るのが良いということで在った。そして、太郎に対する大伴家郎の最後の言葉がこうだった。

「《デンキの魔物》は、激変していくよ。それを、しっかり捕まえるのが、太郎君、君の仕事だ。その基本は、日本にはエネルギー資源が無いということです。私が造った火力の石炭、それにアメリカには石油なども在るそうだが、全て有限です。そのうち無くなります。太郎君は、もっと無くならないものを、探してください」

「それは、何ですか」と太郎が、質問した。大伴は、苦しい息をやっと吐きながら、太郎を自分の顔に近づけるよう述べ、口元から細い声を出した。

「海軍の時・・・アメリカの潜水艦は・・・永遠に燃える燃料を使って居ると聞いた。アメリカに・・・行って見なさい。最後の・・・太郎君への贈り物です」

こう述べたのが最後で、大伴家郎はその三日後には、帰らぬ人となった。

この大伴の遺言を守って、太郎は父親の東京への本省転勤辞令を天の恵みと受け取り、どうしても実現する必要が在ったのである。

しかし、下っ端役人の太郎の父親は、何しろ一家十二名を食わせるだけで精いっぱいだった。もっとも、〈チンドン・カキチ〉といわれる実家の家屋敷は、例の伯父次郎ヱ門一家が面倒を見ることになり、また、太郎の弟の将次郎は、約束通りさっそく小峰家の養子になった。

そうしておタカさんは、太郎が大学を出て就職するまでは、花嫁修業ということになっていた。もちろん、太郎は郷里に帰り以前から約束の通り、地元の電力会社に入るという前提だったが、彼が東京の会社に就職するとなると、九州でお夕カさんと一緒に暮らすわけにはいかなくなる。

しかも、離れていると徐々に話の尺度が変わってくる。

東京に移住した一家に、先ず問題が生じたのは、当然のこと《暮らし》が、成り立つかどうかということだった。住む家は官舎に入ったので問題ないが、何しろ下っ端役人はどんなに頑張っても、本省の課長にはなれない。せいぜい課長補佐止まり。よって、月給はたかが知れている。長男の太郎は、早く卒業して一家の稼ぎ頭になって貰わなければならないと、父親の太兵衛門から言明された。こういう話になると、昔の在郷軍人団長のような命令口調になる。しかも、太郎には、敢えて父親の転勤を後押ししたという負い目がある。

よって、太郎はすぐに父親の役所のアルバイトをせよ、ということになった。このため都立高校は、普通部ではなく夜間部に入学させられ、昼間は役所の仕事をするのである。高校一年の長女久子も同じく、夜間部に入り仕事の手伝いをした。しかも稼ぎ手が足りないので、地元で養子に出した次男の将次郎を、返してもらいたいと小峰兵二郎に手紙を出す始末だった。もちろん、小峰家が応じるわけがない。それより、「太郎君に早く郷里に帰るよう頼むよ、娘のタカが首を長くして待っているから」、という返事が返って来た。

もちろん、東京の太兵衛門一家としては、そんなことが出来るはずがない。

こうして、いよいよ太郎が大学に来年は入るという時期になったが、父親は相変わらず下っ端役人でウダツが上がらない。とうとう太郎は、夜間の高校から今度も同じく夜間の大学に入学し、役所の手伝いをして家計を助けるようにと、父親の太兵衛門にまたもや命令された。

太郎が難色を示すと、「俺は東京に来たくなかったが、太郎お前が奨めたのだから、殆どお前の責任だ。よって、昼間の大学に行くのは罷りならぬ」と叱り付けられた。

（二）

だが、こうした太郎の運命を救ってくれた人たちが居た。

一人は、郷里の九州から東京に転校した折りの、都立蔵師高校の夜間部の担任教師、黒田足助先生だった。学科は国語と社会を教えていたが、苦労人のようで遠い九州から遣ってきて、頑張っている太郎の個人的相談相手になっていた。黒田の郷里が、福岡の隣の熊本だったことも親近感の原因だっただろう。夜間部は一学年二クラスで、各三十五人ぐらいだった。太郎は、B組で元々は女性用のクラスのはずだったが、当時は二人しか女性が居らず、よって太郎のような転校生とか、外地から引き上げてきた者あるいは疎開から帰って来た人たちで埋められていた。年齢もまちまちで、中には軍隊の現役から帰ったばかりの四つぐらい年上の、オジサンのような男も居た。

ついでだが、学校は都心の外れに在った。このクラスからは将来著名な映画俳優や同じく監督、それに落語界の巨匠なども輩出しているから、結構知的というか、文化の香り高いレベルを維持した連中が居たことになる。

そのためか、授業が終わるのが夜の七時半だったが、中田という四国から転向して来た男などは、慌てて飛び出し新宿の秩父野館という洋画主体の映画館の終映時間に、滑り込んでいた。翌日は中田の映画評論が、授業の合間の休憩時間を利用して熱心に披露された。

特に、猥褻な話になると、二人の女性を追い出してひそひそ話になる。女性が、黒田担任に訴えたらしく、さっそく中田が呼び出されて厳しく叱られる。その繰り返しが、三か月に一度ぐらい在ったりした。

昼間の仕事のせいで、授業中やホームルームの間に時々居眠りをしている太郎に、放課後といっても夜間の授業が終わってからだから、余り余裕は無かったが、親切に黒田教諭がアドバイスをして呉れた。三年生の十一月になるとそろそろ統一試験も在るので、来年の就職先とか進学の指導が黒田担任の重要な仕事になる。

太郎はある日、何時もより一時間早く役所の仕事を切り上げて登校し、黒田担任と面談した。

「先生、僕はどうしても大学は昼間の普通のところに行きたいと思っています」

すると、黒田が穏やかに口を開いた。

「君の希望は判るけど、親父さんが許して呉れないのではないか」

「多分そうです。それで、ご相談したいのです」太郎が、真剣な表情で訴えた。

「武田君は、全ての科目で殆どクラスのトップだ。これから行われる全国統一テストの成績次第だが、国立一期校に合格出来るだろう。だから、先生も進めたい気持ちは十分だが・・・君の家庭事情がね」

そう話した上で、太郎に聞いた。

「どうして、夜間では駄目なの」

「僕が大学に行く目的は、デンキを作る会社に入りたいからです。そういう会社は、夜間の学生は採用していません。だから、どうしても普通の大学に行きたいのです」

「デンキの会社に入りたいのが、君の希望ということか」

そういって、黒田担任は太郎の考えの深さに感心していたが、さらに質問した。

「それは、何か約束事でも在ってのことかな」

事情によっては、黒田も真剣に相談に乗ろうと思い始めていた。

「はい、二つ在ります。一つは、もう亡くなられましたが郷里の先輩と、将来デンキの事業を遣る約束をしました。もう一つは、僕にはすでに両親も許して呉れているフィアンセが居り、彼女の家もデンキを作る発電所に勤めています」

少し顔を赤くして、そう述べた。

黒田担任も、太郎の顔を覗き込むようにし、それから急ににこにこしながら、質問した。

「事情は良く判った。それで、何か思案でも有るの？」

担任の黒田足助教諭が、細い目を一層細めた。

「先生、一流校で無くても良いですが、どこかで仕事をしながら、そうした昼間の大学に行けるところは無いでしょうか」

そんな、虫の良い話は無い。黒田も、腕組みをして考え込んだ。結論は出なかった。だが、太郎は両親には絶対内密にと述べ、検討して頂きたいとお願いした。

「武蔵の二刀流だな、とにかく預かって検討してみよう」

黒田先生は、そういって太郎の肩を軽くたたくようにして、先に出て行った。太郎は、その様子を見送りながら、矢張り《二刀流》は無理かなと口籠っていた。

父親の武田太兵衛門から、都内の私立大学第二部、すなわち夜間部に願書を出したかと催促され、太郎は仕方なく時間を貰って出願して来た。もちろん、願書の費用は来月の給料から天引きされる。それに、いうまでもなく太郎の給料自体が、そっくり父親に毎月手渡され、一方的に管理されていた。彼は、逆に母親の信代から僅かなお小遣いを貰うだけである。

出願したその日も、担任の黒田教諭からは何の話も無いようだった。もうすでに年が明けて一月中旬に入っていた。外は雪になっていた。太郎は窓際の席で、授業の間に時々ガラス越しに、暗い夜空から流れるように降って来る牡丹雪の姿を、仕方なく眺め続けていた。すると休み時間に庶務の女性が、一枚のメモ用紙を持って来て太郎に渡した。

開いてみると、《授業が終わったら、すぐ職員室に来なさい。黒田》と書いて在った。

彼がいわれた通り、職員室に顔を出すと自分の机の横に太郎を座らせた。

「武田君、何とかなりそうだ。安心しろ」

開口一番、笑顔で先生がそう述べた。

「あのー、・・・」と彼が、黒田教諭のいうことが良く判らず問い返すと、改めて説明してくれた。それは、太郎が二か月ほど前に《何か思案は無いか》と黒田に聞かれて、話した願い事の返事だった。

「この前、君に頼まれた二刀流の話が、何とかなりそうだよ。良かったたな」

正に晴天の霹靂（へきれき）である。太郎は黒田の努力に感謝し、その場で手を握り絞めて嗚咽しながら感謝の意を表した。

（三）

もう一人、太郎の願いを助けて呉れた人物が居た。話は、こうである。

横浜の方に、新設されたばかりの〝関東公立大学〟という学校が在る。そこの事務部長鍋島善五郎が、偶々黒田足助教諭の郷里熊本の先輩で、かなり親しい間柄だった。年末の同窓の忘年会で、二人が出会った時に黒田が例の件を思い出して鍋島に話した。すると、鍋島がその武田太郎という生徒の父親は、何故か知っているといった。

鍋島の家は、代々食料品の小売りをしていた。ところが、未だ彼が子供の頃だったが、熊本の球磨川という大川の近くに在った彼の家が、水害で店先が流される被害に逢った。県庁に陳情した時、本省から視察に遣って来た若い事務官が、《可愛そうだ、面倒見て遣れ》と県庁の役人にいったそうである。予算が無いので、来年に延ばすと県庁からいわれて困っていたのが、偶々県庁の仕事の状況を視察に来ていた、この役人の鶴の一声で助かったというのである。

喜んだ鍋島の父親が、翌日現場を見に来た若い事務官にお礼の印に、地元の焼酎を渡そうとした。すると、事務官が怒ったそうである。

《自分は、そんなものが欲しくて仕事をして居るのではない。お国のため、人民のために働いている。曲がったことは、嫌いだ。勘違いするな》と、怒鳴られたというのである。当時、地元では凄い立派な役人が居ると評判になっていたという。子供だったが鍋島は、しっかりその人の名前を憶えているということだった。

だから、後輩の黒田から話を聞いた時、その役人の息子を何とかして挙げようと思ったそうである。

この大学は、前の年に新設されたばかりだ。だから、なかなか良い学生を、採りたいと考えても早々来て呉れないと、苦心していた。太郎は、都立蔵師高校の夜間部を多分主席で卒業出来ると、黒田教諭が鍋島に話した。

そういう苦学生なら、授業料を免除した上で、自分の推薦でこの大学の事務局に臨時職員として、採用しても良い。そうすれば、必修科目は仕事の合間に、授業に出られる・・・というのであった。

ただし、と鍋島は黒田にいった。

「先ほどの話の通りあの父親は、相当な頑固者だ。余ほど、上手に話さないと活けないよ」と注意した。

こうして、種々作戦を練ったうえで、結局黒田と鍋島が連れだって、太郎の父親すなわち、以前地元で変わり者の《チンドン・カキチ》と綽名されていた、今は中央官庁の課長補佐をしている武田太兵衛門に会いに行った。

　面会時間が来て、部屋に入った。大部屋の一番奥に当る一段大きい机に、武骨な顔の男が、これまた大きな椅子に座って、そっくり返るようにしながら、書類を読んでいた。それが、この部屋の主である武田太兵衛門課長補佐だった。

　もちろん太郎も同じ役所でアルバイトをしているが、この頃は、父親の下ではなく、別の部署で働いていた。それに、父親が居る四階でなく二階に居た。

　女性に案内され、二人は机の前の椅子に帽子と荷物を置いた。最敬礼し名刺を差し出して、形通りの挨拶をした後、先ずは鍋島が「昔の水害の折り先代がお世話になった」という話をした。

　すると、太兵衛門はそうした昔を思い出したのか、ひとしきり戦前のわが国の地域産業政策が、いかに官僚によって華々しく推進されたか。それを、滔々としゃべり出した。二人は、内心辟易しながらも、畏まって聞いていた。

　ひとしきり終わったところで、太兵衛門が「今日は、そんなことわざわざいいに来たのかね」といったので、慌てて「実は、お宅の息子さんのことで・・・」と述べた。

　すると、二人が出した名刺を見乍ら太兵衛門が怒鳴った。彼の下に居る大部屋の二十人ほどの役人が、また始まったというように、仕事をしながら静かに聞いている。

「ばかたれ、仕事中に私事に亘ることをいい出すとは何事か。帰れ！」

　暫く、怒鳴り付けた太兵衛門の感情が収まるまで、二人は黙って首を垂れて突っ立っていたが、やがて鍋島が小さな声で述べた。

「あのー・・・恐縮ですが、息子さんの給料が上がる話ですので」

　すると、太兵衛門は怒り付けたあと、それまで回転椅子を回して後ろ向きになっていたが、〝給料〟と聞いて、ぐるりと椅子を回して向き直った。なお黙っていたが、漸く口を開いた。

「早くそれをいえば良いのに」といって、咳払いをした。それから、一番遠くにいる、先ほど案内してくれた庶務の女性に、お茶を出すように指示した。

鍋島と黒田が、顔を見合わせほっとしたと目で合図し合った。

こうして漸く要件を、二人が手短に話す。太兵衛門は、先ずは黙って聞いている。要するに、お宅の子息さんを関東公立大学に推薦入学の上、学校の臨時事務員に採用する手はずだと話した。さらに、細々と相手が気に入るような話を、二人は積み上げて述べた。

《この大学の、星にしたいと学長にも了解を取った》などとも述べた。もちろん、鍋島の勝手な話である。

すると、そこでまた下っ端官僚の悪い癖が出た。

「他所の家の息子のことを、断りも無く何事だ！」とまた怒鳴った。

そのうえで、《うちの息子の余計な心配はご無用だ。あれは、すでに私立大学の夜間部に内定しているから、必要ない》とか《息子が、父親に内緒で君たちと相談していたなど、以ての外だ》などと、一見頑として受け付けない様子だった。

だが、そうした駄々を捏ねながら、太兵衛門は内心考えてみていた。飽くまで、計算づくである。

授業料は、免除するという。それに、同じ大学の事務局に採用にしてくれる。とすれば、私立大学の夜間部に高い授業料を払って、息子を行かせるよりも少なくとも経費は、殆ど出さなくて済む。しかも、給料が良くなるような話である。

それに待てよ、関東公立大学とはどんな大学か判らないが、少なくとも公立だ。悪い大学ではないはずだ。願書を出させた、あの私立大学の二部というよりも、太郎に取って箔が付く筈だ。

自分の椅子をぐるぐる回し始めた。困り果てている二人をよそに、そこまで考えて漸く、口を開いた。

「ところで、おたくに息子が採用された場合、先ほどいっていたが給料はいくら出すんだね」

突然に、団体交渉のような雰囲気になった。

「それは・・・今はっきりした額はいえませんが、このお役所でアルバイトされている額よりも、多分増えるでしょうね。何しろ大学生ですから」

またそれを聞いた後、椅子をぐるぐる回していたが、今度はつと立ち上がった。

二人が、思わずびっくりして、同じように立ち上がると、太兵衛門が机に今度は両手を付いた。

「判りました。あなた方に、うちの太郎を預けます。よろしく、指導してやってください」

そう述べて、再び手を付いてお礼の挨拶をした。逆に、二人が太兵衛門の態度の急変に驚いて居た。

漸く二人がほっとして、「そうですか、こちらこそ。お会い出来てようございました」と述べ、「息子さんも、喜びますよ」といった。

すると、ちょっと待ってくださいと述べた後、しっかり忘れずに太兵衛門は、次のように締めくくった。

「一つだけ、条件が在ります。息子の給料は、私に送ってください」


〝ナレーション〟が入り、官房長官が一端スクリーンを止めて、王様に伺った。

「王様、ここでまた太郎さんことラビアの長老とレオの会話が入ることに成りますが、よろしいですか」


王様が「判った。続けなさい」と、指示された。

第四節　難関突破（その二）――結婚、入社・入省

（一）

糸島の牡蠣小屋で、長々と話し込んでいるうちに、時計を見ると午後三時半に成ろうとしていた。潮風が冷たく吹き寄せて来る。岸辺をよく見ると、ススキの穂が盛んに揺れている。と思っていると、突然にまたヘリの爆音がしてきた。

「しつっこいな」と、長老が呟いた。

「矢張り、間違いなく見張られているな。多分、ターゲットは、レオお前だぞ」

ラビアの長老が、そう述べて運転手の方を見た。今まで、そこに座っていたのに、矢張り退屈して車に戻ったのだろうと考えた。

「あの運転手、大丈夫？」

レオの質問に対し、長老が笑って応えた。

「あ、あれか。彼はもう、五年ぐらい運転をしてくれている。うちのホテルの、最初からの従業員の一人だよ。心配は要らないと、思うがね。彼の名前が揮《ふる》っているよ。《原　発治》というんだ」

『どうして、揮っているの』

すると、長老がニコニコ顔で述べた。

「《ゲンパツ君、出発だ》と、わしは呼ぶんだ。そのたびに、元気が出るよ。同時に、本物が早く稼働して貰いたいと願うんだ」

レオも、長老の軽いジョークに「なるほど」といって笑顔で応えた。

「それよりレオ、後の話は別荘に移って続けよう。今話したように、第一の関門は何とか通過したが、それから第二の関門が大変だったんだぞ」

そういう長老の話に対して、レオが述べた。

「いよいよ、おタカお婆さまが、東京に出て来るわけですか」

「そうだ。何しろ、わしは未だ大学生だからな。ひと騒動だよ」

そう長老が述べると、レオが「面白い、是非話してね」といった。

「レオ、お前に聞いてもらいたいのは、わしの個人的な話ではないぞ。飽くまで〝デンキと電気事業とはどういうものか〟を、知ってもらいたいということだ」

「イエス、オール・ユー・セイ、アグリー・ウイズ・ユウ、サー」と、レオが述べた。

勘定をして、前の道端に止めて在った車に二人が戻ると、その《ゲンパツ》運転手が長老の例の中折れ帽子を被って寝込んでいた。クーラーが、程よく掛かっている。主人のために、適度な温度を保って居たんだろうと考えた。乗り込む音がして、運転手がびっくりして飛び起きた。「済みません」といって、帽子を主人に返した。

「おい〝ゲンパツ君〟お前に、似合うな」といいながら、帽子を受け取った。

すると、彼が次のようにいい訳をした。

彼が、今少し前にそろそろ出発の時間だと思い、車に戻り掛けた。すると、親切にもウエイトレスが、「この帽子お忘れになるといけないと思いますので、運転手さんにお渡ししておきます」といって、持って来てくれたという。確かにそういうことが多いのだろうと思い、ありがとうといって受け取ったそうである。

「ゲンパツ君、あそこの女性は流石に、気が利いているね」と、長老は笑顔で応えたが、もう一度、その中折れ帽子を被り直し直ぐに元のおだやかな表情に戻った。

こうして、漸く出発しようとした時だった。今度は慌てて運転手が、「ちょっと、待ってください」といいながら、降りて行った。見ると、R牡蠣小屋の店員が声を掛けながら、小走りに何かを手に持って遣ってきていた。出て行った運転手が、それを受け取ったようだった。

戻って来た運転手が、「自分の帽子を持ってくるのを、忘れていました。済みません」といいながら、「では、出発して良いですか」と述べて、エンジンを掛けた。

「そうだったか、では出発しよう。もう四時に近いから、おタカさんが、すでに別荘の用意もして呉れているだろう」

「十五分で着くと思うよ」と長老がいうと、レオが「大お婆さまに逢うのが、楽しみだな」と述べた。

R牡蠣小屋の前で、店の主人と先ほどの二人のウエイトレスが、手を振って見送って呉れていた。二人が、よく似ているのが印象的だった。

車の中で、数分後スマートフオンを見ていたレオが、「あれ」と述べた後、「オォー、ホワット・イズ・ジス？」といった。

何やら、メールが入ったようだった。長老が、何の話だというと、レオが応えた。

「盗聴されているぞ、気を付けろとの注意です」

「凄いな、二万キロ近く離れているところから、監視されているのか」

長老が、情報のスピードとそのテクノロジーの高度化に、感心しながら声を掛けた。レオに入ったメールは、ロンドンからでは無かった。しかし、レオは敢えて黙っていた。

「わしが、どういうことをしてきたか。これから、キラキラの魔力が石炭から石油火力に激変し、さらに《原子の火》に移る話になるぞ」

「盗聴している連中は、聞きたいでしょうね」レオが、興奮気味に述べた。

「まあー、聞かせて置け。むしろ、何の目的かは知らないが、良く勉強して貰った方が良かろう」

長老が、そう述べているうちに、糸島の別荘が見えて来た。

「レオ、どうだ良い別荘だろう。お前の大お婆様のおタカさんのために、わざわざ建てたんだよ」といって、段々林の中に見えて来たその瀟洒な建物の姿を、自慢げに、孫のレオに紹介して居た。だが、本当におタカさんが時々楽しみに遣って来るためだけに、わざわざ造ったのだろうか。しかも設計は入念に二人で行ったというではないか。考えてみると、かつておタカさんはキャリアの官僚だった。特に在勤中は、企画力に優れているとの評判だったが、インテリゼンスの活用もひょっとすると太郎より上かも知れない。

（二）

西の海は、昨夜と違いすっかり穏やかに凪いでいた。もうすぐ、夕陽が沈もうとしていた。二人はいつの間にか、どちらからともなく手を出して繋いでいる。この素晴らしい夕陽を二人で見ながら、長い人生の思い出をそれぞれに想い出すことが出来るのは、最高の幸ではなかろうか。黙って、夕陽を見ているだけで、二人にはそれが判っていた。

大きな真っ赤な太陽が、急いで沈んでいくと、やがて周りの島々と空の色が、黄金色から、次第に紅色に変わりさらにやがては紫色掛かった淡い黄色になり、最後は薄い橙色が徐々に消えて行く。ようやく、暗闇が直ぐ傍に迫って来た。未だ、峠から降りる道は、見通しが利き不便は無いようだ。太郎がおタカさんの手を引いて、戻り始めた。

その時、一匹の赤とんぼが海辺から飛んできた。おタカさんが「赤とんぼにしては、少し大きいわね」といっているうちに、見えなくなった。太郎は、他のことを考えていたためか、全く気付いていなかった。

そして、道々考えていたことを、おタカさんに話した。

「今晩は、いよいよレオに、おタカさんを東京に連れて来た話をする段になったよ」帰り道をゆっくり辿りながら、そう述べるとおタカさんが、「それ、何のこと?」という。

「そうか、おタカさんには、話していなかったかな」そういった後、付け加えて述べた。

「いや、わざわざレオにロンドンから来てもらった理由が、一言でいうと日本のエネルギー政策、特に原子力発電を止めること、もう一つ発電事業と送電事業などを切り離すということを、毛利内閣が閣議決定しすでに法律まで準備した。デンキを完全自由化するということだ。そうなった時、日本の電力会社を乗っ取る連中が居るというが、それは本当かどうか。今のうちに、レオを呼んで確かめたいと思ったわけだよ」

すると、おタカさんが「大変な話だけど、レオは何といっているの?」

「そんなことが本当に起ったら、日本が五年以内に潰れる。だから、もう乗っ取りの準備に入っているというんだよ。レオの話だとすでにイギリスでは、アメリカ、ドイツ、フランス、スペインそれに中国の電力会社などが、入り乱れてデンキの乗っ取り合戦を行っているそうだ。完全自由化して、発送電まで分離したら、明治維新以来の外国人の侵略ということで、日本が大騒動になるというんだよ」

おタカさんが、述べた。

「レオを外国に行かせた甲斐が、在ったのね。そんな話が、耳に入るんだから」

「そこなんだが、逆にレオも毛利首相の周りで深く取り入っている役人どもを、どれだけ跳ね除けることが出来るのか、それを知りたいようだ」

長老は、おタカさんの手を取って階段を降りながら、さらに述べた。

「ただ一つレオがいうには、ロンドンのファンドなどは迷っているというんだ。本当に、日本が原発を止めるのか。それに、発送電分離を本当にやるのかどうかで、単に日本への投資を利ザヤ稼ぎの手段だけにするか。それとも、本格的な投資にするかどうかを、決めるというんだよ」

「日本が原発を止めたり、発送電分離をしたりすれば、間違いなく電気料金が二倍から三倍以上に跳ね上がるので、日本経済が最悪の状態に陥いることになる。すると、投資の回収が、不可能になる。だから、ファンドも本格的な投資をしないということなの」

「筋からいえば、正におタカさんのいう通りだよ。しかし外資の目的は別に在る」「それは何？」と、おタカさんが質問した。

「結局は、電力会社が潰れる。従業員の労働組合も暴れ出す。それなら、株価が安い今のうちに乗っ取って置けば、電気事業の混乱を梃に、多分日本の政治をコントロール出来るという、恐ろしい目的が在ることが判った。特に欧米より中国だよ。それにあの三本松たちが、一番鋭く狙っているようだ」と、ラビアの長老が述べた。その上で、次のように付け加えた。

「レオのような本当のことが判り、日本の危機を理解している若者に、早く政治のリーダーに成って貰いたいね」

そういって、繋いだ手を、あの若い時のように再び強く握りしめていた。

その時だった。二人が背を向けているうしろで、藪の中の竹が折れたような〈バサッ〉と音がした。〝おや〟と二人が振り返った時、何かが光り〝ずぼっ〟という弾丸のようなものが一瞬飛んできたようだった。それが、夜空になお淡く残った夕陽の影の中に見えた。本能的に、長老はおタカさんの身を抱えるように、一緒に横倒しになった。そこに枯れ木の蕪が在って、僅かに防壁の格好になった。また近くに低い音と共に、二人の直ぐ足元とさらに、一メートルぐらい先の地面に、〈ブス、ブス、ブス〉と数発何かが地面に突き刺さった。多分サイレンサーを使った、拳銃から発射された弾丸では無かったか。

数秒間、伏せた侭だった。すると、先程の藪の中を峠の方に駆け上がっていく人影が、はっきりと見えた。硝煙の匂いが、漂って来た。

「危なかったな」と、長老が述べた。

二人は起き上がると、急ぎ足で小走りに別荘に駆け込んだ。

今度は、単に盗聴などではなく、不意に襲って来た。多分、近代的な戦闘用の重火器では無く、持ち運びが容易なピストルだったように思われる。しかし、翌朝になって銃弾が突き刺さったと思われる場所を、長老自ら探して見た。しかし、そういう証拠になるようなものは、すでに犯人が持ち去ったのであろうか。草むらの中を探してみたが、土がむき出しになったところは在ったが、証拠は残っていなかった。もちろん、昨日から今日にかけての事件のことは、宿泊する予定で遣って来た、レオの両親やその一家の者が心配するといけないので、敢えて知らせないこととした。

ただし、長老が知り合いの県警本部に直接内報して、別荘の周りの特別警備を依頼して置いた。ホテルでの怪事件も在り、警察も徹夜で警戒してくれることになった。お夕カさんも、それを内々聞いて安心した様子だった。

（三）

その夜は、名古屋からレオの両親、武田水一郎と由貴子、さらにレオの妹で大学生の美子も急遽遣って来たので、実に親子三代が久方ぶりに集まったことになる。そういう、にぎやかな夕食会になった。

このところ水一郎の事業も、モウリノミクスの宣伝効果と自動車産業の活況をも受けてか、順調のようだった。しかし、ガソリン代などの一般の物価上昇の影響は、収益を相当に圧迫するといっていた。特に電気代の値上げは大変こたえる様子で、止む無くそれをカバーするため派遣社員を四、五名来月から急遽減らすといっていた。だが、レオをはじめみんなが元気で何よりだし、水一郎を、長老も頼りにしているよといわれて、「判っています」とスポーツマンらしく元気に声を出して、楽しくワインなどを飲んでいた。

食事と懇談とが、ひとしきり終わったところで、長老がレオと話が在ると述べたので、二人を居間に残して、おタカお婆さまが全員を引き連れて、二階に上がって行った。この後二階では、にぎやかにトランプゲームが始まったようだった。おタカさんは、昔からゲームには強かったので、時々かなり元気な声が出ていた。

残りのビールを長老は飲みながら、続けていよいよおタカさんを東京に連れ出す話を、述べは始めた。しかし、それには大学を卒業するところから始めねばならない。

もちろん太郎は、大学の事務部長鍋島善五郎の秘書として、立派に仕事をしながら、もちろん大学生としての勉学も怠りなくこなしていった。だから、成績も文句のない最上位を保っていた。

さていよいよ、大学三年になると就職活動が始まる。この時になって、太郎は久振りに、高校の頃父親の下でアルバイトをしていた産業活動省に出掛けて行った。父親自体は、すでに定年になり昔の本省には居ない。同省関係の公団でなお元気に働いていたので、偶にはぶらっと後輩たちの顔を見に来る程度になっていた。

太郎の目的は、自分がアルバイトをしていた時に、懸命に手伝った優秀なキャリアの官房課長の加藤博史を訪ね、就職の相談をすることだった。大勢のキャリアーの中では、一番人懐っこくて、特に〈太郎坊、々々〉といって頼りにしてくれた。だから、太郎は国会開催中などで加藤が忙しい時は、何日も一緒に徹夜で手伝ったりもした。

偶然にも、この時期加藤は電力会社の監督をするポジションに居た。

「久方ぶりです。五年前になりますが、夜間高校に行きお手伝いをしておりました武田太郎です」

突然訪ねて行って、そのように挨拶をすると、最初はびっくりしたようだった。だが、この加藤課長が当時のことを、直ぐに思い出すと相好を崩した。

「いよう、太郎坊じゃないか。大きく成ったな、元気で何より」

確かに背丈も伸びたが、大きく成ったといわれると太郎は、ちょっと返事に詰まったが、再度頭を下げて「おかげさまで、元気です」と応答した。

「そろそろ、太郎坊が現れる頃じゃないかと思っていたよ」

加藤が意外なことをいったので、太郎も驚いた。だが、敢えて「どうして」などと、余計なことをいう必要は無かった。昔から、この人はそういって、相手を喜ばせる特技を持っていることを、知っていたからである。だが、今回は単なるお世辞でもなかったようだ。

しかも、そんな挨拶をしている間にも、昔と変わらず何処からか電話が掛かって来る。終わった頃を見計らって、「課長、五分後にA会議室で、明日の国会答弁の資料作りの打合せが在りますから」と担当の係長が告げる。

彼が「判った」という。太郎が「相変わらずですね」というと、加藤が「太郎坊のいう通りだよ」といって、話し掛けようとすると、また他からの連絡が入った。

別の担当者が来て「先ほどの、説明資料は、あれで良いかと大臣官房から電話ですが」といって来た。当時は係長クラスだったが、今は筆頭課長になっており、忙しさがさらに量質共に違ってきていた。

「ちょっと、回りくどい内容だけど、まぁーあれで良いといって置いて」と指示する。すると、今度は秘書の女性が、「自信党の幹事長から直接電話ですが、繋いでよいですか」といって来た。

「判った。じゃー繋いで」といって、電話を取った。

「はい、加藤です」と述べ、自信党の幹事長と長電話になった。

「判りましたが、江戸電力もなかなかしっかりしていますからね。ちょっとその話は早すぎますよ」と加藤がいうと、それでまた相手が、長々と説明するのを聞いていたが、最後に述べた。

「判りました。じゃー幹事長今回は、先生のいう通りに江戸電力の社長を説得します。これで、先生には二つ貸ですよ。忘れないでください」

電話が終わった途端に、先程の後五分後に打合せといってきていた係長が、「課長、みんなが待っているので」と呼びに来た。

「ちょっと待って」といって、別の電話で女性秘書を呼んだ。

秘書が来ると、「江戸電力の社長に、今日中にといってアポイントを取って、良いね」と指示した後、「太郎坊、ちょっとここに掛けて待って居てね」というや、隣のA会議室に出掛けて行った。

十分間もすると、戻って来た。

すると、女性秘書が「江戸電力の社長のアポイント取れました。四時半なら良いそうです」と報告すると、「それでは、お願いしておいてください。車を四時十五分に用意して置いて」と指示した。

「さて、太郎坊、じゃー出掛けるまで三十分間在るから、ちょっと喫茶室に行こうか」

そういうと、早速速や足で連れだって地下の喫茶に行った。すると、エレベータフロアーに会計係らしい男の係員が、追っかけて来た。

「課長、明日の出張費用と切符です」と述べた。課長に印鑑を押させて、封筒を渡した。「係長に、明日朝七時に車で迎えに来るように、資料は車の中で見るといってください」

　そういいながら、エレベーターに乗った。「以前よりもっと、お忙しいようですね」と太郎がいうと、

「そうかい、太郎坊に手伝って貰っていた時の方が、忙しかったような気がするけど」

　そう話しながら、喫茶室に入って行った。この時間は、割合空いており何組かのテーブルが塞がっているだけで、むしろがらんとしていた。

「ところで、大学はどうだい。君の親父さんがこの間来て、やけに太郎坊のこと褒め取ったぞ」

　コーヒーを注文すると、早速太郎が切り出した。

「来年三月卒業ですが、そこで今日はお願いに来ました」

　そう太郎が述べると、加藤課長がにこにこしながら述べた。

「判ってるよ。そろそろ太郎坊が現れそういうだろうと思っていたよ。昔からキラキラのデンキといっていたな。電力会社に入りたいんだろう」

　太郎は、ズバリいわれて驚いた。

「正に、課長のいわれる通りです。しかし、どうして判ったのですか?」

「実は私の尊敬する二人の先輩から、太郎坊のことをよろしくといわれてたんだ。一人は、残念ながら亡くなられたが、九州の八馬電力で常務だった大伴家郎という人。この人からは、亡くなられる三日前に太郎坊のことを書いた手紙を貰ったよ」

　太郎は、一層驚いて加藤課長の顔を見ていた。

「もう一人は、その大伴さんの遺志を継いで、現在八馬電力の常務で送電部門を統括して居られる、太郎坊の伯父さんの武田次郎ヱ門さんだよ」

　余りにも身近な人たちが、太郎をしっかりと支援し、

しかも見守っていることが判って、彼は逆に恐縮してしまった。しかし、これで折角加藤博史に会いに来た目的が、中途半端になってはいけないと覚悟した。

「ありがとうございます。もういうことありません。済みませんが、出来れば亡くなられた大伴さんの遺言に従って、江戸電力に入りたいと思います。私の関東公立大学は、指定校ではありませんので、加藤課長のご推薦を頂ければと思います」

「判った。ただし公務員の僕が推薦することは出来ないので、この件は・・・そうだ、ちょうど良いな。これから会いに行く、江戸電力の社長にお願いすることにするよ」

びっくりしたのは、太郎である。

しかし、太郎にはもう一つ秘めたお願いが在って、今日は加藤博史に会いに来たのだった。加藤は時計を見ている。先ほど秘書に車の手配をしていたが、彼の余裕は時間的には、あと多分十二分間ぐらいしかないはずだ。慌てて、太郎は口を開いた。

「加藤課長、もう一つ在ります。私のフィアンセを東京に転勤させて貰えませんか」といって、自分の就職のための書類と、もう一つ女性の写真を貼った書類とを出した。それを見て、加藤が逆にびっくりした。

「あっ!、この小峰さんという女性は、われわれの省内でも噂のキャリアじゃないの。今福岡に居る」、さらに「彼女が、太郎坊の相手なの」と驚いている。

手短に、説明した。「判った。とにかく太郎坊の就職と小峰というキャリアのことは、セットで良く考えてみるよ」

「是非、二刀流でお願いします」

「なるほど、武蔵の〝二刀流〟か。いろんなことが、これからは二本立てとか三本立てで考える時代だね」

加藤課長も、太郎の二刀流という言い方が気に入ったようである。ここでもまた、太郎は都立蔵師高校の夜間部教諭黒田足助が述べた、《二刀流》を使ったのである。

加藤が立ち上がろうとした時、太郎が述べた。

「今日お伺いしたこと、それに小峰さんについてのお願いのことも含めて、全て私の親父さんには、絶対に内緒でお願いします」

「判っているよ。親父さんの性格は、長年下で働いていた僕には良く判っている。心配は要らない」と、「判っている」を二度述べて、にっこり笑いながら太郎と握手をした後に、慌ててエレベーターホールに向かって行った。

（四）

小峰タカは、九州の福岡でじっとしていたわけではない。武田太郎が二刀流を使って、関東公立大学の職員になりながら、苦労して大学を卒業するところまで来た。その間の、四年間に彼女は、信じられないほどの大変な努力をしていた。そのことは、是非レオに話す必要が在るが、ここは先ず老人は自分の話から切り出した。

もちろん太郎のほうも、小峰に負けず努力をしてきた。例えば、殆ど四年間の睡眠時間を平均四時間ぐらいで過ごしてきた。早朝四時半、大学内の用務員寄宿舎を出て、先ず大学の構内を小走りに駆けながら仕事を行う。主としてゴミの処理と、前日の夕方以降に配達された書類、郵便、雑誌、新聞の各学部事務所などへの配布、さらに校庭の水撒きなどの雑用を約一時間掛けて行う。

五時半ジャストに、一度寄宿舎に戻りそれから一時間、その日の授業の予習をした。二年生までは、選択科目に普通の学生の二倍以上を取り、語学と理数および工学系の科目を勉強した。語学は必須の英独以外の仏伊それに中国語を選択。工学系では、いうまでもなく電気に関する科目をとことん勉強する。もちろん、図書館は太郎の勉強室のようなものだった。ところが、特に三年になると専門科目を経済政策に据え、著名な教授のゼミを次々に履修していった。本来は、二年間続ける必要があるが、太郎にはそんな悠長なことは出来ない。最初に、経済原理や政策に関する四人の教授のオリエンテーションを受講した。こうして、ゼミをめぐり歩くうちに、二つの理由から照準が定まった。

是和重四郎という変わった名前の五十才ぐらい、髭面の教授が珍しく公共料金の経済に及ぼす影響を研究していた。それが、第一の理由である。二番目の理由は是和教授のゼミの、受講生が太郎を入れて僅かに四名しか居なかった。だからじっくり学べると思ったからだった。またこの先生は、語学も得意だったし、特に〈電気料金〉に詳しかった。

こうして、学問をする一方、夕方の六時半に事務部長が帰ると七時まで仕事をした後、彼は自転車に乗り慌てて、横浜の著名なグレイトホテルに出掛けた。ホテルの皿洗いと掃除のアルバイトだ。なにしろ大学の事務局での給料は、事務部長鍋島善五郎と太郎の父親武田太兵衛門との、最初の約束通り全部父親の元に払い込まれている。太郎は、少なくとも必要な書籍などを購入するため、自分で別途稼ぐ必要が在った。それが、ホテルでのアルバイトだった。

太郎が入学し二刀流を使い始めた当時の昭和二十六年（一九五一）は、未だに米軍の完全な占領下に在った。グレイトホテルは、米軍に接収され高級将校の宿泊施設になっていた。当時の敗戦日本の都会は、殆どが焼け野が原になった。東京も横浜も同じだったが、敢えて米軍が焼夷弾などを落とさなかったところが、僅かに在った。

その一つが、この横浜のグレイトホテルだった。理由は、マッカーサー元帥の直接の命令だった。マッカーサーは、ウエスト・ポイントを首席で卒業すると、フィリピン総督の厳父に逢うため、日本を経由してマニラに向かった。その時立ち寄ったのが、このホテルで在る。その後、彼は戦後の支配者として日本に遣って来るまでに、後二回に亘りもちろん戦前だが、このホテルに遣ってきていた。最初の奥さんとの新婚旅行、それに次の奥方との同じくハネムーンである。よって、マッカーサーは連合軍最高司令官として日本に乗り込む時に、この思い出のホテルだけは灰塵に帰してしまうのを惜んだ。こうして、彼は写真で有名になった、あの厚木飛行場にコーンパイプを咥えて降り立った後、まっしぐらに先ずはグレイトホテルに行った。そこを、日本占領の最初の総司令部にしたのは、有名な話である。だが、ホテルに居たのは実際は僅か二日間で、後は米系ビジネスマンの自宅に隠れていた。それほど、日本軍のゲリラを警戒した。だが、約一週間後日本が完全に武装解除され、抵抗勢力が皆無になったことを知ると、勇躍して東京霞が関の第一生命ビルに総司令部を移して、占領政策を実行していくことになる。

そのグレイトホテルのアルバイトとはいえ、誰でも入れるものではなかったが、太郎はレッキとした関東公立大学の事務員でも在り、しかも言葉も可なり話せるというので、選考をパスして火・木・土・日の四日間、火・木は夕方の七時半から十時まで、土・日は午後一時から六時までアルバイトを始めた。

最初は皿洗い程度だったが、徐々に廊下の掃除、さらには各部屋のベッドの整理や片付けなども手伝うようになった。もちろん、太郎のような学生は少なく、むしろアルバイトには、若い女性も多かった。主婦家業の奥さんなども居た。

マッカーサーが宿舎にしたぐらいの、当時としてはいわば最高級ホテルであるから、駐留米軍の中では最も位の高い、上級将校たちが百五十室ぐらいの部屋に、日本に居る間の数日間、或はもっと長く一か月間以上も滞在している者も居た。彼らは、二十代の後半から三十代、中には四十代前半の者も居たが、概して若い。品行方正のように見えるが、矢張り勤務を終え宿舎に戻ると、中には野獣になる者も居た。典型的な例だが、賄のアルバイトの女性を、シャワー室に連れ込み若さを発散する者が居る。もちろん、ドルを掴ませるから女性の方も納得済みで在る。風紀の乱れをＭＰ（憲兵）が点検に来るが、ＭＰは大概は何故か黒人が多い。彼らも、ドルを掴まされると、見て見ぬ振りをした。

太郎は、酷いものだと思いながらも、訴えたりは決して出来ない。そんなことをすれば、即座に首である。ある日、土曜日だったが彼が午前中の掛りの者から整列して、仕事を受け継ぎをした後に、最上階の持ち場に行った。

やおら仕事に掛かろうと、シーツやタオルや化粧道具などが入った作業用の車を、エレベーターから降ろし廊下に出た時だった。一番外れの海側に面した部屋に、一人のアルバイトの女性を押し込んだ若い将校が〝サッ〟と部屋に入ったのが、太郎の目に映った。その若い将校も、太郎がエレベーターから作業車と一緒に降りるのを見た。一瞬、かなり遠くだが目が合った。

しかし太郎は、順番に片付けていくので、その一番奥の部屋に到達するのには、かなり時間がかかる。太郎の正義感に火が付いた。そこで、彼は途中を飛ばして、この日は正に一番奥から始めることにした。手籠めにされようとするアルバイトの女性を、救出しようと考えたのである。急いで、作業車を手押しながら、数十秒でその部屋の前に到達し、その部屋のドアを激しくノックをした。女性が、悲鳴を挙げているはずだと思った。

ところが、逆にそうではないようだ。むしろ、男女の優しい囁きさえ聞こえて来るようだった。太郎は、面食らったが、もう一度ノックした。話し声が、止んだ。

だがその時太郎は、前に同僚のおばさんから聞いた、例のシャワー室の一件を思い出していた。ばかばかしいと思い、同時にがっかりして太郎が仕事に戻ろうとした。

すると、突然目の前の扉が開いた。太郎が、二度激しくノックしたからだろう。

慌てて、太郎が見ると先ほどの若い将校が、バツが悪そうにニヤッとして中の女性に声を掛けた。太郎があっけに取られていると、後ろから出てきた正に太郎と同じアルバイトの中年の女性が、「あー学生さんか。邪魔されては困るね、あっちに行って」といいながら、いったん廊下に出て来た将校を、もう一度部屋に連れ戻そうとした。

太郎が、扉の前に立ってその若い将校に、両手でバツ印をつくり「ユー・ハフ・ツー・ゲットアウト・プリーズ」と述べた。

将校は、「アイ・ハブント・アンティル・ライトナウ・ネバ・ネバ」といって、太郎に握手を求め慌てて去って行った。将校の後ろ姿に、「ゴッド・オールウェイズ・ルッキング・ツー・ユー」と太郎が怒鳴った。

茫然と立って居た彼女が、突然に涙を流し始めた。

「ここのアルバイトだけでは、家族が生活出来ない。これには、生きるか死ぬかの生活が懸かっている」というのだった。

太郎は、困り果てたが止む無く、「他に、仕事は無いの」と聞いた。

「そんなものが在れば、こうして苦労はしないよ」

「とにかく・・・見なかったことにします」

太郎は、さらに付け加えた。

「奥さん、早く自立してください。今日のことは、全く忘れます」と述べた。

「今の将校さんは、今迄こんなことをしたことは無い、初めてだといって居ました。中止して呉れて、良かったと思います」

そういって、車を押してそこから立ち去った。未遂事件になって良かったと、太郎は考えた。

仕事を終えて、太郎が従業員の更衣室を出て、夕方六時に帰ろうとしていると、管理係りの人が、米軍将校が三階のレストランで待っているので、来てくれとの伝言だと教えて呉れた。メモには、バートン中佐とサインがして在った。

〝不味い〟、昼間のあの一件で、将校に協力しなかったので首になるのかな。

そう思いながら、表玄関から入って行った。もちろん、入り口でチェックが在る。メモを見せると、途端に入り口に居た黒人監視員の様子が変わった。学生の太郎に、敬礼した後、どうぞと述べてエレベーターホールに案内した。濃紺の軍服を着た背が高く正帽の下から見えるブロンドヘヤーの女性が、エレベーターに同乗してレストランに案内した。そのエレベーターの中は、彼女の香水だろうか。ラベンダーの強烈な匂いが広がっていた。

素晴らしい洋風のホールが、目の前に開けていた。その一番奥の最上級のテーブルに、太郎を案内した。バートン中佐は、立派な陸軍中佐（ルーテナン・コロネル）の位を表す、金色の三つ星が襟と肩に施された軍服を着ていた。

太郎が傍まで行くや否や、矢庭に立ち上がって手を差し伸べて握手を求めた。もちろん太郎も心得ていて、一切先程のことは忘れたように対応した。しかし、相手は、相当に反省しているらしく、〈魔が、さしたんだ。あなたに、神が見ているといわれて、早速コンフェッション（懺悔）しました〉と、正直に述べた。

太郎が、このホテルの中に教会が在るのか聞くと、当然に在るという。急に興味が湧いて〈教会を見せて呉れないか〉と頼むと、ミサを行っていなければ直ぐにでも案内するといった。早速支配人を呼び、この上に在る教会は今どういう状況かを調べさせる指示をした。

さらに、先程の女性には、自分が責任を持って、もっと手当ての高い仕事を世話するとも約束してくれた。彼は、このホテルに滞在する将校の中では、正に五本の指に入る最上級の将官の一人だった。

《ミスター・タロウ》は、幾つだ。大学生か、何年生だ。何を勉強しているか》などと矢次早に質問した。

太郎が、近い将来《デンキの魔力》に惹かれて〝電気事業〟に身を投じたいという話をすると、途端に目を丸くした。

「実は、このバートンは、何を隠そう、アメリカのカリフォルニアに在る電力会社のオーナーだ。電力会社は、四つほど在るが自分の会社はその一つだ。今は、マッカーサーに臨時に雇われて、占領した日本の民主化を進める仕事に参加している」と、述べた。

彼の説明を聞いて、今度は太郎が、驚いて質問した。

「アメリカでは、デンキは何を原料として作られていますか」

すると、バートンは三つだといった。

「一つは石炭の火力、二つ目は石油の火力、三つ目は水力で、それぞれ三分の一ずつですが、近い将来四番目を開発する予定です」と、バートンが述べた。

太郎は、水力と石炭火力については、十分知っていたが《石油火力》というのは初耳だったというと、早速バートンが話をしてくれた。

「日本には石油資源は無いが、アメリカには沢山在ります。自動車のガソリンは、全て殆どが、国内の石油を精製してガソリンを供給しています。同時に、安いですのでデンキを作る発電の燃料にも当然使われているわけです」

太郎は、石油火力について、興味深く質問した。

そのうえで、さらにバートンが述べた《将来四番目》を開発するという言葉を捉えて述べた。それがひょっとすると、亡くなった八馬電力の常務大伴家郎が、太郎に遺言だといった〝永久に使える潜水艦の燃料〟に関係するのかも知れないと思ったからだ。

「先ほど近い将来、新たなものを開発して行くといわれたけど、そのもう一つ四番目とは何ですか？」

しばらく、黙っていたが、太郎の顔を見ながら述べた。

「ウラン燃料を使った、原子力発電ですよ」

太郎は、初めて聞くこの話に落ち着いて伺う余裕がないぐらい驚愕ししながら、口を開いた。

「《原子力のウラン》を〝原子爆弾〟ではなく〝原子力発電所〟として、使うということですか」

「その通りです。平和利用です」そういった後、バートンが付け加えた。

「それは、潜水艦の燃料とも関係が在りますか」

バートンは、目を見開いて述べた。

「ミスタータケダは、凄いことを知っているね」

「いえ、図書館で英語の科学雑誌を見ただけです」

太郎は大伴が述べた通りに、海軍のことをいうと迷惑が掛かると思った。

「アメリカの国内には、すでに十五基、五百万ＫＷもの原子力発電所が在ります。そこで、日本にも作ったらどうだろうかという意見もあります。私が、ＧＨＱに派遣されたのは、そうした世論というか、根回しをするためですよ」

そして、さらに聞いた。

「これから、電力会社に入ろうとする、ミスタータケダはどう思いますか」

だが、今まで考えたことも無い話だから《返事のしようがない》と述べると、彼も「そうだろうな」と述べた。

それから、急に彼は声を潜めて太郎に話をし始めた。未だ、講和条約の前である。バートンは、してはいけない極秘の話を、うっかりしたのかも知れない。

「ミスター・タロウ、原子力発電の話は当分、他言無用です。君に、間違いなく迷惑が掛かると思う・・・先ほどのここと、原子力のこと、二つともミスター・タロウとこのバートンの約束ですね。〝ウイ・ハフ・トウ・プロミス〟〝ドント・ネバー・テル・ツー・ザッツ・アザーズ〟」

そういって、両手で握手をした。

簡単な夕食をご馳走になった後、教会が空いていると述べ、バートンが自ら案内して見せて呉れた。

日本の神社やお寺とは、全く違ってカソリックのこの教会は、荘厳とうよりも華麗な感じが太郎にはした。そして、懺悔の仕方も簡単に説明してくれた。

太郎が驚いたのは、キリスト教では懺悔を神に向かって行うと、その時点で過去の罪は完全に消えて、人間は許されそこから再スタートするというバートンの説明に付いいてだった。

太郎の家は浄土宗である。お寺の法事に出席すると、何時も和尚さんが述べていたことを思い出していた。

「仏教では、輪廻転生といって人間は道義に反する悪いことをすると、一生付いて回るだけでなく、その人の子々孫々にその罪が及ぶのです。だから、こうして皆さんは定期的に施餓鬼をしなければならないのです」

このように教えられてきたことと、懺悔ですべての罪が解消するキリスト教とは、全く違う宗教観だと太郎はこの時に思ったのだった。

別れ際にバートンが述べた。

「私は、間もなく本国に帰ります。しかし、ミスター・タロウと知り合えたのが、日本に来た最大の成果だったと思う。デンキのことで聞きたいことが在ったら、何時でも連絡してください。またもしも、アメリカにタロウが来ることが在ったら、最大限の歓迎をします」

太郎は、この時こうしたアルバイトを通じて偶然にも《デンキ》についてびっくりするような、新しい知識と情報を得たのだった。

（五）

矢張り、苦労と努力の成果の上に、先程のように江戸電力入社へと繋がっていく。太郎が、電気事業関係を担当する産業活動省の加藤博史課長に、紹介者を依頼してから約二週間が経っていた。

そんなある日、偶々大学の事務室で仕事をしていた太郎に、江戸電力から電話が掛かって来た。

「こちらは、江戸電力の人事課の者ですが、武田太郎さんですか」電話口で、相手がそう述べた。「そうです」というと、次の様な連絡で在った。

「もし差支えなければ、明日でも私どもの本社に来て頂けませんか。人事課長がお会いします」

こうして、太郎は江戸電力の人事課長津田義彦という男に会いに行った。太郎が約束の時間に、津田の部屋に案内されて顔を出すと、早速どこかに電話した。電話口で「かしこまりました」といっている。

電話が終わった途端に、挨拶を交わすのも慌ただしく「では、ご案内します。社長がお待ちです」というではないか。呆気に取られて、付いていくと役員室の一番奥の部屋に案内された。

「武田太郎君です」と先ほどの、人事課長の津田が紹介した。

大きな体を揺するようにして、応接テーブルの方に太郎を手招きした。

「私が、社長の岩田です」と述べ、「役所の加藤さんから武田君の大学が指定校ではないので、この会社を受けさせて貰えるようにと頼まれましたよ」

「初めまして、武田太郎です」と、挨拶した。

すると社長が、人事課長の津田に向かって「指定校などと、誰が決めたのかね。採用するのは、人材だよ。

学校を採るのではないよ」と穏やかな言い方だったが、厳しく意見した。

「はあー、でもずっと前から当社は、旧帝国大学などと、私立大学も著名校だけに絞って採用してますが、もちろんこの武田さんのケースのように、縁故採用も致しますので、はい」

「そういう、《昔から》などというようなことが、一番いけないのだよ」

社長の岩田輝夫が、そう述べた。この社長は、この時から約二十年後に太郎が懸命に補佐をするようになった、東山正義の三代前の人物である。

津田という人事課長に、採用基準が古すぎると意見した後、「君は、もういいから下がりなさい」と、極めて不機嫌な表情で彼を追い出した。

課長の津田が冷や汗を掻きながら、最敬礼をして出て行ったのと入れ替わりに、秘書の女性がお茶を運んできた。

「武田君、済まないね。ちょっとみっとも無いところを、見せてしまったようで」

と述べて、《まあー、取りあえずお茶をどうぞ》と、太郎に奨めた。

簡素な応接セットの対面の壁側には、ここにも同じく小型の綺麗な祭壇が飾られており、安全祈願のお札がその横に飾って在った。

「武田君の父上が、役所の加藤さんの上司だったそうですね」などと挨拶代りの雑談の後、社長の岩田が「ところで」といって本題に入った。

「この会社に、入りたいそうだけど・・・出来立てのほやほやの会社で、大したことは無いよ。停電ばかりで、虐められているよ。嫌なことばかりでね」

太郎は、先程の人事課長を窘めた岩田社長は、立派だなと思った。しかし、今《この会社は、大したことは無いよなど》と述べたことに、驚いた。驚くというよりも、怒りが込み上げてきた。

数年前、高校生の太郎に遺言の積りだと前置きして《デンキ会社に入るなら、リーディングカンパニーの江戸電力に入れ。日本一の会社だ》と、述べた八馬電力の大伴家郎の真剣な顔を思い出していた。

「社長さん、初めてお会いして、大変失礼ですが」と、太郎が真っ赤な顔になったので、今度は社長の岩田の方がびっくりした。これから入社しようとしている学生に向かって、自分の発言が不味かったことに気が付いたらしく、慌てて訂正した。

「いや、うっかり変なことをいってしまって、すまん。この会社は私の先輩で、残念ながら亡くなられた大伴さんが、武田君に遺言したように国民と産業界にとって、無くてはならない〝縁の下の力持ち〟という、大切な会社です」

役所の加藤博史課長から、太郎が江戸電力を志望している理由が、社長の岩田輝夫に伝わっていたらしい。

「もし、入社出来れば、立派な社長のご指導の下で頑張ります」

太郎も、そう述べた。

「うん、頑張って下さい」と、社長の岩田がもう太郎が入社したような気分で応対した。先ほどの一件で、相当に太郎が気に入ったのであろう。

そういった上で、「もし、武田君がこの会社を受けるなら、自分が推薦人になる」と約束してくれた。

「もちろん、入社試験は受けて貰います。ところで、序でに何か希望は無いかね。遣りたいこととか・・・武田君は、相当デンキに詳しいようだから」

太郎は、未だ会社というものが、どういう組織体なのか皆目知らない。だから、烏滸がましいことはいえないと考えた。だがその時、遂二年ぐらい前、グレイトホテルのアルバイト中に偶然出会った、バートン中佐のことを思い出した。

「お言葉に甘えて、未だ入社出来るかどうかも判らないうちに、お願いというのも僭越ですが」というと、社長の岩田が何でもどうぞという。

「先ず、現場に行かせて貰えませんか。出来るだけ遠いところ、例えば発電所の現場のようなところです。それに、アメリカの発電所を見学したいです」

「ほおー、面白いことを武田君はいうね。本社とか、都内とか行きたいというだろうと思ったが、現場でそれも出来るだけ田舎のしかも発電所が良いということですか。それに、アメリカの現場も知りたいということですか」

太郎は、現場を知らなければ経営は出来ないといっていた、大伴家郎の遺言を思い出して、社長の岩田に理由を述べた。ちょうど秘書が入って来て、次の来客者の約束時間だと告げた。そこで岩田は、頭に入れておくといって、社長室の扉まで太郎を見送って、わざわざ握手までして呉れた。

太郎が、《出来るだけ、遠くの現場に行きたい》と申し出たのには、別の目算が在った。社会に出てからまで、これ以上父親の太兵衛門にコントロールされたくなかったからである。

こうして、太郎は試験を受け、入社内定。そして、目出度く江戸電力の新入社員になった。昭和二十九年（一九五四）四月である。だが、最初の赴任地は、今まで誰も行ったことの無かった、東北福島県の山奥に在る〝磐梯電業所〟、そこに所属する〈雪本水力発電所〉だった。

出力一万五千Ｋｗの発電機が唸っていた。もちろん、ここで生産された〈デンキ〉は全て三百キロ先の関東地方に、常時送電されていた。

入社した仲間は、九十名。そのうち事務系は三十名で、〈デンキ〉の製造販売会社らしく技術系は五十名。しかも、約六割が旧帝国大学の出身者であり、もちろん太郎の関東公立大学からの入社は、初めてだった。しかも、太郎の赴任地は事務系でただ一人、奥深い山の中だった。もちろん、本人が内々望んでのことだった。しかし、実態を知らない、旧帝大出の仲間たちは《あの武田という男が、田舎の発電所に行くのは当然だ》と、太郎の浮かぬ顔を見ては、ちょっぴり優越感に浸って居た。

しかし、最も驚いたのは父親の太兵衛門だった。長男の太郎が目出度く、江戸電力という大会社に合格したので、悦に入っていた。紹介してくれた昔の部下、本省の加藤博史課長には、早々とお礼に行ったりした。ところが、息子の勤務地が東京から遠く離れた磐梯山の麓と聞いて、早速本省の加藤課長に会いに行き、辞令を取消して、東京都内勤務に変更するように便宜を図って貰えないかと訴えた。

もちろん、そんなことが出来る筈はない。とうとう諦めた。だが、太郎が約二十日間の都内での新入社員の集合研修を終えて、いよいよ上野から夜行列車で出発する時、母親の信代共々両親が揃って見送りに来た。ところが、列車に乗り込み最後にデッキに出て来て手を振る太郎に向かって、太兵衛門が叫んだ。

「おい、太郎忘れるなよ。〝毎月一割〟だぞ、忘れるな。〝一割〟だぞ」

いうまでもなく、《お前が貰う月給の一割を、必ず送金せよ》という、父親太兵衛門の命令だった。

この命令は、やがて太郎が本社の課長となり、すでに述べたように政府の要請で、原子力発電を江戸電力をはじめ全国の電力会社が、積極推進に向かうことを手伝っていた時期、すなわち昭和五十四年（一九七九）まで、二十五年間真面目に続くのである。中止するのは、この頃太兵衛門が七十五年の寿命を終えたからだ。十人もの子供を生産した太郎の母親信代は、その数年前六十七才ですでに没していた。

さらに、太兵衛門には、もう一つ驚くことが生じる。太郎が、小峰タカを山奥の発電所に呼び、夫婦になるという事態が展開するのだった。

（六）

武田太郎よりも二つ年上の小峰タカは、福岡に在る著名な県立専門女学校を卒業すると、地元の役所すなわち産業関係を司る本省の出先機関に勤めていた。自分の家が、元々水力発電所で在る。要するに父親が電力会社に勤めており、特に〈デンキ〉に興味を持つ太郎と将来を約束したことから、国家公務員二級試験に挑戦し、目出度く合格したのだった。

もちろん、太郎が関東公立大学に入り、本格的に教養課程さらに早々に専門科目の勉強を始めると、その内容のコピーや読んだ本を送って貰い、独学で勉強した。もちろん、通信教育なども利用した。こうして、さらに二年後には、難関の国家公務員一級試験の文系に合格したのだった。

独学でキャリアの女性が誕生したというニュースは、かって太郎が本省の加藤課長と喫茶室で面談した際、彼が《あー、あの独学でキャリアになった女性が、太郎坊のフィアンセ！》と驚いていたように、相当周囲に知れ渡っていた。

その話を聞いて、小峰家はもちろん、太郎の親戚の間でも誠に嬉しい話だった。特に太郎の父親である太兵衛門は、いずれ長男が地元に帰って来て《八馬電力》に入れば、嫁は役所のキャリアだということで万々歳。弟の次郎ヱ門に守って貰っている、郷里に在る例の〝チンドン・カキチ〟の自宅に帰ろうと思っていた。

ところが、突然に本省から小峰タカに辞令が出た。
《六月一日付本省官房付を命ずる　同日付福島県庁土木部参事官を命ずる》

息子の太郎の辞令で、驚いた父親の太兵衛門が、再度びっくりしたのが基で、一時寝込んでしまうほどのショックだった。そして、《太郎の奴に計られた》と悔しがったが、すでに後の祭りである。

　一方、飛び上がって喜んだのは、もちろん小峰タカだった。いよいよ、太郎と二人で戦術戦略を練って来た目標の条件が、整い始めたのだった。もちろん、高校生のアルバイトだった頃から、ずっと仕事を熱心に手伝ってくれたことで、〈太郎坊〉と呼んで可愛がってくれて居た、本省の加藤博史課長の配慮が在ったことはいうまでもない。

　こうして、小峰タカは福島県庁に赴任する。太郎が、磐梯山の麓の磐梯電業所雪本水力発電所に勤務した四月から、約二か月半が経ったこの年の六月一日であった。しかも、二人は同時に両親の了解を得て入籍し、武田太郎・タカ夫妻が目出度く誕生した。

　太郎の両親、特にもっとも気難しい父親の太兵衛門が簡単に了解したのは、この会津のような地方では、都会などから新入社員が遣ってくると、地元の娘を娶らされる。太郎は、風采も良いエリートだから、早くタカと一緒にしないと危ないという噂を気にしたようであった。これも、もしかすると二人が意識的に振り撒いた話だったかも知れない。

　結婚式は、二人が忙しいからという理由で、福島地方で有名な常磐温泉で行われた。当然仲人には、二人をこの地に上手に導いてくれた、産業活動省の加藤博史夫妻にお願いした。披露宴には、太郎とタカの両親はじめ親族一同と、もちろん江戸電力の関係者と、タカの所属する本省官房長から福島県の政官財のお歴々迄約三百名以上が出席して、盛大に行われたことはいうまでもない。

　その夜、太郎とタカが初めて同衾した時のことだ。《他の人と交わっては絶対駄目》とタカは両手で、太郎の大切なモノと玉を彼が《判った》と悲鳴を挙げるほど強く握りしめた。以来太郎は、懸命にタカを愛し続けた。このためか、彼女は毎年のように子供を産み、何と男二人女四人の合計六人という、今の時代には珍しいといわれるほどの子宝を得た。

このため、タカは折角本省所属のキャリアという勲章を持ちながら、一年後には退官して子育てに専念せざるを得なくなる。

太郎とタカの二人は、子供たちの名前も〈煌めきのデンキ〉の基に関連するように命名している。先ず長男は〈水一郎〉であるが、これは水力発電の〝水を取っている。次の長女は〈高子〉だが、これは母親の〈タカ〉と水力発電の〝高さ〟を捩ったものである。三番目の次女が石油火力から取って〈油美子〉、四番目の次男が原子力発電からのヒントで〈原治郎〉、五番目に生まれた三女が再生可能エネルギーから取って〈可能子〉、そして最後の六番目の四女が、〝デンキの煌めき〟から引用して〈煌子〉という具合である。

タカは、福島県の土木部参事官に出向している間は、市内の官舎に住んでいたが、週末になると車で太郎が勤務する、磐梯山の北側に位置する雪本水力発電所のその宿舎まで遣って来て、夫婦生活を楽しんだ。春、夏、秋の磐梯山麓は、美しい花と木々の緑と、それに五色沼と呼ばれる不思議な色彩を湛えた湖などが在る。ほんの一時だったが、二人は青春を謳歌した。

もっとも冬場にかけては、大雪のためタカが居る浜通りからの通行は不能となるため、止む無く二人は郡山という処まで、双方が出掛けて行ってホテルや旅館で落ち合ったりした。

もちろん、そんな中でも特に、参事官のタカはめまぐるしい忙しさだった。県内の仕事よりも、当地を訪れる政治家、官僚、経済人それに外国人などのアレンジは、殆どタカの役割だったからである。

発電所の賄のおばさんが作って呉れた、正にこの地方でしか味わえない山菜料理を食べながらの、二人の話題の中心はやはり、タカの仕事に関することだった。

「今週も、ずーっと忙しかったのよ。とにかく、東京方面から政治家や役所が来ると、先ず知事とかに会いたがるでしょう。そのアレンジが大変なのよ」

「判る」と太郎がいうと、さらにタカが述べた。

「それに、外国の要人が現れると、全て私に頼ってくるのよ」

「それって、通訳ということ」と太郎が聞いた。

するとと、タカが目を丸くして、しかも時々笑顔を見せながら述べた。

「そうだけどね、太郎・・・例えば、県庁の人たちが話す言葉が、私には全く判らないことが在るの。要するに〝ヅゥーヅゥー弁〟でしょう。例えば、《あづがったんです》と話したのが《預かった》といったのか、《暑かった》ということなのか、咄嗟には判断できないのよ」さらに述べた。「《うんだべし。そうでなし》といわれて、《イエスといっているのかノーといっているのか》太郎も判らないでしょう。とにかく大変なのよ」


それを聞いて、太郎がげらげら笑うとタカが「太郎!笑いごとじゃーないのよ」といって自分も笑った。

こうした会話の中でも、太郎はタカが最近、外国の要人がしきりに遣って来て、特に海岸線を案内したりしているという話に、興味を持った。この時期から一年半ほど前の、昭和二十七年(一九五二)サンフランシスコで、日米講和条約が締結されすでにGHQも廃止されて、アメリカ人などの往来も増えていたからである。

彼はふと、数年前に横浜のグレイトホテルでのアルバイト中に出会ったバートン中佐のことを思い出していた。それは、新しい《デンキ》を生産する〝原子力発電の魔力〟というものが、すでにアメリカに在ると、彼がいっていたことと結び付けていた。しかもそれこそ、太郎に江戸電力に入れと奨めた大先輩の大伴家郎が、亡くなる間際に遺言した「永遠にデンキを創る源」のことだった。

しかし、迂闊なことはいえない。太郎は、敢えて話題にはしなかった。

ところが、しばらくしてタカが妊娠したらしく悪阻《つわり》になった。だが、比較的軽くて収まったところをみて、一年後には子供出産の状況を見て退官する覚悟をした。だが、折角だから在任中に海外の電気事業の状況を、視察したいと申し出た。これも、普通は無理だろうが、本省の加藤課長の口添えも在ってか許可が下りた。しかし、太郎は心配でならなかった。身重の妻を、幾ら元気でも一人で行かせるわけにはいかないと、今度は太郎が岩田社長に手紙を書いた。すると、入社の時の経緯も在ってか、人事課長の津田を通じて許可が出た。

もちろん、太郎は例のGHQに陸軍中佐で来ていたバートンに連絡すると、《大歓迎する。全てアメリカ滞在中は、自分が面倒を見るのでご心配なく。サンフランシスコの空港にも、迎えに行く》、との返事を貰った。バートンが、カリフォルニアに在る電力会社の、オーナーの一人だったことも幸いだった。

こうして二人は、特別待遇で約三週間を日本では忙しくて遣れなかった、新婚旅行の気分で過ごした。

しかし、二人は海外旅行を思い付いたのは、太郎がこのバートンから教えて貰っていた、〝煌めく〟〈デンキ〉の四番目の魔力、すなわち《原子力発電所》を是非見学したいと思ったからだった。太郎はもちろん妻のタカにも、そのことを内々話していた。当時としては、軍事的な秘密事項もあり、絶対に目に触れられないものだった。

こうして、二人はバートンに案内されて、五十万KWの原子力発電所を見学した。太郎とタカが感激したのは、数センチ程度のこんな小さなペレットで、水力発電所の水力はもちろん、石炭や石油などを燃料とする火力発電所の何倍いや何十倍もの、〈煌めくデンキ〉が生産出来るという、その〝魔力〟への驚きだった。

その時、改めて大伴家郎の遺言を太郎は、密かに思い出していた。

二人は、日本の文明文化がアメリカ並みに発達し、日本人の生活のレベルが上昇すれば、資源の無い日本はやがてこの原子の魔力を使わざるを得ないだろうと、内心深く思いを寄せていた。


〝ナレーション〟が入って、スクリーンが止まった。

例によって、宇宙星〝AO七七七〟の王様が発言した。

「そろそろ、太郎さんが行う《法のサイエンス化》の実行を、見せて頂けませんか。なかなか大変でしょうが、出来れば少しアドバイスしましょう」

これに対し、太郎が「よろしくお願いします」というと、官房長官の〝極光の妃美〟が、それに応えて述べた。


「これから正に、それをお見せします。それに、私も太郎さんの作戦は、やや手緩いように思いますが・・・先ずは、スクリーンをご覧ください」

第七章　新たな資源を求めて

第一節　レオの戦略を阻むもの

(一)

レオは、ロンドンから遣って来た日の翌朝、すなわち糸島の別荘に大爺であるラビアの長老と午後一緒に車で出発することになるが、その午前中はちょっと出かけて来ると断って一人で出て行った。昨夜の豪雨が早朝上がったためか、朝靄が立ち込めていたが、その靄の中にレオの姿が消えた。

その時、何故かヘリコプターの音がしてきた。十一月のこの時期にしては、自衛隊の演習なども無いし珍しいことだと噂をしていたが、老人は別に気にはして居なかった。

だから当然、そのヘリがレオが仕立てたものとは、老人さえも気付いていなかった。ホテルから数百メートルの、平らな海岸線の草むらから飛び立ったそのヘリは、九州を横切り瀬戸内海の上を縦に飛んでいた。徐々に高度を下げ広島県側に近い山口県防府市の繁華街を通り過ぎたヘリは、市街地からは可なり離れた、どちらかといえば山の端のとある学校の校庭の隅に誂えたヘリポートに収まった。ちょうど、一時間足らずで飛んで来た。

ヘリから降りると、レオは速や足で建物の中に這入り、みんなが待っている会議室に向かった。ここは、中学校に併設されている創立者の屋敷の中である。集まっていたのは、一組の男女とレオのパートナーの女性だけだった。

レオが疲れも見せずに現れると、三人は懐かしそうに挨拶を交わし合った。

「レオの到着が少し早かったので、現在ちょうど十時です。十一時半まで一時間半の間で、経過報告と結論を出しましょう」

どうやら、彼らはすでに四、五回は懇談してきたようである。ところが、今回レオがラビアの長老に突然呼び出され、帰って来たのを機会に急遽集まったようである。

この家の主に当たるこの女性は、何を隠そう。レオの隣に住んでいた、本田紀子というあの四歳年上のサッカー少女だった。この時期は、すでに産業活動省のエリートの一人、特に〈デンキ〉を含むエネルギー部門のグループ長として、活躍中だった。彼女は、東京の大学を卒業する直前に公務員試験を受け、入省してから二年目にイギリスのオックスフォードに留学した。二年間の留学期間中に、王立科学研究所に三か月間滞在した。その時、レオに偶然にも出会った。

彼女は、懸命に《資源のない日本は、イギリスやさらにフランスに学んで、原子力発電を推進しなければ、高騰する賃金と電力料金のダブルパンチで立ちいかなくなる》ということを纏めて、博士論文にした上で帰国した。

この論文をまとめるに当たっては、レオが本田紀子のロンドンでの滞在中に、種々の資料を提供して大いに協力してやった。このため、仲間からは、いずれ二人は一緒になるのだろうとさえ、噂されていた。だが、すでに彼女には結婚した相手が居た。それが、この防府市の外れに在る一貫校の御曹司だった。ところが後ほど述べるように、彼女に災難が起きる。

話は戻るが、ちょうどそうしたロンドンでの収穫を抱えて、彼女が帰国した直後に、東日本大震災が起きた。原子力発電を基本に据えようとする政府の柱が、音を立てて真っ二つに割れて倒れた。政権与党となった民衆党が《脱原発》《原発即ゼロ》を、マイフェストに掲げた。

このために、エネルギー特に電力を所管する産業活動省の役人が、雪崩を打って《脱原発》に走ってしまった。彼らは、ウランが出す破壊の熱を恐れてしまった。本田紀子やレオたちが心配するような、現実の課題を全く踏まえないで、ただ時流に乗り脱兎のごとく《放射性物質の脅威》のトラウマとなって、脱原発をばら撒く集団と化してしまった。

現在の政府を支援する行政官僚の色分けは、残念ながら最近まで〔脱原発派九割〕対〔原発推進派一割〕という状態だった。しかし、自信党に政権が代わり、原子力発電を容認する風潮が出てきたことも在って、本田たちの《原発は日本に取って必要》という主張が、徐々に盛り返しを始めた。こうして、彼女は産業活動省の空気を変えようと、動き出したのである。

本田紀子は先ずレオに呼び掛けた。彼女の最終目的は、原子力発電を日本から無くそうなどという、わが国の世界的戦略など全く考えようともせず、ただ戦前と同じくエリート官僚と自認する集団が、日本の政治を実質的に動かしていくべきだというような、本質的な危険な罠にはまろうとしている。それを、阻止することである。

幸いにも、この学校のオーナーが、彼らを実質的に支援しているのは、先程述べたようにリーダーの本田紀子が、この家の御曹司の嫁だったからである。レオを迎えに行かせたヘリも、彼女が手配していた。

しかも前述の通り残念なことに、本田紀子の夫はちょうど十数年前に不慮の事件に巻き込まれ亡くなっている。優秀な教育者であり、海外に日本からの中高一貫校進出を意図しての調査と関係個所との打ち合わせのために出張中、あのニューヨークセンタービルの9・11事故に巻き込まれたという。このため、紀子はその悲しみを乗り越えようという思いも在り、国民のための官僚として果たすべき役割に、全力を投入していた。幼年の頃から隣同士で、サッカーに夢中だったレオが、偶然ロンドンの研究所で会ったのは天の巡り会わせというものだろうか。

そのレオだが、海外の投資ファンドや政治の矛先が、どのように日本に照準を当てているのかを、分析報告する役目を負っていた。それに、近い将来レオ自身が、帰国してこの国の真のリーダーになる必要が在るだろうと、密かに考え始めていた。

（二）

レオと本田紀子の他に、会合に参加している一組の男女とは、幹事役を務める鬼木三郎という外交防衛関係省庁の若手エリート、それに西岡千恵という著名シンクタンクでＩＴ関係、特にセキュリティとインテリゼンスを専門にする、同じく若手の専門家だった。

四人は、今回レオをわざわざロンドンから帰国させた、ラビアの長老の目的を踏まえて、議論し合うことにした。

「私の大爺で別名《ラビアの長老》に、今回は出て来いと呼ばれました。その理由が、正にこのグループの目的と合致しているようです」

すると、他の三人が「ほー」というような、声を出してレオの次の発言を注目した。

レオは、みんなを見回して、注意を集中させながら口を開いた。

「日本の電力会社を、ファンドなど外資が乗っ取ろうという動きが本当に在るのか。それを、確かめたいということでした」

次の発言を、みんなが期待しているのがレオには判っていた。

「日本は電化率三割と、デンキ漬けに成って居ます。しかも、原子力をコントロールすれば、デンキ料金の操作が可能だと、外資が遂に気付いたと思います。すなわち再生可能エネルギーつまり太陽光発電などを、固定価格買い取り制度でインセンティブを付けて、どんどん奨励するときは原子力を限りなくゼロにして置く。現在日本全体で約一兆億Ｋｗｈのデンキを、日本人は使って居ます」

「その一兆億Ｋｗｈというデンキの販売量の、概ね二割ないし三割に当たる分量ですから二千億Ｋｗｈから三千億Ｋｗｈという巨大な電力量です。それを、三十円から四十円もする太陽光とか風力を建設させて販売しようというのが、モウリノミクスの規制改革の柱の一つだということは、お分かりのとおりですね」

　続けて、レオが述べた。

「そうすると、大雑把にいって大体最低でも年間八兆円から十二兆円ぐらいの収入に成るわけです。その約二割程度の年間一兆六千億円ないし二兆四千億円を、仮に大口の投資ファンドが、握り占めたとします。すると東京オリンピックまでの六年間だけでも、合計九兆円六千億円ないし十二兆四千億円になります。そうすると、現在の十電力会社の総資産は、株価でみると六兆円ぐらいだから、この金額だけで有に全部の電力会社の株式を取得出来ますね」

「ほんとに、そうなるね」と、鬼木三郎がため息を付いた。

「でも、そこは政府が電気事業の特殊性を踏まえて、外資規制を掛けると思いますよ」今度は、西岡千恵が述べた。

　本田紀子が、西岡に質問した。

「西岡さん、例えば外資で無く、現にソーラ発電所などを大量に作っている、あの三本松一丸が支配している独立系の情報通信会社とか、リース事業会社のようなところが、関連の会社を駆使して出てきたらどうなりますか」

「そうか、そういう手が在るね」と、鬼木が述べた。

「おっしゃる通りです。外資も在るけど、そういうわが国に籍を置く巨大化しつつある通信サービス産業やリース会社の方が、曲者かも知れないな」

「それと同時に、最近は外資も欧米だけではなく、むしろ中国系が東南アジアを席巻しつつある状況から見ても、中国のファンドの方が危ないと思いますね」

レオが、意見を述べた。

「そういえば、レオが居るイギリスのロンドン地域は、現在中国系がデンキの販売管理を独占しているという話は、本当ですか」

本田紀子が、質問した。レオが、隣に座っている紀子の肩を敲くような仕草で、「ウイ、ウイ」とわざと、フランス語でジョーク風に口を開いたが、しかし真顔で、その後次のように説明した。

「イギリスは、二十年以上前にこの発送電分離が、裏目に出てデンキ事業の買収合戦が始まり、現在上流門すなわち、発電会社の大半は外資の七社が支配しています。さらにそれが六社に集約されてきているという情報も在ります。一方下流部の販売部門は、今年三月末の状況ですが十四地域に分かれていましたが、そのうちすでに四社が中国系のオーナーが、配電設備を独占してデンキを、販売会社に売って居ました。その一つに、おっしゃるように、ロンドン地域が入っています。ロンドンは、配電設備は中国の会社が支配して居ますが、そこがフランスＥＤＦという会社と提携して、ロンドン市民に電気を売って居ました。他の地域もその他アメリカ、スペイン、ドイツの経営者が、入り乱れて支配しています。イギリス資本は、僅かに二地域だけでした」

「しかも最近、配電会社も完全自由化したので、より一層複雑に成って居ますね」

と、コンサルタントの西岡千恵が述べた。

「その通りです。最近の情報では、先ほどの上流部門といえば発電会社のことですが、全部で百社ぐらい在るでしょう。だけど、上位の六社、すなわちアメリカ、ドイツ、フランス、スペイン、中国それにイギリスの大手会社ですが、この六社がイギリス全体のデンキの九割をシェアしています。この六社の発電会社の力が強くて，販売も彼らが独占しようとしているようです。」

レオが、応えた。

「デンキの供給責任は、保てているんですか。発送電分離して完全自由化しているので、間に送電開会社が在りますね。それぞれ会社が違うんでしょう。うまくいくんですか」

西岡が、さらに訊ねた。

「デンキが完全な小売り自由化ですので、販売ルールに従った形式的な供給責任はもちろん、デンキの販売会社にあります。しかし、仮に停電に成ったりした場合でも、ルール通りに販売して居れば責任は問われない。また、日本の電力会社のような責任感は全く無いでしょう。現に、一昨日ロンドンを立つ前の日に、嵐や地震が在ったわけでもないのにですよ。突然停電が在ったりします」

レオの説明に、三人が大きく頷いていた。

本田紀子が述べた。

「いずれにしても、外国の電力会社の名前でどんどん外資すなわちファンドが入ってきますね。日本の新電力などと数百社が、めちゃくちゃに市場競争をする。結果的に最後は、大資本の数社が牛耳る。販売も通信会社まで参入して乱売合戦が始まる。正にバーチャルなビジネスが生れるだけで、資源の無い日本のデンキの安定安全かつ低れんな供給ということなど、考えられていませんし、何んのプラスにもなりませんね。こういう無茶苦茶なことがこの数年以内に発生するのを承知の上で、東京オリンピックの二〇二〇年に向かって、完全自由化という名目で進めようというのが、毛利内閣の方針です。しかも、彼らは先程レオ君から話が在ったように、九兆六千億円ないし十二兆四千億円は、例の固定価格買い取り制度で保障されるわけです」

レオが述べた。

「なるほど、その十兆円前後の脱法デンキのお金が目当てだね。そういうことになるね」とみんなが述べると、さらに彼女が「正に〝脱法デンキ〟の、恐ろしさですよ」と指摘した。

「現在の電気料金は、Ｋｗｈ当たり十五円ぐらいだけれど、それがオリンピック頃には三十円と倍の電気料金にはなっていますね。もっとも、家庭用は現在でも二十四円ぐらいですので、倍に成るとＫｗｈ当たり五十円になるということです」と、レオが説明した。次いで鬼木三郎がいった。

「こうなると、原子力を幾ら動かそうとしても、三割は強制買取分だから、その再生可能エネルギー分を減らすことは無理ですね」

本田紀子が、さらに述べた。

「先ほどから指摘するように、危険な《脱法デンキ》ですよ。それを、成長戦略の手段と称して、どんどん奨励している状況です。日本国内の、そんな高い料金では経営が成り立たないと、ますます産業が海外に逃げ出す。これは大変だと、漸くその時になって一番安い原子力の存在に気付いても、もう手遅れですよ」

さらに、口を開いて追加した。

「下手をすると、《脱法デンキ》が増え過ぎるとヨーロッパと同じく、大変なことが生じますよ。いうまでも無く、不安定かつ超値段の高い《脱法デンキ》を、強制的に買い取らされる電力会社は、コストが安く安定的なベース電源の原子力発電を停めてでも、その《脱法デンキ》を誰かに売らなければ、放電するしかない。大停電にしないためにも、処理しなければならない」

レオが応えた。

「幾ら原子力が頑張っても、新規の建設稼働が無い限り、既存の五十基がフルに動いて三割の三千億Ｋｗｈですから、同じく三割のとても高い強制買取分のデンキと残り四割はバレル当たり百ドルもする石油や天然ガス、それに石炭などで、日本がデンキ漬けに成っている一兆Kwhを賄うことになります。こうなると、外資ファンドは益々居座り、利ザヤ稼ぎを繰り返すでしょうね」

さらにレオが述べた。

「そもそも、電力システム改革をいい出したのは、民衆党の内閣でしたね。あの3・11事件で、江戸電力の原子力発電や火力発電が停まり、大停電になるのを喰い止めるため、計画停電をした。それが問題だから欧米と同じくシステムを改革すべし。すなわち発送電を分離せよというストリーですね。だが、それは全くのこじ付けです。あの時、日本列島の西側では、デンキは余っていた。それを使えなかったのは、東西のサイクル調整が小さかったというダケのことですよ。五十ヘルツと六十ヘルツの調整のためので投資を今すぐにでも行なえば解決します」

幹事役で外務官僚の鬼木三郎が、割り込んで発言した。

「そういう、勝手に作った《法のサイエンス化》、すなわち〝収支〟ないし〝費用対効果〟の実証をきちんとしたうえで、《脱法デンキ》のとんでもない問題点を、モウリノミクスに対して注文を付ける必要がありますね」

さらに、レオが追加した。

「毛利内閣の自信党は、原子力発電所を耐用年数四十年で廃炉にすると謳っていますが、これも本田さんたちが頑張ってイギリスと同じように、リニューアルを認めるようにしないと、二十年後には五十基のうち半分以上が廃炉になります」

レオがここまで説明したのを受けて、本田紀子が纏める発言をした。

「結論は、第一に原子力を早く大量に動かし、デンキの料金を出来るだけ抑えること、第二に再生可能エネルギーの補助政策、すなわち固定価格買い取り制度を即座にストップさせること。それに第三に、原発の廃炉方針を改めもっと活用するようにすること。第四に、日本列島の東西サイクル調整のための投資を早々に行って、電力システム分断などという不易を犯す企みを止めさせること。この四つですね」

「それと、もう一つ。地域・地方の振興と創生のためにも、電力会社が外資やファンドなどに乗っ取られないようにすることですね」と述べ、他の三人が賛成した。

そうした五つの結論を踏まえて、さらにレオが述べた。

「そこで、ラビアの長老も、こうした危機的状況を毛利首相に直接伝えようとするでしょうが、残念ながら変な邪魔が入っているんです。全く予期していなかったことです」

「その邪魔とは?」、と本田紀子が質問した。

西岡千恵が、代わって応えた。

「その邪魔が、全然別のところから二つ入っているんですよ」

西岡の説明によると、一つはレオの大爺でラビアの長老と呼ばれている武田太郎に対する、個人的な恨みのようだということだった。それも、恨んでいる側の勘違いのようだが、それを判らせる手段が無さそうだと報告した。

（三）

その上で、もう一つの事件はどうかということになった。これは、レオたちに取って深刻な話だった。

それは、三本松一丸という太郎とタカが少年少女挺身隊として軍需工場に勤労奉仕していた時の、グループの一人が中心人物だったからだ。少し増せたニキビ顔の、細身ではあったが当時リーダー格の男が居た。大爺に当たるラビアの長老が、この三本松だけは好きになれないタイプだと、レオに述べていたことはすでに紹介した通りだ。

ところがこの少年こそ、何と百年前の〝元寇の役〟で、日本に侵入して来た一族の末裔だった。彼は、今では国際的な通信事業に打って出ようとしている。そして、この一味の組織が、レオたちの動きを常に牽制し、かつ潰そうと妨害の手を広げてきているのは間違いない。狙いは、何か。

彼らは、基本的には〝脱原発〟を主張し、〈デンキ〉をわが物のように運用するために、政治家をコントロールして、飽くなき利ザヤ稼ぎをしていこうという魂胆である。それが、狙いだろう。一種の形を変えた、ファンドだといえよう。多分何処のグループかは不明だが、幾つかのファンドが結び付いて間違いなくバーチャルな情報を操り、世界中で利ザヤを稼ぎまくっている。ヘッジファンドが絡んでいるのも、間違いないだろう。


公益事業で在るはずのデンキである。それを、国民が納める〝税金〟を元とした補助金と〝電気料金〟の双方を財源に、地球環境対策という名目で完全に《私益》に利用しようと企んでいるのだ。

多分、ラビアの長老のホテルの壁に嵌め込まれた盗聴器や、運転手を利用した同じような私的情報の収集のやり方は、三本松一丸の一味が仕組んだものであろう。

このように、西岡千恵が二つの諜報活動が、レオたちのグループに対して、なされていることを報告した。

「ひょっとすると、二つの違ったように見える動きも、或は同じものかも知れませんね。裏で、繋がっているかもね」と、防衛外交関係の鬼木三郎が指摘した。

すると、西岡千恵が「それは、有りえないのでは」と口籠っていたが、次のように述べた。

「情報通信を専門にするはずの三本松一丸のグループだったら、警察が関与するような事件は、起こさないと思いますよ。むしろ、われわれに知られないようにして情報を収集し、その上で政治と結託して体制を固めていくのではないかと思いますけど」

　これに対し本田紀子が、レオの意見を求めた。彼は、これまで種々の国際的事件を、ロンドンの研究所で分析して来た研究と経験を基に発言した。

「種々の分析の結果では、西岡さんの意見よりも、むしろ先程鬼木さんがいわれたように、二つの事件は裏で繋がっていると考えた方が、良いかも知れません。私の大爺に対する勘違いの恨みというのも、本当はそういうことでしょう。したがって、私の研究室で関係者が家族の写真を見て、種々情報を集めていることが、通信事業を本命とする三本松一丸のグループに察知されるのは、十分にあり得るでしょう。双方が接触し、囮作戦を依頼したということは、当然考えられます」

　本田紀子が、時間を気にしながらレオに質問した。

「ラビアの長老は、どうする積りでしょうね・・・レオ?」

　レオも尊敬する長老の、手のうちまでは読めない。しかし、一つだけヒントが在るといった。

「ラビアの長老、すなわち僕の大爺だが、本名は武田太郎というけど、若い時紀子さんが居る産業活動省で、三年間アルバイトをしていたんだ」

「あら、そうなの!じゃー、知り合いというか、知人も居るわけね」

　本田紀子が、改めてラビアの長老と称する人物が、大変な大物であることを認識したようだ。

「その通りです。実は、その太郎の奥さんが・・・紀子さん、驚かないでね」

「えっ、何か関係が在るの」

　本田だけでなく、鬼木も西岡も緊張した。

「お婆様の名は、小峰タカといって、紀子さんの大先輩です。産業活動省の初めての女性キャリアでした」

　それを聞いて、本田が飛び上がった。

「えぇーっ！あの伝説の先輩。驚いた」

「この二人が結婚した時の仲人が、当時官房筆頭課長だった、加藤博史後の次官です。アルバイトの上司が、未だ入省したばかりの若い加藤係長さんだったそうで、タロ坊といって可愛がってくれたようです」

「ますます、凄い話。それで、その加藤大先輩はお幾つですか」

レオは、そこまでは判らないと述べたが、「大爺が、確か八十三だから、もう九十六、七才以上のお歳じゃーないかな」

そして、次のように逆に本田に向かって述べた。

「僕の推測だけど、ラビアの長老はきっと加藤さんに会いに行くと思う。そのうえで、首相に遭うのではないか。それ以上は判らない。そこで、紀子さん、あなたに質問するけど、現在官邸に巣喰う官僚の中で、その加藤さんに繋がる本物を探し出し、密かに策を練って置いて貰えないかなと思いますが、いかがでしょう」

流石に、緻密な本田紀子も、ちょっと腕組みをしていたが、漸く口が開いた。

「一人だけ、産業活動省出身の賢者が居ますね。だけど、加藤大先輩と繋がっているかどうかは、判らないな。でも、レオありがとう。それを、探っておきます」

こうして、またそのうち会合しようということを約束して、懇談は終了した。


この時また〝ナレーション〟が入って、スクリーン上の物語が中断した。

王様が発言したからである。

「ちょっと待ってください。一体太郎さんは、何故直接に毛利大二郎とかいう、日本のトップリーダーの総理大臣に、こんな当たり前の矛盾というか、彼の成長戦略の中の《電流過信》を、正すよ

うに訴えられないのですか。そこが、とても手緩いですね」

これに対し、太郎が渋い顔で応えた。

「全く王様のいわれる通りです。だが、現実にはなかなか難しいのです。理由は、幾つかありますが、先ずこの毛利内閣は、今度こそ長続きして貰いたいと、みんなからいわれています。日本の総理大臣が一年以内でくるくる代わるようでは、本当の国家の立て直しは出来ません。そのため、支持率が落ちないように細心の注意をしているようです」

太郎が、続けて説明した。

「内閣の支持率が五十パーセントを切ったら黄色信号、政党支持率と内閣支持率の合計が五十パーセントを切るとお仕舞いで赤信号といいます。だから、原子力の推進ということも、再生可能エネルギーの強制買取りが〝脱法デンキ〟のようなもので危険だとも、なかなかいえません。発送電分離と電力自由化は関係無いと判っていても、なかなか主張できない。毛利首相は、自分で自分の首を締め乍ら、周りの結局は官僚軍団の悪知恵に、振り回されているわけです」

「なるほど、難しい問題が在るようですね」

王様が、ため息交じりに述べられた。

「自分が創った法律の収支計算を、きちんとすべきです。ところが、その法律が間違っているという《法のサイエンス化》すなわちその計算を〝見える化〟出来ないでいるわけです」

太郎がこのように釈明すると、官房長官の〝極光の妃美〟が引き取って述べた。

「王様、もう少しスクリーンで状況をみていただけませんか。その上で、ご示唆ください」

再度スクリーン上の映像が、動き出した。

第二節　デンキ漬けしか道は無い

（一）

ここは、糸島の別荘である。ラビアの長老こと武田太郎が、手洗いから戻って来て、また炬燵布団の中に、足を入れて座り直した。

レオが午前中にヘリで密かに、本田紀子と接触したことはもちろん、長老には内緒だった。

その後糸島の別荘に行く途中、本田紀子が手配した同じヘリコプターを長老とレオが同乗した車の周りに展開させたのも、むしろレオが長老に悟られないために、命じたものだったことが判った。しかし、百戦錬磨の長老に知られていないかどうか、本当のところ、レオにも自信が無かった。

レオがラビアの長老に、「その後、大爺は入社以来江戸電力の中で、どういう仕事をしてきたの」と尋ねた。

要するに、磐梯山の麓の雪本水力発電所に赴任し、福島県の参事官になったタカと結婚して、一年後に夫婦で海外の電気事業を見学する。それも、第四の〈煌めくデンキ〉の魔力である夢の〝原子力発電〟の存在を知ったという、貴重な旅でもあった。

太郎に、江戸電力への入社を奨めた、大伴家郎の遺言の中に在った《デンキの魔力の基はもっと新しいものになるだろう。それを、国家と国民のための縁の下の力持ちになってどんどん進めるのが、太郎君の使命だ》といっていた言葉。それを、タカと一緒に先ほどのように、アメリカで〝原子力発電〟を初めて見た時、はっきり思い出していた。

そういう話をした後の、レオの質問だった。

「それからだな。そう、わしは二、三年置きに、どんどん部署を変えて貰った。石炭の購入調達、火力発電所、経理や財務、それにデンキの供給と販売の計画部門や送電設備や配電部門などの運用を経験した。電柱にも登り、電線の取り換え作業も自ら経験して見たんだよ。漸く、原子力発電所を作ろうという話が出始めたころ、わしは、同じく世界中で発見され、デンキの生産の基に成って来た〝石油〟の実態を調べるため、外部の調査機関に二年間出向させて貰った」

長老は、「此処までで、入社してから大体二十年間が経ったところだ。そして、入社して直ぐ結婚したおタカさんは、一緒になってから正に同じく二十年だが、何とこの時六人の子供を抱えて〝ふうふう〟いっていたよ」と述べた。その間の苦労はずっと、おタカさんの方が自分よりも上だったといいたかったようだ。

レオが質問した。

「大爺が、外部のエネルギー資源の調査機関に出向した、二年間の成果は何だったんですか」

〈実に良い質問だ〉と長老が、口籠った後で述べた。

「それは、端的にいえば四つだな。

先ず一つは、デンキという魔物を使い尽している《日本人の凄さ》だ。

二つ目が、この国の国民の欠陥すなわち資源の無い日本のセキュリティというか《対抗手段を誰も考えていない》という点だ。

三つ目が、資源のないフランスの教えだ。いうまでもなく原子力発電推進の凄さだ。フランスが、資源が無いにも関わらず、ドイツやイギリスなどに堂々と対応出来るのは、正にフランス人が使うデンキの八割を低廉安定な原子力で賄っているからだ。フランス以上に資源の無い日本に、原子力を止めるなどという無謀な政策は有り得ない。

さらに四つ目は、殆どの国や民族が資源やエネルギーを求めて、世界中で争っているが、その争いの基に

〈宗教〉の違いということが、深く絡みついているということを知ったことだよ。要するに、そこに住む人たちの精神構造につながる国の成り立ちの違いという基本的なことだ」

深く、さらに息をして「この四つを、わしは思い知らされた」と述べた。

太郎は、エネルギー資源の調査機関に出向している間の二年間に、石油と天然ガスの産出国であるイラン、クエィト、イラク、サウジアラビア、カタール、アラブ首長国連邦などの中東アラブ諸国、アフリカ東海岸の地中海に面したアルゼリア、リビア、エジプトを丹念に歴訪した。

さらに、イギリス、フランス、ドイツ、イタリア、オーストリア、スイス、スエーデン、デンマーク、オランダ、スペインなどヨーロッパの主要各国を訪ねた。最初の中東アフリカについては、約三か月間の長旅で在った。その長旅から帰って来たら、羽田の飛行場に迎えに来た六人の子供が、見違えるほど大きく成っておりびっくりした。もう一つびっくりしたといえば、生まれて六か月目ぐらいだった一番下の四女の《煌子》が、父親の顔を見るなり〝わあー〟と泣き出してしまったことだ。もっとも泣き出した理由が、アラブ諸国を回ったので、帰って来た時に鬢と顎にひげを生やしていたということも在ったようだ。

ここまで、長老の話が進んだ時、おタカさんが二階から降りて来て、二人のためにコーヒーを用意して呉れた。長老が「おタカさんも、一緒に懇談しないか」と奨めた。しかし彼女は「それは、太郎さんあなたの役目でしょう。私が居ると却って話にくいでしょう」と述べて、また二階に上がって行った。

（二）

こうして、太郎が世界中を巡っている間に、流石に日本の政府は新たな第四の〈デンキの魔力〉を、導入することにした。小峰タカが、かって福島県の参事官として赴任し、東北弁に悩まされながら通訳をする中で、何やら立地の動きを予感した場所に、もう一か所は関西地域に第四のデンキの魔力を生む〈原子力発電所〉が、開発導入された。

太郎が学生アルバイト中に、偶然グレイトホテルで出会った占領軍のバートン中佐が、密かに教えて呉れたものである。なにしろ、福島地点に作られた原子力発電所は、アメリカ人と地元から熱心な要望が在って、あの地点を選定した。もちろん、この場所しか無いと、そのデンキを使う予定の関東の人たちも、そして日本国民全体が、結果的に認めて呉れたのが、あの場所だったからである。

一号機二号機は完全にアメリカのメーカーが設計、技術移転、建設、運転試験まで全て独自に行った。出来上がるまで、一切日本人は建設状況を覗くべからず、ましてや現場には決して入るべからず、ということだった。その上で、日本の電力会社に引き渡された。〈ターンキー方式〉といわれるものである。

次の第三号機と四号機は、手取り足取り日本のメーカーが、今度はアメリカ人に教えて貰いながら漸く作り上げた。

ところが、こうしたさなかにOPECの禁輸騒動、そして石油価格の大幅な高騰で、電気料金が四倍、そしてさらに二十倍にもなった。

遂に武田太郎は、外部のエネルギー資源調査機関から呼び戻され、その上で日本産業連合会の副会長で、江戸電力の社長東山正義に仕えることになる。

太郎は、原子力発電所が全国に次々に出来る度に、必ず見に行った。その都度、大きな竜神が天高く登っていくのを想像していた。そうすると、間もなく各電力会社は、電気料金の値下げを発表していった。ここまでは良かった。すなわちバブル経済が崩壊し、経済成長が低下し、段々日本人が子供を産まなくなり、とうとう成熟社会になっても、健康で豊かな暮らしが何となく保障され続けられたのは、正に第四の〈デンキの魔力〉であるによるものであることは間違いない。〝原子力発電〟の豊富で、安定的なKwhのお蔭だったことは間違いない。いうまでもなくその原子力発電は、何と燃料費だけだと〈Kwh一円〉、総合発電単価で〈Kwh六円〉という《宝物》が在ったからだと、ラビアの長老は思うのだった。

それを、あの民衆党の飛んでも無い首相の穴城覚志が、何とも呪いに掛かったように、女房にまで唆されたともいわれているが、とにかく正常に動いている原子力発電所まで停めてしまった。それから、次々に単に定期検査で一時停止いている原子力発電所を完全に停めたまま、塩漬けにしていった。異常な、執念である。

その意を受けて新たに作られた原子力規制委員会という組織は、その後原子力発電所を動かさないようにしているとしか思えないような仕打ちを、電力会社に次々に命令し続けている。あの巨大な津波で崩壊した完全にアメリカ製の、福島の原子力発電所と同じ条件で、全国の原子力発電所に対し、絶対に事故が起きないように工夫せよ、まだ足りない、まだまだ不十分だと追い込んでいる。このため、バーレル当り百ドル以上もする石油や天然ガスのLNGを、失われた原子力発電の年間四千億Kwhを埋めるために追加購入し続けている。その国富の流出額、何と年間四兆円、三年間で十六兆円になり、貿易赤字がすます累積中である。どう考えても異常で非常識なことが、誰も止められずに〝夢遊病者〟のように進行していく。

しかも、遂に〈ぶっ壊し屋〉の自信党の元首相まで、そのトラウマなのか、同じ呪いに掛かってしまったようだ。最早日本人が、電気漬けでなければ生きていけなくなっていることを承知で、述べているとはとても考えられない。

ひょっとすると、その元首相まで引き込んで、「原子力発電所の運転を操作すれば、日本のデンキすなわち《日本という国の屋代骨》を揺す振れる」とファンドがそして、三本松一丸のグループが、日本の政治家や官僚どもをゆさぶっているとしか思えない。

不思議なことに、ここまで追い込まれているのに、直接事故を起したものでもない他の電力会社は、完全な私企業であるにも拘らず、未曽有とはいえ、災害を引き起した江戸電力と同じく、バッシングを受け続けていながら、全く何もいわない。全くオオカミに睨まれている羊のようである。日本的組織社員の恐ろしい姿だ。この三年半、何も起きていないのに、政治と官僚と世論というトラウマにいわれるままだ。全く異常だ。もはや我慢ならないと、デンキの経営者も労働者も、正義の発言をしてもらいたい。


このような長老の話が一段落したところで、レオがさらに尋ねた。

「大爺は、江戸電力の社長で後に日本産業連合会の会長になったという、東山正義に仕えていたため、オイルショック後エネルギー資源の無い日本が、どうしても原子力発電が無いと立ちいかなくなると、実感していたといいましたね」

「その通りだよ。それで何か」と、長老が応えた。

レオが、述べた。

「例の一昨年起きた大震災で、江戸電力が放射性物質を原子力発電所から漏れたということが原因で、酷い原子力発電忌避運動が巻き起こっているけど、大爺が活躍していた頃はどんな様子でしたか」

長老は、〈うむ〉といった後、レオに向かって応えた。

「何事も、新しいことを始めようとすると、反対者は在るものだよ。それを乗り切るには、真摯な努力が要る。特に、原爆の被害国の日本人は、原爆と原子力発電とを混同して、イデオロギー的な反対を主張する人たちが、昔から根強く居た。だが、デンキの停電が無いような安定供給のため、また電気料金を引き下げて貰いたいという要請の方が強くて、懸命に原発の推進を進めて来たわけだよ」

さらに述べた。

「わしはもう、直接の経営者でも何でもない。しかし、後輩たちには、デンキを国民や事業に提供する仕事をやっている者は、常に〈縁の下の力持ち〉と〈供給責任の〝持て成し〟〉に徹すべしと、諭しているところだ。これを崩すと、土台が崩壊するのだから、わが国の《国体》が、全く違った姿に成るということだ。地方創生だ、地域振興だというけれど、デンキが安定的でなければ、産業は育たないよ」

「〈縁の下の力持ち〉と〈供給責任の〝持て成し〟〉とは、実に良い言葉ですね。それに、発電事業者にこの二つの志が無くなったら、《国体》のかたちが変りますね」

レオが、そのように述べながら、この言葉を改めて噛みしめている風だった。

長老が一言若いレオの結論を聞きたいといった。すると、さすがに彼は次のように誠に短かく締めくくった。彼は午前中長老には内緒で、山口県防府の山中で行った本田紀子たちとの会合でまとめた五点をさらに三つに再整理していた。

「一つ、電力自由化は、発送電分離とは全く関係無いこと。二つ日本の広域運営は、東西の電流を連けいするための五十ヘルツと六十ヘルツの流通投資を、早急に行なえば完全に解決すること。第三に、早々に再生エネルギーの固定価格買い取り制度を廃止し、原子力再稼働を徹底すること。この三つが結論です」

この時〝ナレーション〟が入り、スクリーンが

止まった。
王様の盛大な拍手が、聞こえたからだった。
「実に太郎さんは、良いことをいわれました。また、レオ君もとても良い結論を出してくれた。その志を、日本人は忘れないようにしないといけませんね」
そして、またスクリーンが動き出した。だが、何故か画面は静かである。

とに角、みんなが寝静まった後は静かだからだ。窓を少し開けて見たが、今日は用心して直ぐに閉めた。一瞬流れ込んだ空気を嗅ぎながら、ここは晩秋の空気がおいしいところだと太郎は思った。昨夜レオが隣の部屋に出て行った後、二階からおタカさんが降りて来た。居間に二人は、床を作って横になった。徐々に二人の体温が、お互いに伝わって来る。一緒になってからすでに、六十年が経っていた。最後の、良い夜だったと老人は思った。お互いそれぞれに、長い間の思い出を夢見ながら、そのまま朝まで安心したように、抱き合って寝入っていた。

翌朝は、快晴だった。食事の前に、ベランダで記念写真を撮ろうということになった。もちろん、ラビアの長老がしっかりと県警本部に、警備を頼んで置いたことは、おタカさん以外は知らなかった。

このベランダは、カナダ産の丸太とこの近くの杉の木材を組み合わせて、実に見事に出来ており、しかも広い空間が在って、そこには大きなテーブルとリラックス出来る椅子が、七、八個備え付けてあった。四方の景色も見渡せる。そこに、みんなが並んで写真に納まっていた。

ただし、長老だけは綺麗な緑の森が見渡せる、その間に見え隠れする一本の電柱に留まって居る一羽のカラスが、気に成っていた。写真撮影ではしゃいでいるみんなはもちろん、誰も気付いて居ない。ふと、長老は三本松一丸と名乗る人物のことを思い出していた。しかし、その人物が自分の命まで狙っているとは、どうしても思えなかった。すると、矢張り役人と勘違いされた方の何とも不思議な恨みだろうなと考えた。その時、「あなた、そろそろ中に這入って、食事にしましょう」、というおタカさんの声がした。やはりおタカさんとしては、昨夜のことが在っただけに万一のことを考え、みんなが早めに家の中に這入って貰いたかった。

そんなことは全く知らない水一郎たちは、「やっぱり、朝は寒いね」と述べながら、部屋に入って行った。おタカなんは、ほっとした。

さてこの日、二階に泊まったレオの両親武田水一郎と由貴子それに妹の美子が、朝食の後名古屋の自宅に早めに帰る。レオが福岡空港まで、車で送って行くことになった。レオも、そのままロンドンに帰ると述べていた。

別荘の玄関口で、水一郎が「それでは、お二人とも益々元気で居て下さいよ。今度は、是非揃ってお出掛け下さいよ。待ってますから」と、挨拶した。由貴子も「ほんとに、お爺様、お婆様お世話になりました」というと、おタカさんが「僅か一晩で、残念だったね」と答えた。

「いやいやお婆様、ゲームに滅法強いお婆様との付き合いは、一晩で十分ですよ」と応答し、お互いに笑い話となった。

出掛けるレオに、長老がそっと三通の手紙を渡した。一通は、レオの両親宛だった。見送りの福岡空港で別れる時、〈自宅に着いてから、見てくれ〉といって渡すように頼んだ。もう一通は、レオ宛だった。

最後の一通は、内閣総理大臣宛だった。出来れば、レオからか或は信用で来る代わりの者から、直接に手渡して貰いたいと頼んだ。

〝ナレーション〟が入って、またもやスクリーンの画面が中断した。

王様が述べた。

「太郎さん、そんな手の込んだことを、どうしてしなくてはならないのか・・・どうしてですか」と、いわれた。

太郎が、応えた。

「官邸の関門を直接訊ねても、多分会っては貰えません。ここは工夫と手間が掛かりますが、日本的な手法で実行するしか無いと思っております」

王様は、止む無く「判った」といわれた。その上で「映像を続けましょう」と、指示された。

官房長官が、畏まって一礼すると、直ぐにスクリーンを稼働させた。

さて、孫のレオとその一家を送り出したので、こうして別荘に残ったのは、太郎とおタカさんの二人だけになった。

その時、昨夜の特別警戒を頼んで置いた県警本部の警官が、朝方まで警戒していたが特に異常は無かったことを、報告に来た。その上で、「また、何が起きるか判らない。早々に、自宅にお二人とも帰られたほうが良い」と忠告した。

太郎ことラビアの長老は、心からのお礼を述べ、間もなくここを出て自宅に戻るから、ご心配なくと述べた。

警官は、敬礼して帰って行った。

太郎とおタカさんに還った二人は、先ず一階の応接間に誂えて在る、神棚とその横の仏壇に先ずお参りをした。

今日まで、元気に手を取り合って、《煌めくデンキ》を追い続け、それが国家と国民のための〝縁の下の力持ち〟だということを常に意識し、どうすれば停電を無くし同時に電気料金を上げずに済むかを、徹底的に追及して来た。海外をもじっくり見た結果、原子力発電というバーゲニング・パワーが無ければ、資源を持たない日本は駄目になる。そういう考え方を、変えることなく持ち続けて来た。その結論が、先程レオに持たせた手紙に認められていた。そうした、報告とお礼を神仏に祈った。

一方、おタカさんも、偶然の巡り会わせで一緒になり、太郎と同様に苦学をして、キャリアの官僚になって太郎の志を支え、しかも六人の子育てをしながら、夫婦仲良く過ごせたのを心から感謝していた。

特にレオという良い跡継ぎを得たのを二人は、神仏から授かった大切な宝だと考えて、手を合わせていた。レオだけではない。他の五人も、それぞれ良い相手を得て、すでに多くは三人、少なくとも一人、二人の子供をもうけていた。だから、太郎とおタカさんの孫は一ダース、男女合計十二名のにぎやかさだった。

こうして二人は、さわやかな霜月の陽光を受けながら、紺色のコートを着ると別荘の玄関を出た。荷物は、小さな鞄と黒い袋を持っただけで、他には何も持っていない。黒い袋には、おタカさんと二人で散歩に出る時の、楽しみのおやつのピーナツと水が入っているのだろう。例のトレードマークの中折れ帽子は、何時ものように被っていた。

一緒に行くおタカさんも、コートを羽織ここに昨日来た時と同じ服装だった。長年の太郎の仕草で、今日の彼の覚悟を読み抜いているようだ。彼女も、手提げひとつである。しかも、太郎が昨日の夜と同じく、峠の方向に行くのでおタカさんが〝おやっ〟と思って立ち止まった。気が付いた太郎が、おタカさんの方を振り向いて言った。

「もう一度、海を見ようと思ってね」

おタカさんが、〈違うでしょう〉といおうとした時だった。

（三）

麓の方から、車が登って来るのが見えた。あの道から登って来るとすれば、この別荘しかない。今頃誰だろうと思っていると、近づくにつれ判ったのは、先程帰ったはずの一家四人が乗った、レオが運転する車だった。この車は、昨日おタカさんが、福岡の自宅から乗って来たものだった。

玄関前に、車が止まった。呆気に取られている太郎とタカに向かって、降りて来た四人が、「おタカお婆様の福岡の自宅に、寄っていくことにした」というのである。だから、今日は土曜日だから、今晩は福岡の自宅に一晩泊めて貰って、明日帰ることにしようとみんなが述べた。

咄嗟に、おタカさんがいった。

「家に泊まるのは良いけど、私たち唐津の〝ラビア・ホットスプリングホテル〟にこれから行くつもりなのよ」

「そうだったのか・・・でも、母上折角出て来たんだから、先程車の中で、福岡にも寄っていきたいということになったわけです。どうでしょうか」と水一郎が述べた。

この時、太郎が何故かにやりとしたが、直ぐに元の表情に戻って述べた。

「そうか、良いアイデアだ。おタカさん、是非そうしなさいよ。ホテルには、何時でも来れるから」

すると、みんなが「大爺の言う通り」となった。

おタカさんは、逡巡して見せた。太郎が、本当はホテルに帰る積りは無かったのも判っていた。それは、今朝三通の手紙をレオにそっと渡していたことからも、察しが付いている。

「おタカさん、これは私の恐らく初めての命令だ。あの、〝チンドン・カキチ〟の父親譲りの話だよ」

するとおタカさんが苦笑いをした。事情を知らないレオが「何?その〈チンドン何とか〉というのは?」、と述べた。

それは、昔の何でもない話だといって、とにかくも、せっかくみんなが呼びに来たんだからと、太郎も一緒になって無理やりおタカさんを車に押し込んだ。

すると、突然あの強気なおタカさんが、涙を流した。「大お婆様」と、レオがいう。水一郎と由貴子も「お母さま」といってびっくりした。すると、目頭を押さえながら、おタカさんが口を開いた。

「福岡にみんなで来てくれるなんて、嬉しいことをみんながいうものだから・・・うれし涙だよ」

そういって、誤魔化した。

ラビアの長老といわれる武田太郎は、そのおタカさんとレオたち一家が乗った車が、麓に下って行って見え無くなるまで、別荘の玄関の前に立ってじっと目を凝らして見送っていた。しばらく、あるいは永遠におタカさんに、会えないかも知れないと判っていたからだ。

それから、予定していた通りラビアの長老は、一端別荘の中に戻ったようだった。それから、二十分ぐらいすると、あの二本の赤線が入ったトレードマークの中折れ帽子を被った長老と思われる人物が、玄関に姿を現した。何となく、細身になったようだった。だが、コートも、昨日の侭だった。その上で、峠に出る道を改めて登って行った。

その頃すでに、昨日の昼頃から飛び回っていた、あの赤とんぼに似た物体が、峠の道を超えて進んでいく、その長老を今度は追い掛けていた。ところが、暫くすると、赤トンに似た物体は、突然方向転換して、あのラビアがおタカさんのために建てたという、別荘の方に飛んで行った。それから、約一時間半ほど経ってからだったろうか。糸島の小高い峠の一角に、一筋の青白い閃光のようなものが、突然に走った。同時に、あの別荘のベランダに居たと思われる二つの物体が、数メートル先の林の中に吹き飛んだようで在った。

そのちょうど、同じ時間帯に中国山脈の遥か彼方の山小屋から、先程の赤とんぼのような物体から送られてくる画像に照準を合わせて、引き金を引いた者が居た。

赤トンボの実態は小さな無人飛行機だったが、間もなく何処ともなく飛び去って行った。

前にも触れたが、最近の情報通信を利用したITの発達は、凄いといわれる。真面な新聞の記事にも、そのことが報じられる。例えば、アメリカ大陸東海岸の一角からコントロールし、六千キロメートルも離れたアフリカ大陸の砂漠の中に、無人の赤とんぼのような小さな無人探査機を送る。凶悪犯罪を企てる二人の容疑者の動向を、無人機が捉える。一ミリの狂いもない。二人が、ミサイルのようなものを打ち出そうとする直前に、六千キロの彼方からの指令で動いた、その赤とんぼが確実に二人を抹殺したというような、実話が出ていた。

ラビアの長老の身に、良からぬことが起きていなければよいのだが・・・。

また〝ナレーション〟が、入ってスクリーンの画像が停止した。

「なかなか、面白いね」と、〝宇宙星ＡＯ七七七〟の王様が述べた。

「そうですか、良かった」と、太郎が相槌を打つと王様は、苦笑いをしながら一言おっしゃった。

「そうですね、太郎さんたちが、多分江戸時代のサムライの映画や西部劇を観て楽しまれるでしょう。私たちは、今の太郎さんのこれから数か月後のご経験を先取りして見せて貰いながら、多分太郎さんがサムライものや西部劇を楽しまれている気分ですよ」

　こうして、またスクリーンが動き出した。


　さて、その後のことだが、矢張りラビアの長老は自分のホテルには帰って居なかった。しかし、何時もオーナーである長老は、毎週出ては来るが、殆どは週の初めである。時には、二週間ぐらい顔を出さないことも在る。したがって、このホテルの支配人が、オーナーの長老の身に何かが起きたのではないかと、気が付くのは三週間も後になってからだった。

　一方、おタカさんが何もいわなかったので、福岡の自宅に寄ったレオたちの一家も、殆ど気にすることなく、今度もおタカさんの手料理で一晩楽しむことになった。

　ただし、レオは前からの予定通り、昼食を採った後に、ロンドンに向け帰って行った。レオの妹の美子は、街中の天神まで買い物に行った。このため、レオを見送った序に、近くのスーパーまでおタカさんと嫁の由貴子が連れだって、夕食の買い物に出た。

　自宅のマンションの近くに在る、大きな池の周りを廻って、道路に出ようとした時、西の空に出ていた雲の上に、大きな竜神が登っていくのをおタカさんは見付けた。

「あれ！大きな竜神だね」と西の空を指さした。由貴子がいわれて、同じ方向を見た。しかし、竜神などは見えなかった。

「お婆様、どの辺ですか？」

「ほら、あそこに、あんなに大きい」、そして付け加えた。

「あの人は良く、竜神の夢を見るっていっていましたよ。それが、良い正夢になることも在り、良くないことに繋がるともね」

　おタカさんが、またそういった。だが由貴子は、何も見えず仕舞いだった。不思議なことを、お婆様はおっしゃると思ったが、ちょうどその時スーパー店に着いたので、竜神の話はそれっ切りになった。しかし、おタカさんにはふと胸騒ぎがしていた。何となく、太郎の身に何か起きたのではないかと、不吉な予感がしたのだった。

《あれは、ひょっとすると自分が愛する太郎の〝化身〟ではなかったろうか》

と、考えても見たりしていた。しかも、スーパーからの帰り道、今度もそろそろ赤く夕焼けが射してきた同じ西の空に、ぼぉーっと大きな竜神が泳いで居る。

見惚れていると、由貴子が「お婆様、夕焼けが綺麗ですね」といって同じように、連れだって立ち止まっていたが、竜神は見えないらしい。今度は、おタカさんは、そのことについては黙っていた。

そしてただ「ほんとに、美しいね」とだけ、声に出した。

「お婆様、少し冷えて来ましたので、帰りましょうか」

嫁にいわれて、われに返ったおタカさんが、「そうね、水一郎が心配するといけないわね」と述べ、漸く歩き出した。

終章　ラビアの一分　――〝過信が解けるころ〟

第一節　ラビアの伝言の始末

（一）

レオが、ロンドンに帰った後も、ラビアの長老の消息は依然として分からなかった。但しレオは、本田由紀子たちとも連絡し合って居た。それに、一方ラビアの長老から預かった手紙の処理を模索していた。そのため、大お婆様のおタカさんとも連絡し合っていた。

それは、大婆様に密かに上京して貰い、或る人に会いに行くためだった。その或る人とは、おタカさんと太郎の面倒を見て来た、産業活動省の大先輩加藤博史である。正に、レオと本田紀子たちも頼りにしている人物だった。

加藤は、産業活動省の次官まで勤めて退官後は、自信党に頼まれ幾つかの審議会の委員長や官邸の顧問などを務める傍ら、幾つかの会社の諮問委員や社外役員、それにゴルフクラブの理事長などを務めているが、政治や行政の表には一切出て来なかった。

だが、それがむしろ彼の存在を高めている所以でも在った。例えば、重要な日本の将来に関わる判断を政財界のリーダーたちがする際の、隠れた意見番としての役割に繋がっていた。このためか、すでに九十七才を超えているのに未だはつらつとして、自分で作ったこじんまりした事務所に毎日出勤していた。

おタカさんが孫のレオと共に、赤坂に在る加藤の事務所を訪ねたのは、あの糸島の別荘で一家が、ラビアの長老といわれる武田太郎を囲んで集まったことが在ってから、ちょうど一か月が過ぎた、この年の暮れであった。

すでに連絡して置いたためか、加藤は車から降りて来る二人を事務所の玄関に出て待っていた。懐かしそうに、手を差し伸べ「良くいらっしゃった」といいながら、事務所の中に招き入れた。こもごも挨拶の後、秘書の女性が持って来た暖かいお茶を手に取りながら、加藤博史が述べた。

「おタカさんと会ったのは、大分前でしたが・・・何時頃でしたかね。それにしても、今でもお美しい。太郎坊、いやあなたのご主人に何時も、羨ましいといっていました。それに、太郎坊の自慢のレオ君ですね」

レオが、改めて握手を求め、名刺を差し出した。

「飛んでもありません。加藤先生こそ、昔とちっとも変らずお元気でいらっしゃる。失礼ですが、お幾つに」

おタカさんが、聞くと「お恥ずかしいですが、九十七になりました。もうすぐ九十八です。こんなに、長生きするとは思いませんでした」と加藤が述べた。

「日本人の男の平均年齢も、八十才を超えたそうですから、先生のようなわが国の重鎮でいらっしゃる方々は、もっと生きて居て貰いたいと思いますのよ」

おタカさんに、嬉しいことをいわれてか、気分が良くなった加藤博史が述べた。

「おタカさんに、おだてられたけど、あなたは・・・ご主人の太郎坊よりお幾つ上でしたかね。確か二つでしたね」と加藤が問い返した。

「まぁー、そんなことまで覚えていらっしゃったのね。主人が八十三ですので、私は今は八十の真ん中です。でも、先生はさらに十以上も上でいらっしゃるのね」

「レオ君は、幾つですか」

「一月五日生まれですから、もう何日かでジャスト、三十です」

「フィアンセは？」と加藤が聞くと、頭を掻きながら少々照れながら「イエス、バット　居ますが、アイム・シンキング・ナウ」といって、後は笑いで誤魔化した。レオは、先ほどもメールで連絡し合って居た、本田紀子のことを思い出していた。

「矢張り、あちらの人になるのかね」と、加藤博史が尋ねるとお夕カさんが口を挟んだ。

「時々、この子がメールで楽しく二人で映っている写真を送って呉れますが、毎回違った人物ですよ。もし二回続けて同じ人物に成ったら、その人に決めたんだなと、安心しよう。そうすれば、冥途の土産も出来たことになると、主人と何時も話しております」

「じゃー、レオ君。早く安心させないといけないけど、それで祖父母様に早死にされても困るね」

三人は、親しみを込めて笑った。

「ところで、ご連絡頂いた折りのお話では、太郎坊いやいや、レオ君が付けた綽名の〈ラビアの長老〉、その長老がふいと居なくなって、行方不明だそうですね」と、加藤が心配そうに切り出した。

「今、地元の県警などにも頼んでおりますが、皆目見当が付きません。私どもに取って、もちろん最も心配なことはそのことですが、実はご本人から預かった、重要な書状が在ります。それについて、ご相談に伺った次第です」

〝ナレーション〟が、入ってスクリーンの映像が止まった。

「いよいよ、〝法のサンエンス化〟を実行しようというところですね」と、王様がわくわくしながら官房長官と太郎に訊ねた。

「でも、そう簡単では無いようですよ」と官房長官が述べると、太郎が発言した。

「その前に、私がどのようにして身を隠すようになるかを見て下さい」

こうして、またスクリーンが動き出した。

（二）

あの朝、ラビアの長老は一端レオの両親と妹が乗った車を見送った後、おタカさんと出掛けようとした時、出て行ったレオたちの車が戻って来た。もちろん、おタカさんは何もいわなかったが、そうするように長老がレオに命じたのだった。レオ宛とレオの父親水一郎宛、それに先ほど述べたように加藤に相談に来た総理大臣宛の三通の手紙を、包んで預けた時にそっと話して置いたのだった。

こうして、今度はレオたちの車が見えなくなる迄、別荘の玄関前に佇んでいると、「もう出て行って、良いですか」という声が、裏木戸の辺りからして来た。

昨日の夕方、ここまで乗って来た車の運転手の原発志こと〝ゲンパツ君〟だった。別荘の裏に、車庫と並んでいろいろの道具や草刈機などを保管する、瀟洒な小屋が在った。そこには災害など、万一の場合の生活道具も保管してあったので、どうやら運転手はそこの中で、ゆっくり一夜を過ごしたようだった。もちろん、特別警備を依頼した警官にも、そのことは伝えて在った。

運転手〝ゲンパツ君〟は、主人に昨夜いわれた通り、お昼の握り飯と山歩きをするための、衣類や毛布など持ち物を揃えていた。こうして、二人はもう一度別荘の玄関から入り口の暖炉のそばに上がり、身支度を改めて整えた。この時、長老がその運転手に述べた。

「君は、このわしの中折れ帽子が気に入ったようだね。どうだ、きょうはこれを被ったらいいよ。わしは、山歩きの際はいつも、こっちのハンチングなんだ」

長老が、運転手のゲンパツ君こと原　発治をからかった。

ゲンパツ君が、「勿体ないです。私は、何時もの運転する際の帽子が在りますから」といったが、長老が「遠慮しなくても、良かよ」という。

「長老、冗談はそのくらいにして、そろそろ準備しないと・・・」と、真面目な顔をして、述べた。

「うむ、君のいう通りだ」

こうして、二人は先ず、長老のトレードマークである二本赤い線の入った中折れ帽子と、運転手〝ゲンパツ君〟の制帽とを揃えて、神棚の後ろにそっと隠した。間違いなく先ほどのR牡蠣小屋で、二人のウエイトレスから受け取った時、双方ともに帽子の中に、小さな発信機が忍び込まれて居たのを、十分承知の上だった。

それから何か打ち合わせていたが、数分後に先ず運転手のゲンパツ君が、長老が別途別荘に用意して在った瓜二つのオレードマークの中折れ帽子を被り、同時に長老が何時も羽織っているコートを着て、玄関から出て来た。そして、足早に別荘の裏の小道を登って行った。遠くから、その姿を見ていた人が居て、後日警察の調査でそのことが確認されている。

一方長老は、もう一度神棚と仏壇にお参りをした。その前に、長老は二つの写真盾を飾った。自分の四十代頃の写真と、もう一つは役所の前だろうか、それを背にしたやや似たような顔付の人物が映ってモノである。その写真盾の前に、長老は一枚の紙が添えて在った。その紙には《あなた方への「お　も　て　なし」》と書いて在った。

それを、じっと見た後、さっと昨夜レオと懇談していた堀炬燵の中に潜り込んだ。手には、すでに懐中電灯が用意されている。炬燵の下には、一度しか使えない押釦が在る。長老が、強く押すと、炬燵の底が完全に開いた。そこには、直ぐ下に長い地下道が走っていた。長老が、掘り炬燵から、離れると、また炬燵の底が塞がった。五、六メートル進んだところで、自動的に今度は直ぐ後ろに鉄製の扉が下りて来て、音もなく完全に道を塞いだ。と同時に、今度は鈍い音がして、その部分が土砂のようなもので埋まっていくようだった。長老はそのまま、数百メートル曲がりくねった細い地下道を歩いて、岩山の麓に遣って来た。頭には、山歩き用のハンチングを被っていた。体には、用意して来た登山用の毛布を纏っている。出口は、浄化槽の出口のような形になっている。そこに、腰を下ろして日暮れまでじっと待っていた。そのうち、〝ゲンパッ君〟が、迎えに来るだろう。

一方、別荘には暫くすると、忍びの姿をした黒服の人物がさっと裏口辺りから、二階に登り家の中に這入って行った。その五分後に、今度は華奢な体付きの背広姿に、コートを羽織った人物が、表玄関のベルを押すと中から扉が開いた。間違い無く、それは男装の麗人だった。

こうして、二人の侵入者が別荘の中に這入って行ったが、山の中の一軒家の別荘のことを注意している者は、居なかったようである。多分この二人は、おタカさんと長老がこの別荘に偶に来る日を、彼らの情報網で十分承知しているはずだから、以前にも何度か別荘に侵入したことが在るのだろう。戸締りはしてあるが、この時のように二階の多分トイレの出窓からでも、侵入出来たと思われる。そうして、こんどは表から老人に成り済ました男装の麗人が入って行くというやり方だった。

この二人は、長い間に亘ってラビアの長老こと武田太郎を狙って来た者であった。いうまでもなく、あの日本産業連合会事務局長だった武井　徹の孫が、太郎を役人と間違えたのを、さらに末裔に当たる人物たちに、役所の中に居た仇と勘違いされ続けて来たので在った。あのホテルの盗聴をコーヒーポットに仕掛けようとした、コンパニオンに成りすました村井直美という女性で在ろう。さらに、もう一人は昨夜、太郎とおタカさん拳銃で狙った人物のようであった。それに、この二人が、R牡蠣小屋のウエイトレスに成り済まして居たのだろうか。

事件の後だが、警察の調べで分かったのは、この二人もラビア・ホットスプリングホテルで雇っているコンパニオンの派遣会社の者だった。多分、村井直美と言う女性が、今度はR牡蠣小屋のウエイトレスに成り済まして居たのだろう。ひょっとすると、この二人は姉妹だったのかも知れない。男装の麗人に成り済ました一人も、昨日はR牡蠣小屋のもう一人のウエイトレスの田中昌枝という人物だったのだろう。彼女たち姉妹は、この数年間、武田太郎ことラビアの長老を、しつっこく狙って居た。最新の機器を使った情報の収集によって、老人の動きは常に監視されていたのである。ロンドンに居た孫のレオまで、情報収集の手が伸びていたのだから、驚きである。

二人は、居間の神棚と仏壇の前に飾られた写真盾と一枚の紙を見た。

「ねー、これ何?」と村井直美が述べた。

「何だろうね」、もう一人の男装の麗人田中昌枝も、写真盾と紙切れを手に取った。ベランダからの光が、その部屋を一層明るくしている。周りを見ていた男装の麗人が、神棚の後ろに何か置いて在るのに気が付いた。

そこには、帽子が二つ並んで居た。あの中折れ帽子と運転手の制帽であった。

二人は、それを慌てて取り上げ、写真盾と紙切れと一緒にガラス戸を開けて、ベランダに急いで走った。テーブルに置いて二つの帽子の内側を探すと、両方から発信機が出て来た。

「畜生!あの連中、気付いて居たのね。くやしいっ!」

二人は、テーブルを敲いて悔しがった。その上で、今度は二組の写真盾を、喰い入るように交互に、覗き込んでいた。「《お　も　て　な　し》とは何だろう?」

「おねーさん、矢張り間違いだったのかしら?」「いや、そんな筈ないと思うけどね。でも、もうそろそろ終わりだね」と述べて、二人は初めて〝はっ〟と気が付いた。

「直美！それ持っていると危ないよ」「おねーさんも」といいながら、二人はベランダの端まで駈けて行って、外の雑木林の中に二つの発信器を、力いっぱい投げ捨てた。その上で、茫然とベランダの桟に寄りかかるように、空を仰ぐような格好で佇んでいた。

だが、彼女たちの動作は、すでに赤とんぼが発するコンピューターのインテリゼンスには間に合わなかった。かんかん照りの北東の青空から閃光が走り、ベランダの二つの物体を、傍の雑木林の中に無造作に吹き飛ばした。自分たちが、駆使した情報網と、コンピューターの操作による最新の戦術手段で、逆に自分たちが犠牲になるとは、夢にも思わなかっただろう。

彼女たちに取っては「悪魔の《お　も　て　なし》だったようだ。

第二節　〝凧の糸〟悪を切り、良は切るな

（一）

さて、加藤博史を訪ねた、おタカさんとレオの話に戻ろう。

昔からラビアの長老のことを《太郎坊》と呼んで、可愛がってくれていた加藤博史が、その太郎坊の失踪事件を知ったのは、つい一週間ほど前で在った。新聞の社会面に、小さな記事で《ホテルのオーナーが、運転手と共に失踪》という変わったニュースが出ており、失踪者の名前が《武田太郎》という老人だと出ていたからである。しかも、オーナーの別荘が糸島の山中に在るが、そこにはそのオーナーのものと思われる中折れ帽子と、運転手の制帽が置いて在った。二つの遺体

が傍の雑木林から発見されたが、いずれも若い女性であり、それが二人の失踪事件と関連が在るのかどうかは不明、という内容であった。

同姓同名かなと思っていたところ、その次の日におタカさんから電話が在り、事件の失踪者が矢張り、太郎坊本人だということを知ったというのであった。

「とにかく、びっくりしましたよ。あの太郎坊が、突然居なくなった理由は何ですか。また、どこに行ったんでしょうね。それに、まさか人殺しをしたとは考えられませんしね」

「私たちも、遂二週間前に警察の方から連絡が在るまで、知りませんでした。すっかり、何時ものように自宅に帰らない時は、決まってホテルに寄っていますので、そうしていると思っていたところです。実は警察には、話していませんが・・・あの日の朝、私たちと別れる時に、あの別荘に一人で残っていましたが、私には直ぐに出掛けると申していましたので、きっと何処かに無事でいることは確かだと思っています。そこで、新聞記事が出たりしたものですから、ご心配されるといけないと考えて、先生にご連絡した次第です」

おタカさんが、そのように説明した。

「そうですか。それですべての事情が分かりました」

先ほども述べたように、加藤はもうすぐ九十八才とは思えないようなはっきりした口調で、おタカさんとレオの二人に話し掛けていた。秘書の女性は、気を利かせてすでに別室に下がっていた。

レオが、述べた。

「ロンドンから、あの日わざわざ飛んで来たのは、長老に呼ばれたためです。ところが、長老が聞きたかったのは、モウリノミクスの手段として電力改革をすると、外国のファンドなどが結局電力会社を乗っ取ることに向かうのではないかという、ズバリそれを確かめたいということでした」

加藤が「なるほど」と述べた。

「私は、今の日本では脱法ドラッグならぬ《脱法デンキ》が、堂々と幅を利かせているのはおかしいという話をしました」

「ほう《脱法デンキ》ですか、良い表現ですね」

加藤が、述べた。それを踏まえて、レオが次のように話した。

「今の電力改革は原発を限りなく無くし、固定価格買い取りで自然エネルギーからの原発の六、七倍もする高価格のデンキを、二〇二〇年までに二割も三割も入れるというような無謀な政策を採れば、正にこれは《脱法デンキ》ですが、その固定価格で入って来た十数兆円ものお金で、簡単に電力会社を買い取れる。そこまで考えて、外資などはすでに戦略を練りつつあると、長老に述べました」

さらに、レオが次のように話した。

「すると、相当な覚悟をしたようです。多分、自分が加藤先生に会いに来るつもりだったと思います」

「なるほど」と、また加藤が穏やかに述べた。

「ところが、先ほどのような邪魔が入ったということです。それで、こうしてお婆様と一緒に、代理で先生にお願いに来た次第です」

「実は、ここにお持ちした手紙を《レオ、お前に託す。日本の将来も、レオに託す。どうするかは、おタカお婆様に紹介して貰って、加藤先生にお会いすべし》と、私へのもう一通の手紙に書いて在りました」

さらに、レオが述べた。

「しかし、大爺の長老自身が、これからどうするかは全く触れて居りません」

それを、聞いて加藤が口を開いた。

「おタカさん、あなたには何か太郎坊は、いっていませんか」

すると、彼女が首を横に振りながら話を繋いだ。

「いいえ、何も申しませんでした。ただ、レオが今申した彼宛の手紙を読ませてもらいました。するとそこに、《このお婆様をよろしくといった後〝全てレオに話した。彼に託したことの全てを、一言でいえば悪い凧の糸を切れ、良い凧の糸は切るなと総理大臣に伝えて貰いたいのです〟》と、書いて在りますのよ」

「そうです。その《悪い凧の糸を切る、良い凧の糸は切るな》という意味が僕も判りません」

レオが、このように補足して述べた。

「悪い凧の糸か、それを切るか。そして良い凧の糸は切るなか・・・何だろうね？　太郎坊も、如何にも意味深長なことをいって居なくなったとは」

流石の加藤も、天井を見上げながら腕組みをした。おタカさんも、何だろうかと思いながら、加藤博史この事務所の部屋を見回していた。昔から何処にも必ず在るような、小さな神棚が一段高い書庫の上に飾って在った。反対側には、加藤が関与して来た幾つかの発電所の起工式に出席した晴れがましい写真とか、何処かで見たことが在るような結婚式の披露宴の写真も置いて在った。多分、彼が仲人でもしたのだろうか。そうして、一番端の写真を見ていたおタカさんが、突然「あっ！」と、口に手を当てながら小さく声を挙げた。

レオが「お婆様、何か」と、聞き咎めた。「何か、思い当たられましたか」と加藤も、おタカさんに尋ねた。

「あの水力発電所の写真を見て、思い出しました」と、おタカさんが述べた。

その水力発電所は、正に太郎とおタカさんとが、結婚して初めて赴任した磐梯山の麓に在る雪本水力発電所だった。当時は、出力一万五千ＫＷの発電所だったが、その後改良工事を行って、出力四万ＫＷに増強していた。多分、加藤がそこに飾っていたのは、未だ課長ぐらいだった彼が、初めてこの発電所の計画に携わり、竣工式に招かれた時の懐かしい記念写真だったようだ。

「主人は、良く申していました。《あそこの発電所のように、凧上げは良くない。凧上げ地帯を無くすべきだ》という主張をしていました」

さらに、おタカさんが追加して述べた。

「電力会社の経営者も、国家の経営者すなわち政治のリーダーも同じだが、《凧の糸》に頼り過ぎると傲慢になる。要するに、頼られる相手に振り回されるようになる。だがら、そうならないように、一度《凧の糸》を切って置かないと、振り回される・・・そういっておりました」

流石に、才媛のおタカさんの説明は、なるほどと思えるものが在った。

そのように、おタカさんは思い出話を語った。

太郎が、いっていたのはこういうことである。

戦後日本では、各地方地域の重要な産業界などの意見を聞いて、その要望に従いいち早く全国を九つに分けた純民間の電力会社を作った。ところが、首都東京や大阪など、デンキを沢山使う地域では、地域内に在るデンキの生産設備すなわち発電所だけでは生産するKwhが、産業界や住民が使う消費量（Kwh）を満たせないことが判った。

そこで、急遽考えたのが〈凧上げ方式〉である。例えば、福島県の猪苗代湖の水力で作るデンキ（Kwh）は、地元の福島県では使ってはいけない。それは、《恰も凧のように、〝糸〟すなわち〝送電線〟で引っ張って、関東地方の産業界や住民が使うようにしよう》と、法律で決めたわけだ。

要するに、地元の人達にとっては有難迷惑な設備に成ってしまった。地元が使える地域のための発電所なら住民も懸命に協力もするが、他所で使うものには当然のことながら愛着は湧かないのは当たり前だ。だから、電力会社は凧上げ地帯の地元を大事にする。ところが地元を大事にし過ぎると、段々大事にしたことが当たり前になって、凧上げ地帯の地元から要望がどんどん出て来る。正に《凧の糸》の悪弊である。

話は飛ぶが、3・11で事故を起した原発も、正に首都圏の関東の人達のための発電所であり、地元にとっては全くの迷惑設備である。それが、放射性物質を振りまいたとなると、地元の嫌悪感は一気に高まる。そこに、大きな問題が在る。

地元の人たちの要望を、とことん聞かないと問題が解決しない。するとあ、地元も段々要請が膨らんでいく。傲慢に成り兼ねない。一方、約二万人近い人たちが犠牲になった大地震とツナミの責任は、どうなのだろうか。ただ放射能を発するからという不安心理には、莫大なコストを掛けてトラウマを引張り続けている。だが、原発事故も予測不可能だったが、二万人の命の責任は、全く予測出来なかったから誰も責任を取らないということでよいのだろうか。おかしいと太郎は考えるのだった。太郎がいう《悪い凧の糸を切れ》《良い凧の糸は切るな》という示唆には、とても深みのある意味合いが込められていたのだ。

太郎がいみじくも述べたのは、空気や水と同じような公共物の生活必需品は、《地産地消》すなわち、他に頼らず《凧の糸を切って仕舞え》ということでもあったようだ。

それを自らがどこかに消えることで、《凧の糸》を切るよと述べ、後はそうするように、政府に進言しなさいということだろう。

ところで、もう一つ《良い凧の糸は切るな》というのは、何だろうか。そのは、判らない。

「ただし、自分は全く勘違いされてのことだが、確かに命を狙われているので、レオに託すから、大お婆様に紹介して貰って加藤先生と相談しなさい。そういうことではないかと、思いました」

おタカさんが、そのように判りやすく説明してくれた。

第三節　電流過信を解け

（一）

「とにかく、この手紙を開けてみたいと思います。長老も、加藤先生の前で開封して、内容をご確認の上処置することと、私への手紙に書いて在りました」

レオが、そう述べたので漸く、初めて中身を開けて見た。

余り長文では無かったが、以下のようなことが認めてあった。

『内閣総理大臣　毛利大二郎閣下への親展

閣下が、勧めて居られるモウリノミクスは、実に素早い実行力で成果を挙げられていることに、敬意を表します。

せっかくお手紙申し上げましたのは、そのご成功を心より期待するものではありますが、閣下の足取りが余りにも早く、かつ余りにもゴールを先読みしてプロアクティブに進められているため、閣下の引っ張る官僚組織の凧の糸が絡み合って、そのうち凧が墜落するのではないかと心配です。こういう気に成る凧の糸は早く切って下さい。

総理閣下、是非時々立ち止まって周囲を見て下さい。デンキや食料品など、地域密着の公益公共物に対する施策は、中央政府の官僚が引っ張る糸を、一度断ち切るべきです。

一方、《切ってはならない良い凧の糸》があります。ところが、規制緩和という言葉が独り歩きし、逆に地域社会の一人立ちが出来ないようになりかねない、例えばデンキのような物理的に切ってはならない〝電流〟を、断ち切ってはなりません。

上手にコントロールしている日本の優れた現行のシステムを分断する改革の考え方は、国家百年の計を誤るルビコン川の渡河のようなものです。このまま進まれると、デンキの組織そのものが、欧米や中国の電力会社という名の外資やファンドなどに乗っ取られ、国体が変ります。そして、わが国に明治維新以来の大混乱が起きる可能性が在ります。資源の無いわが国の宝は原子力の平和利用であり、それしか無いと覚悟してください。

まだ、間に合います。悪い凧の糸は切り離し、良い凧の糸は絶対に切らないでください。デンキは電流です。電流を切ることは、敢えて不安定なデンキを生み出すことです。過信されては困ります。《電流過信》を早く解いてください。

最後に、総理閣下に武士道の一つ《サムライの一分（いちぶん）》という言葉を、是非とも噛みしめていただきたいと思います。

敬白

ラビアの長老こと武田太郎』

加藤博史は、じっとこの短い手紙の内容を、何度も復唱していたが、ようやくそれを、汚さないようにテーブルの上に戻すと、ふたりに向かって口を開いた。

「昔からというよりも子供の頃から、実に粘り強くデンキの本質を理解し、かつ他の国と違って、資源を持たない日本人が、如何にデンキを地域地方に密着して生活と産業の足しにしてきたかを、彼は強調していましたね。電流は、生産と消費が一緒だから一貫体制が最も重要だともいっていました。それが《良い凧の糸は切るな》という言葉に、集約されていると思いますよ。良く判る」

すると、レオが述べた。

「それに《悪い凧の糸》ですね。その意味は、多分何時までも中央の官僚が政治を利用して、《凧の糸》のように、縛りつけてはいけないということですね」

「具体的には、一つは発送電を分離して、送電線という紐で全国のデンキをコントロールしようということは、絶対に止めなさいと主人はいっていましたね。それに、あの原子力の規制委員会のようなところも、違った地域地方に同じシステムを持たせるような無駄なことは、すべきでないとも主人は常日頃申していました。それが、この《武士の一分》だといっておりました」

おタカさんが、太郎の口癖を思い出しようにして、説明してくれた。

こうして、漸く結論が出た。

「太郎坊のいう《武士の一分》だと理解しました。では、この総理への親書は、私が預かりそのうち、なるべく早く本人に亘るように手はずを致しましょう」

さらに、レオに向かって加藤が述べた。

「そうすることが、レオ君たちのようなこれからの若手リーダーたちの志にも大いにプラスになると思う」

このように、加藤のアドバイスは素晴らしかった。

おタカさんとレオの二人は、漸くほっとして加藤博史に、心から厚くお礼を述べ事務所から、外に出た。幸い、加藤が気を利かせて、自分の自家用車を用意してくれていた。

「ところで、彼は一体何処に行って仕舞ったのだろうね」

車に乗る前に、おタカさんとレオに加藤が聞いた。

「もしも、何か情報が在ったら、私どもからもご連絡します。先生の方も、よろしくお願いします」

「先生、ますますお元気で居て下さい」

「あなた方も、ではさようなら」

こうして、お互いの挨拶が交わされたが、それぞれが心に残るのが、行方不明のラビアの長老という武田太郎の消息だった。

例によって〝ナレーション〟が現れて、またスクリーンが停止した。

王様が、発言した。

「消息を絶った太郎さんは、一体何処にこれから行くのですか」

これに対して、太郎が苦笑いをしながら述べた。

「それは王様、是非当ててみてください」

すると、王様が「まさか、この星に遣って来るのではないでしょうね？」といった。

太郎が、何も答えなかったので、官房長官が応答した。

「太平洋の島の何処かのようです。ただ、この宇宙星〝AO七七七〟にも時々お見えになり、王様のアドバイス受けられております」

「是非太郎さん、何か在ったら是非お出で下さい」

そこで、スクリーンがまた動き出した。

第四節　ラビアの一分
――地方の〝電流〟を守れ

（一）

ロンドンに帰る飛行機の中で、レオは大爺のラビアの長老は、一体何処に消えたんだろうかと改めて考えていた。手元には、自筆の長老の手紙と共に、赤穂浪士の一人《堀部武庸》が書き残したという『堀部武庸筆記』というペーパーが在る。彼は述べている。〈武士としての面子、すなわち《サムライの一分》だけを晴らすために、討死するだけでは意味がない。じっくり、自分の能力と相手の備え方を考え、最も効果的な方法で必殺を狙う〉という論理が語られていた。

レオは、自分にこの冊子を預けたのは、どういうことだろうか。目を閉じて、じっと考えていると、そこにラビアの長老の顔が浮かんで来た。段々にはっきりしてきて、最後はレオに語り掛けた。

「レオ、漸くわしはゆっくり出来るようになった。君がおタカさんと一緒に、加藤さんの所に出掛けて行って、総理大臣への手紙を預けて呉れた。ありがとうよ」

レオが〈イエス・サー〉というと、「わしのいおうとすることが、レオ判ったかな」という。

レオが考えた。

《凧の糸》話ということか。そうだ、悪い凧の糸は早く切るべし。だが、良い凧の糸は切ってはならぬ。発送電分離は、してはならぬということだ。

もう一つ在るな、《地産地消》だ。それに《供給責任の〝持て成し〟》だ。

そう考えていると、突然ラビアの長老がまた現れた。

「何だ!未だ判らんのか。わしはそんな言葉よりもっと深いことを考えているのだ」

「はぁー」とレオが返事すると、突然に大声がした。

「とにかく、発送電分離は絶対に止めさせなさい」

「イエス、アイ・グリー・ウイズ・ユウ」

「第一段階の〝広域運営〟を中立機関でというのが、最も曲者だぞ」

「アイ・パーフェクト・リコグナイズ」

大きな顔が現れて長老が、またいい放った。

「おいレオ、〝地産地消〟だ。原子力発電の地産地消を主張すべし」

そこまで聞いて、レオがはっ!と目を覚ました。

不思議にも、夢の中だったがラビアの長老のいったことを、レオは明確に記憶していた。

ロンドンまでは二十時間近く掛かる。未だ五、六時間しか経って居なかった。

添乗員が、何かお持ちしましょうかと声を掛けて来た。そこで、ワインを注文した。それを飲んでいるうちに、レオが大爺は今頃どうしていうのかなと考え始めた。

するとまた、その長老の顔が現れ例の厳しい声がして来た。

「良く考えたか。レオ、お前にわしは全てを託したんだぞ。だから、わしの最愛の人、おタカさんのことも、ちょっぴり恥ずかしい話も在ったが、真剣に話したんだ。判ったか」

「イエス・サー」

「イエス・サーだけでは、駄目だ。ちゃんと考えろ」

「何をですか？」

「駄目だな。要するにだ。加藤博史先生に頼んで、わしの親展書を毛利大二郎首相に渡したにも関わらずだ。もしも、わしのいう通りにデンキについて、電流を過信したままで、《凧の糸も切らず》《地産地消も行おうとせず》、わが国の屋台骨をぶっ壊すような、西洋カブレのバカな真似をしでかすようだったらだ。レオお前が、何とかせよということだ。判ったか！」

「イエス・サー」

「また、それだけか。情けないな。《供給責任の〝持て成し〟》が重要だぞ」

「はい、ちゃんとやますよ」

「良いか、江戸電力は今や中央政府の牙城のようなものだ。そこを乗っ取った官僚どもが、無理やり発送電分離をして〝電流〟を分断支配しようとしている・・・判るな」

「アイム・アグリー・ウイズ・ユー」

「またそれか。騙されるな！江戸電力は、日本の三分の一。首都の本丸を押さえれば、彼らは平気で地方に号令出来ると思って居る」

「悔しいですね、大爺が入って居たお城でしょう」

レオが、慰めの発言をした。

「バカ者！そんな昔のことは、どうでも良い・・・今や地方の時代だよ。レオ、九州をはじめ、地方が強く成らないと日本は滅びる」

そういってラビアの長老が、続けて述べた。

「それこそ、欧米に倣って地方・地域を独立させるべきだよ。自由独立の国アメリカ五十州のうち、電力会社の発送電分離をして〝電流〟を分断しているのは、僅に十五州に過ぎない。自由化の先進国がこの通りだ」

「判って居ます」と、レオが述べた。

「ヨーロッパも、フランスなどは発送電分離を、結局実質的に止めたよ。だが、一回既得権益を得た外国資本を追い出せないで、君が居るイギリスも隣のスペインも、デンキ事業者は困り果てているよ。だから、日本の地方・地域の電力会社は、政府と官僚に乗っ取られている江戸電力を真似ては、絶対に成らない。判ったか、レオ!ちゃんと、やるか」

「イエス・サー」

「そうか、ちゃんとやるか・・・判っているな、ちゃんとやるということは、お前が今度は首相に成って、立て直すということだぞ」

「えっ!このレオが、ですか?」

「イエス」

「どうやって、やればいいのかな」

一瞬、ラビアの長老の声が途切れたが、直ぐに続いた。

「君の仲間が、少なくとも若手官僚の女性たちが居るだろうし、それに加藤先生の愛弟子も官邸に居るはずだ」

「えっ!どうして知っているんですか。加藤先生にも相談して同士を増やす積りですが」

「そんなの、わしにはお見通しだ。加藤さんだけでなく、わしも良く知っていたよ。その本田紀子と一緒に、新たな政治集団を作るんだ。官邸にも、きっと立派な賢人も居る。それを探し出すのは、君たち自身だぞ」

「判りました。作るのは簡単ですが、首相になるのはどうでしょうか」

「何をいうか。このまま放って置いて良いのか・・・心配するな、モウリノミクスが、昔の神武景気のようには続く筈はない」

「そうか、今のうちに手を打ち始めれば、オリンピックに間に合いますね」

「そうだ、その勢いだ」

そこで、レオが改めて聞いた。

「ちょっと良いですか」

「何だ？」

「あのー、長老は今どこに居られますか。それに、何時お帰りですか」

しばらく、返事が無かったが、やっと声がした。

「レオ、わしの総理大臣への親書の通り動き出したら、今でもすぐに帰って来るよ。もし、余り進まない時には、レオお前がオリンピックまでに、代わって日本のリーダーに成って居たら、その時は場所を教えるから迎えに来い。良いな、ではこれで・・・」

「そういわれても、簡単にはいきませんよ」

「ちょっと待った」

「何ですか？」

「わしの故郷の九州だけでなく他もだ。何がなんでも、発送電分離をさせるなよ。とにかく〝電流〟を切ったら、送電線を支配されてしまう。地方の時代といいながら、例えばだ。九州府の独立などは、絵に描いた餅になってしまうぞ」

「厳しいご指摘が、骨身にしみます」

すると、長老がまた述べた。

「重要なことを、言い忘れるところだった」

「それ何ですか？」

「太陽光とか風力とかで、今日本列島が踊っているが、この踊りを止めさせねば、美しい日本列島が、まだら模様の〝醜い列島〟に成ってしまう。判るな」

「再生エネルギーの固定価格買い取り制度ですね」

「そうだ」

「最後に、もう一つだ」
「それは・・・」
「それは、宇宙の神秘をもっと探れということだ。それには、放射性物質をサイエンスでコントロールする日本に成れということだ。これまでのように、心理や信条だけで、放射性物質を眺めて恐がっていては、絶対に生き残れない」
「判りました」
「本当に判ったか」
「本当ですよ」

それから、しばらくして目が覚めた。

もう間もなく、ロンドンに近づいて来たようだ。ローカルタイムのアナウンスが、聞こえて来た。こちらも、寒いが珍しく晴れの予報だった。

その時、また〝ナレーション〟が入って、王様が述べた。

「太郎さん、宇宙はあらゆる放射性物質が飛び交う〝海〟のようなものです。それを、克服して前に進み宇宙に飛び出すこと。その勇気がなければ、人類はこの先絶対に生き残れません。それに、やがて地球上の原子力発電は、小型でより便利でしかもプルトニュームのような放射性物質を吸収する、〝トリウム〟を使うことに成るということも、是非主張してください。お願いします」

「よく判りました、王様」と太郎が述べた。

スクリーンが、再稼働した。

（二）

ラビアの長老は、糸島の別荘から抜け穴を伝って排水溝の出口で、数時間後運転手の《ゲンパツ君》と落ち合った後、彼が手配して呉れた小船まで山肌を縫って降りて行った。すでに、闇が迫っていた。その中を、小船は何処ともなく滑るように出て行った。

約半年が経ち、長老にいわれた通りラビア・ホットスプリングホテルの処理が済むと、福岡のマンションからおタカさんが突然消えた。もちろん、処理は名古屋の長男、水一郎に頼んで在った。マンションは、大した資産では無かったが、ホテルの方は今や高級リゾートとして海外にも有名になっているぐらいだったので、東京の著名ホテルが直ぐ買い上げて呉れた。十倍以上のびっくりするような高値だった。二人が、何処かで自由に暮らせるには十分な額で在った。

その一部だろうか、毎年レオの基には、盆暮れごとに数千万円の活動資金が送られて来ていた。もちろん、何処からとも誰からとも書いて無かった。ただ、送金者の欄に《ラビアズ》とだけ署名されていた。

それから、五十年以上が経った頃、総理も経験したレオが懐かしく、あの糸島の別荘に立ち寄って居た。立ち寄ったのは、レオ一人では無かった。彼は結局、あの本田紀子と一緒になった。

家系は争えないという通り、祖父の太郎は二つ年上のタカと一緒になったが、孫のレオも四つ年上の紀子と所帯を持った。しかも、その武田亮太が首相になった時の産業活動大臣は、旧姓を名乗る本田紀子だった。

もちろん、彼らはラビアの長老とおタカさんから、《宇宙星ＡＯ七七七》の話を伝授されていた。いうまでも無く、レオと紀子は積極的に、ＡＯ七七七で使われている次世代の〝トリウム原子力発電〟を、いち早く導入していた。

トリウムは、核兵器に繋がるウランからプルトニュームが作られるような元素を持って居ない。

レオの政権は、ウランを用いる原子力とトリウム原子力とを併用しながら、徐々に五十年かけて全ての電力エネルギー源を原子力発電に代え、むしろ核拡散に繋がるプルトニュームの縮小さらには消滅させるという、偉大な貢献を施しつつあった。

二人ともすでに八十を越していたが、夫婦揃ってなお矍鑠として後輩の政治や行政のリーダーや、ビジネスマンの育成に余念がなかった。

それに、二人は必ず毎年あの旧ラビア・ホットスプリングホテルに遣って来て、ラビアの長老こと大爺の太郎と語り合った、懐かしい四階の特別室に泊まった。ただしホテルの頭文字〝ラビア〟が、《ラビエ》に変わって居た。

Ｒａｂｉａ（ラビア）はスペイン語の「怒り」だが、Ｌａｖｉｅ（ラビエ）はフランス語の「生命」である。ラビアの長老から譲り受けた東京のオーナーが、温泉ホテルに相応しい「生命」というフランス語の〈ラビエ〉に変えたのだった。

こうしてさらに二人はその時、糸島の別荘の方向に必ず立ち寄って居た。だが、別荘そのものは無くなっており、その場所は綺麗に整理されて市の公園に成っていた。その傍らに、余り目立たないが二つ並んだ墓碑が在る。レオたちは、そこにお参りをした。

《ラビアの太郎とおタカさんの碑》と書かれていたが、何時誰が建てて呉れたのかは、書いて無かった。享年百一と百三、同年同月とだけ示されている。ということは、二人とも、何処かであの時から、二十年近くも元気に仲睦まじく暮らしていたことになる。

その墓碑の一番下には、次のような文章が刻み込まれていた。

『サムライの一分を知る男女此処に眠る』

（二）

ここで、王宮の壁に掛けられた縦横二十メートルも在りそうな、スクリーンに映し出されていたカラーの動画終わった。

一体、どのくらいの時間が掛かったのだろうか。王様は官房長官と共に、ずっと付き合って呉れた。もちろん、太郎を招待し呼びよせた張本人だからだろう。その目的は、この宇宙の安寧のためだというから、大変な使命である。

その王様が、今迄居られた玉座を立って、太郎が居るところまで降りて来られた。それから、太郎の手を取り言葉を掛けられた。

「立派なあなたのお孫さんとの、これからの行動は是非そのまま実行してください。よろしくお願いします」

すると、一歩下がって控えていた〝極光の妃美〟の官房長官が、王様に指示されて、口を開いた。

「太郎さん、ありがとうございました。とにかくあなたと最愛のお夕カさんは、あと二十年近く元気で居られることに成ります」

それを聞いて太郎は、先ほどの動画に出て来た自分たちの墓碑を思い出して、変な気持ちに成って居た。すると、それを打ち消すように、ハスキーな声がした。

「太郎さんのお気持ちが、今良く判りました。ご安心ください。太郎さんが、地球にお帰りになった時には、残念ながらここでお見せした全てのあなたの行動記録、すなわちあなたのこれからの行動予測は、一切あなたの記憶の中から消えてしまうことに成って居ます。そうでないと、太郎さん自身が間違いなく、自分の行動を変えて仕舞われることになるからです。太郎さんが、行動を変えられては、私たちが困ります」

確かに、そうだろうと太郎は思った。人間には、欲望が在り予定を変更することが当然生じるだろうと、彼も合点がいった。

そこで、王様がまた述べられた。

「あなたの、これからの行動が日本という国を救い、それが同時に、地球の安泰に繋がるのです。すると、それがまた、私が守らなければならないこの宇宙の安寧にもなるのです。太郎さん、宜しくお願いします」

それから、さらにいわれた。

「太郎さん、今日はお疲れになったでしょう。これから、あなたが〝極光の妃美〟と名付けられた、この官房長官を一日あなたに付き合わせますので、是非ゆっくり楽しんでいってください」

こうして、太郎は王宮を後にした。もちろん、お許しが公式に出た官房長官は、早速太郎を自分の屋方に腕を取り乍ら、夫婦になりきった形で、ぴったりと寄り添って、あの四階の部屋に入り込んだのだった。

すっかり丸一日が夢のように過ぎ去ると、もう一度褥を共にしたいと今度は自分の三階のベッドに誘い込んだ〝極光の妃美〟は、これが最後だといって長い間太郎を離そうとしなかった。

しかし、とうとう時間が来てしまった。

太郎も、今度また地球に来て呉れと彼女にいった。

だが、あのテレスコビックの妹が、また同じように太郎の腕と胴体にちくりとする注射をした時、姉の官房長官が「私たちのような支配階級は、この星の掟で二度と同じ他の星には行ってはならない掟に成って居ます」とハスキー声で述べて、涙ぐんでいるのが見えた。

そう思った瞬間、目が急速に周りだし、太郎は暗黒の世界に引き込まれてしまった。

(四)

気が付くと、何と太郎はあの長住一丁目のお堂の前に、ポツンと座っていた。時計を見ると、ここから連れ込まれた時と同じ、早朝の五時だった。

先ず目に入ったのは、その小さなお堂に張り出してある〝仏陀〟の言葉を表した「こころ。こころ、《空》のこころ・・・」という、その〝空〟の文字だった。

同時に、思い出したのは『ちょっとだけ、《空》になって付き合いませんか』と誘った、あの長住二丁目の道端に倒れていた若い女性の姿だった。だが、もちろんそんな女性など何処にも居なかった。

しかし太郎は、服装も持ち物も、あの時のままであった。CDを聴く道具を入れたバッグには雨具も折り畳みの傘も、そのまま入って居た。するとその時、あのおばぁさんたちが、二人でやって来て、おはようございますと声を掛けてきた。太郎も同じように返事をした。

だが太郎は、何も覚えて居なかった。正に〝空〟だった。何か在ったような気がしたが、全く判らなかった。そして、可なり疲れていたが、その足で自宅に帰った。その時、初めて何かしっかりと右手に持ったものが在ることに、太郎が気が付いた。

「おや！これは、何だろうか？」

それは、小さな銀色に輝くカギだった。

「不思議だな、どこで拾ったのだろうか」と、道々独り言いった。なおよく見ると、極光の妃美が王環を付けたような形をしていた。捨てようかと思った。おカさんに見付かると、多分『あなた、おバカさんね。未だそんなものに興味が在るの』と揶揄されそうである。

だが、捨てると何となく罰が当たりそうな気もする。こうして、太郎はもう一度、それを眺めながら、ポケットにしまい込んだ。

雲が切れて急に明るくなり、青空が見え始めた。それを太郎が見上げていると、その青空の一角で一瞬大きく〝キラリ〟と輝くものが在った。太郎は、立ち止まって暫く同じ方向を見ていたが、何も起こらなかった。

〝夢〟か、と一瞬呟いて苦笑しながらまた歩き出した。

自宅のマンションに着くと、漸く陽の光が充ちていた。ちょうど六時だった。

新聞受けにどっさり新聞はもちろん、郵便物などが溜まっていた。それを持って自宅に帰った。そういえば、上さんことおタカさんは、二泊三日の関東東北の旅だといって居たので、今朝は一人で食事の用意もしなければならない。

しかし、後二日はどうしようか。そうだ、自分が経営している唐津の〝ラビア・ホットスプリングホテル〟に出掛けよう。仕事も溜まって居るし、ちょうど良い。そう思って、帰って見て居間の椅子に座りテレビを付けて見た。

すると、いつの間にか月曜日に成って居る。

えっと思って、今新聞受けから取って来たものを見た。何と三日目の新聞が配達されているではないか。

電話機の留守番電話が、点滅している。ボタンを押してみた。

「どうしたの、あなた。何回か電話しているのよ。しかし出て呉れないじゃないですか・・・」

次の留守電には「今頃、ウォーキングですか。今晩返りますから。食事は遅いのでしてきます。済みませんが、勝手に食事して置いてください。あー、それに明日の朝のヨーグルトだけは、コンビニでも良いから買っておいてくださいね。ではよろしく」

間違いなく、二日が経って居た。しかし、太郎は余りお腹は空いて居なかったが、とにかく顔の髭は相当に伸びていた。

あのお堂の前で、路で倒れていた女性が「これから、私と付き合いませんか」といったのは、今でもはっきりと覚えているが、それ以外は全く記憶が無い。

しかも、その女性よりやや年増のハスキー声の美女は、何処に行ったのだろうか。太郎が〝極光の妃美〟と勝手に名前を付けたハーフのような女性である。

こうして、武田太郎はハスキー声を思い出し、あのリトル・プリンスのCDを聴きながら、自らが経営するホテルに車で出掛けた。ノーマル・スピード、二倍速、三倍速、四倍速・・・。太郎は漸く四倍速が、判りかけていた。それが終わった。太郎は、考えていた。今聴いた四倍速ではないが、世の中のスピードは日増しに速くなっていく。

《政治家や官僚たちや学者も、未だに西洋かぶれになっていないか。真似すれば、良いと〝過信〟して居ないか。何とかしなければ・・・脱法デンキは困るよ。〝電流〟を〝過信〟してはならない》と、武田太郎は真剣に思った。

この時、奇しくもラジオのニュースで、原子力発電所再稼働についての毛利大二郎首相のインタビューの声が流れて来た。

『再稼働はいかなる事情よりも安全性を最優先する必要があります。独立した原子力規制委員会が、世界で最も厳しい規制基準で科学的に技術審査をおこなっています。審査で認められた原発については関係者の理解と協力を得ながら、再稼働を進めるのが基本的な方針です。この方針は、与党との調整を経たうえで閣議決定しています。その方針に沿ってすすめていきます』

「なんだ、まだこんな主体性の無いことをいっているのか。《安全性》という言葉が、一官庁の技術審査と同義語に成っている。《科学的》とは〝サイエンス化〟ということだろう」

太郎は、運転しながら、口に出してしまった。

こうして太郎は、福岡市内の空港の近くに在る事務所に先ず立ち寄り、コンサルタント業務などを含め、長年面倒を見て呉れているベテランの秘書にスケジュールの調整を行ない確認した。太郎には、ホテルのオーナーの仕事以外に、時々上京したりして、経済界の重鎮たちと会い情報交換するというようなことが、今でも続いている。あの江戸山大学の元総長だった大見川環などもその一人だ。それが終わると、車で今度は途中コンビニに寄った。おタカさんに指示された通り、ヨーグルトを二個買った。その上で一度自宅に帰ってメモを居間のテーブルに置き、冷蔵庫にヨーグルトを収納した。

『おタカさん、唐津のホテルに出掛ける。今晩は、ホテルに泊まるが、明日は九州の経済連合会と経済同友会それに、大学での研究の仕事が在るので、博多のベテラン秘書が居る連絡事務所に直行。夕方自宅に帰る。ヨーグルトは冷蔵庫の中に入れてある。ラビア』

もう一つ、太郎には不思議に思えることが在る。それは、あの長住一丁目の小さなお堂だが、あの時から一週間後に久方振りにウォーキングで通って見ると、何んと以前に見たお堂よりもひと周り一層小さな小さなお堂に成っていたことだ。だが古びれた〝空〟を書いた般若心教の紙は在ったが、例の壺などは無かった。仏様も小さな石仏に変っていた。

唐津に向かう車の中で太郎は、また考えていた。

「法律や制度のサンエンス化を、総理大臣はする責任が無いのか。政府が奨励している太陽光発電の収支計算が全く行なわれていない。また、原発の再稼働で、国家・国民が単に精神的でなく、経済的にはどう困っているのか、再稼働すればどれだけ助かるのか、という収支計算をしてこそ、《安全性》という言葉を総理大臣は語るべきではないのか。今のように、官僚たちに責任を放り投げしておいてよいのか。全くおかしいよ」

政治家は、保身のために国家国民を犠牲にしていることに気が付かず、自分のしていることを《過信》していると、太郎は歯ぎしりをした。

こうして彼は、運転しながら道々、いよいよロンドンの孫のレオを、呼び付けなければと考え出していた。

一時間半ぐらいして、ホテルに着いた。総支配人の野口が、社長室に早速やって来てこの一週間の報告をした。細々とした打合せと指示を終えた後、武田太郎がロンドンに居る、孫のレオにメールを入れた。

「出来れば、成るだけ早い時期に是非会いたい。ロンドンにこちらから出掛けたいのはやまやまだが、日本を離れる余裕がない。是非来てくれないか。要件は、在ったから話す」

この一本のメールが、世の中に思わぬドラマの展開を呼び起すことに成る。

武田太郎は、自分の机に座り、ポケットからあの不思議なカギを取り出し、もう一度〝極光の妃美〟の姿そっくりの輝やきを眺めていた。それから、引き出しの書類箱の奥にしまい込んだ。

『不思議なものを、何処かで拾ったか・・・ひょっとすると〝極光の妃美〟のプレゼントかな? それにしても、何処の誰だか判らないが、もう一度会いたいな。おタカさんには、絶対に内緒だけど』

しかし、その日の夜眠りに落ちると、〝極光の妃美〟のことを含め、この数日間の宇宙に関わった出来事の記憶が、完全に彼の頭脳から消え去った。不思議だが、同じく深夜にホテルの窓を通して、一瞬ひと筋の青い閃光が射した。太郎ことラビアの長老が、机の引き出しの奥に押し込んだはずの銀色に輝やく王冠が付いた小さなカギが、その時静かに消えた。

翌日目が覚めたラビアの長老は、さっそく改めて、スケジュールを決めるため、ロンドンのレオに再びメールを入れた。彼のいつもの忙しい活動が始まろうとしていた。

終わり

あとがき

本書は、小説すなわちドラマである。このため、内容は人物名を含め全て架空であることをお断りして置く。但し、宇宙の話以外の地名については、実在のモノとした。

さて海に囲まれ孤独な長い列島という、地球上では何処にも見られないような土地で、日本人が長年かかって作り上げて来た一つの〝伝統的慣習〟が在るのは、大方の見方であろう。

なかでも日本人が昔から特に、律義で丁寧親切かつ我慢強く苦難を乗り越えるため、必死で前向きの組織的集団行動を取る行動は見事である。これは、多分この土地に四季折々訪れる厳しい自然の驚異に対し、全員で打ち勝つための最低限必要な手段だったと思われる。今それが崩れつつあるという指摘はあるものの、基本的な日本人の精神構造は、そう簡単には変わらないと思われる。

そうした前提に従えば、この日本人の集団的慣習行動が目的を達することが出来ずに崩れると、その反動は悲惨なものとなる。一端災害が起きたり、また外敵に強烈に打ちのめされると、受けた打撃のトラウマ（精神的外傷）から抜け出すことを忘れてしまう。この痛手から抜け出すには、過去の歴史が示す通り、この列島の民衆（国民）に取っては、やはり常にトップリーダーの号令によるしか無かった。

しかし、今日のように情報手段がグローバル化され、成熟した民主主義国家となったこの国のトップリーダーたちは、残念ながら昔のように思い切ったリーダーシップが取れない状況に追い込まれている。民主主義は、報道機関の行動を自由化するため、殊のほかマイノリティの側の主張や意見を誇大に伝え、マイノリティ側の《負の利益》を膨らませる。このため、真のマジョリティの利益を打ち消してしまい、本当は民衆（国民）を痛めつけることになる状況にも拘わらず、真の姿をすっかり隠蔽してしまい、何時の間にか「世論」という数字が、恰もプラスに輝く光のような『過信』の構造を作り上げてしまう。この作り上げたられた過信的数字が、政治のリーダーシップを歪めてしまう。

前置きが長くなったが、私は三年前の３・１１大地震以来、そのことを大いに心配して、現在まで三年半の間に七冊の拙著を発行し、日本の各界リーダーの方々が、『過信』に陥り《負の利益》が膨らませてしまう危険性を訴え続けて来た。

その結果、今年七月初旬に発行した「日本を滅ぼすとんでもない〝電力自由化〟」（エネルギーフォーラム社）については、ようやく多くの政治家や経営者から私の問題提起に共感するメッセージが電話やメールや、さらには手紙が寄せられる状況となって居る。

その声を一言で要約すると、概ね次の三点である。

第一に、「細長い日本列島のデンキとくに〝電流〟を、中央政府が一律に管理監督するようなことに成り兼ねないような、全国の電力会社を束ねて、《発送電分離》するというようなやり方は、地域の発展を阻害し地方が疲弊してしまいかねない」という、大変憂慮する意見が示されていること。

洋の東西を問わず現代の企業経営は、「時間こそ最大の資源」といわれるぐらいである。昔のように、生産と販売が別々に卸業によって商売される状況では無く成って居る。むしろ益々どの産業分野に於いても、「設計・生産」と「組み立て・流通」と「営業・販売」の、この三者が今や《一つの塊》となって、瞬時に摺り合わせて滞りなく安定安全に効率よく事業を、全うすることこそ必要という時代である。

ところが、電気事業に対しては、この経営の基本原理である生産・流通・販売の一貫システムを、突然何故か崩そうとしているのである。その原因が、あの「三・一一」といわれる東日本大震災の時、「東の電流の五十サイクル」と「西の電流の六十サイクル」の繋ぎが細くて、偶然にも西側の電流が流れなかったというだけの話である。

それだけの話であり、急いで「サイクル変換装置」に、それこそ直ぐにでも数兆円の設備投資をして、電流の流れを太くすれば良いだけのことである。それなのに、何故電力事業だけが、生産部門と流通部門と販売部門を切り離すという、全く非効率でかつ消費者に迷惑千万な無理なことをしなくてはならないのか。どう考えても、判らない。

読者の方々には、是非真剣に考えて貰いたいと思うのは、過って民営化した鉄道も通信も、地域分割などはしたけれども、生産と流通と販売はあくまで一体として動いて居るから、安定安全に事業として成り立っているということである。自動車産業だって、鉄鋼事業だって、それに石油事業だって同じであるということを振り返って頂きたい。どうして電気事業だけが、経営の原理に反する発送電分離をしなくてはならないのだろうか。

第二に、「原子力発電を止め、再生可能エネルギーを積極導入するという政策の現状がこのまま続く状況が、どうしてとんでもない経済社会に悪影響を与えている状況を呈して仕舞っているのか。それを、もっと明確に国民に知らせる必要が在る」ということ。

弊害を、むしろ具体的な事例で示したほうが判り易いと思う。例えば筆者が住む九州地域の太陽光発電と風力発電について、政府が法律で決めている「固定価格買い取り制度（ＦＩＴという）によって、この二〇一四年四月時点で政府の認定許可（発電したら電力会社が自動的に買い取るべし）とされた量（ＫＷ）が何と一七八六万ＫＷ（内太陽光発電が一七八二万ＫＷで殆ど）にも達していることだ。全国合計では六九四九万ＫＷであり、その中で九州に何と二十六％すなわち約三割も集中してしまった。風力は全国レベルでも一、二％だから殆ど太陽光発電といってよい。

これは何を意味するかを、読者の皆さんは是非考えて頂きたい。

すなわち日本人は、毎日デンキ漬けの生活をしているから、電気の生産設備は現在水力・火力・原子力などを合計して、現在全国で一億八千万ＫＷぐらいを保有している。このうち九州電力は、全国の約一割だから総設備容量で、もちろん水力・火力・原子力発電全てを入れても、千七百万から千八百万ＫＷぐらいだ。ところが、上述の太陽光発電の認定量が、現実に千七百八二万ＫＷということだから、仮に瞬間的に九州全土が晴天に成ったらどうなるか。

いうまでもなく、デンキという商品は瞬時に流れる《電流》だから、大規模ソーラパネルや各家庭の屋根で発電した千七百万KWからの電流は、自動的に誰かが使わないと放電するしかない。すると、重大なことが起きる。電力会社の水力・火力・原子力を全部瞬時に停止しないといけないことに成ってしまう。もしも、こんなことが現実に発生したら、電力会社の発電所が爆発するような事態が生じるだろう。

それだけでは無い。むしろ、一斉に発電した各家庭側に電流が逆流して、太陽光発電の設備そのものが、多分巨大な自然の雷の何十倍ものイナズマを発生して、各家庭が爆発炎上するようなことに成るかもしれない。そうならないようにする予防措置など、まったく考えられていない。

大変大げさなことを書いたが、今政府が作れ作れといって奨励している（みんながKwh四〇円もするから儲かるぞといって認定して貰っている）太陽光発電は、これほど危険なことに成って居るのである。もちろん、一方で電気料金を引き下げようとして、また地域の活性化のために、どうしても早く再稼働しなければならないとしている原子力発電など、全く意味が無く成る話でもある。

第三は、「未曾有の大災害のために起きたことだとはいえ、東京電力の原子力発電の事故のために、他の地域の電力会社の従業員すなわち労働者が、もちろんボーナスも貰えず、賃金まで大幅にカットされ、しかも職場のシステムまで勝手に変えられてお互いの仲間が、バラバラになるというようなことが、《もう我慢の限界》に来ている」ということ。電気事業に長年携わってきた勤勉な従業員労働者は、二十五万人以上は居るだろう。家族を入れれば四、五十万人になる。この人たちが、悲鳴を発しないわけがない。政府の成長戦略の足元で、こんなことが現実に生じているのだ。

筆者の本を読んだ人たちの感想の中に、どうしてわれわれの職場のことを殆ど配慮せず、《電力会社に働いている労働者は悪者》とのレッテルを貼ったのは誰だ、という声というより怒りが出て来ている。

少し解説が長くなったが、この際筆者が心配している真意を、この小説を通じてお伝えしたかった。すなわち、政府が閣議決定し法律化した「国家のエネルギー基本計画」と「電力システム改革という名の電気事業法改正」が、国民に取ってはもちろん、事業者である電力会社の組織運営に取っても、決してプラスにならないような《過信の構造》を、作り上げてしまっているのではないかという疑問の声が、風船のように膨らみ、それが破裂寸前の状態に成って居るといえるのではないだろうか。

それは結局そういうことが、〝見えない〟すなわち《法のサイエンス化》が、全くなされていないということになる。

そこで、こうした声をもっと判り易くかつ明確にして、《過信の構造》を解き明かすと同時に、わが国が進む方向を新たな観点から大きく示すことが必要であると考えた。それを、真剣に現在の各界リーダーの方々は考え、未来を背負う若者たちに語り継いで貰いたいと思った次第である。

したがって、この小説のキーワードは《過信》（「オーバーコンフィデンス」）である。

だが気が付いて見ると、すでに二十一世紀の世の中は《宇宙》を探求する時代に入っている。どう考えても、日本列島という小さな地球の片隅で、何時までもトラウマになって、災害と失敗を乗り越えられず、そして価値観が転換できず閉じ籠っている時では無い。むしろ負の遺産を乗り越えて、世界の先頭に立って原子力と放射性物質と素粒子、それを懸命に利用して宇宙克服のリーダーになる覚悟をして貰いたい。そういう思いで、今回改めて小説に纏めてみた。

ストリーの流れを、「超能力を持った宇宙の星〝AO七七七〟からの使者」ということにしたのは、わが国のリーダーの方々に是非とも価値観の転換を図って貰いたいと考えたからである。

以下使用した材料について、若干ご紹介して置きたい。

第一に「宇宙」に関しては、野本陽代著「太陽系大紀行」（岩波新書）や佐藤勝彦著「宇宙論入門」などを勉強材料にした。さらに、浅井祥仁著「ヒッグス粒子の謎」祥伝社新書）や青野由利著「宇宙はこう考えられている」（ちくまプリーマー新書）などは、筆者のような素人には大変良い参考になった。

第二に、次世代原子力エネルギーといわれる《トリウム》については、日本電気協会会長の鎌田迪貞氏から、古川和男著「原発安全革命」（文春新書）と亀井敬史著「平和のエネルギートリウム原子力」〔I、II〕（雅粒社）を提供してもらい、大変ありがたかった。

第三に《仏教》については、以前から種々勉強はしていたが、今回特にベック著渡辺照宏訳「仏教」〔上、下〕（岩波文庫）を読み込んで見たので、その考え方を参考にした。

さらに、今回この小説で初めて取り挙げた「言語」について述べておきたい。

先ず、表題の《過信》については、財界誌のオーナー村田博文主幹と筆者が二日間に亘って議論する中で、現状を国民に訴えるには最も明快な言葉だということで、合意に至った次第である。

序だが、この本のゲラ第二稿をチェックしていた九月十三日付の日本経済新聞の社説に「吉田調書の教訓を原発の安全に生かせ」という社説が出ていた。内容に反論するつもりもないし、妥当な記事だと思いながらそこに「過信」という言葉が踊っているのに気付いた。そして、この社説の主張に同感しつつも、こうした大新聞自体が、現政治の電力システム改革についての「過信」を見抜き、筆者がこの小説で取り上げているような重大問題を、堂々と論じてもらいたいと思っている。

また、最後のゲラを校了し終え、ほっとした九月末の土曜日、上さんと東宝映画の「柘榴坂の仇討」を観る機会が在った。「姿や形は変っても、武士道はそこら中に生き続けている」という主人公志村金吾の言葉をしっかりと語る場面が在る。それが今でも頭に残っている。希にみる秀作だと思った。それは、この小説で取り上げた「ラビアの一分」と繋がる日本人の根本的精神構造ということであろう。

次いで、《電流》という言葉は、デンキという商品の実態を理解する上で、最も好ましいと思って、今回初めて使用して見た。

また《脱法デンキ》という言葉は、筆者の造語である。脱法ドラッグという言葉は使われなくなったが、現在の再生可能エネルギー推進のための法制度のイメージに、良く合っているのではなかろうかと考えた次第である。

さらに《法のサイエンス化》という言葉も、筆者の造語である。最もこの言葉は、わが国のビッグデータについての第一人者である東大教授の喜連川　優氏が懇談の折り述べていたように記憶しているので、使ったのは筆者が最初ではないかも知れない。しかし意味するところは、法律は作ったが、その目的がどのように達成されようとしているのか。言ってみれば、その収支計算が国民に「見える化」されていないということである。

なお、エネルギーと電力に関することは、筆者の専門分野であり、拙著も沢山出しているので省略させて頂く。

最後になったが、この小説を出そうと思った切っ掛けは、つい最近エネルギーフォーラム社から出した上述の拙著の反響が可なり在ったことに拠っている。このため、同社社長の志賀正利氏と同社編集者の山田衆三氏からも種々参考になる意見を頂戴した。

また、いつものように財界誌の村田博文社長と編集者畑山崇浩氏には、種々アドバイスを貰いとてもありがたかった。また筆者の事務所秘書廣田順子氏と正路恵子氏には、今回も原稿の整理などで大変お世話になった。

以上取りあげた方々に、心からの感謝の意を表します。

同時に、日頃から筆者をご支援頂いている多くの方々に、衷心より改めてお礼を申し上げ、本書を捧げたいと思います。

二〇一四年九月吉日　　　永野芳宣

【著者紹介】
永野　芳宣（ながの・よしのぶ）
1931年生まれ。福岡県久留米市出身。東京電力常任監査役、特別顧問、日本エネルギー経済研究所研究顧問、政策科学研究所長・副理事長、九州電力エグゼクティブアドバイザーなどを経て、福岡大学客員教授。他にイワキ（株）特別顧問、正興電機製作所顧問、立山科学グループ特別顧問、ジット顧問、TM研究会事務局長などを務める。
■主な著者
『小泉純一郎と原敬』（中公新書）、『外圧に抗した男』（角川書店）、『小説・古河市兵衛』（中央公論新社）、『「明徳」経営論　社長のリーダーシップと倫理学』（同）、『物語ジョサイア・コンドル』（同）、『日本型グループ経営』（ダイヤモンド社）、『日本の著名的無名人Ⅰ～Ⅴ』（財界研究所）、『蒲島郁夫の思い』（同）、『3・11《なゐ》にめげず』（同）、『クリーンエネルギー国家の戦略的構築』（同、南部鶴彦、合田忠弘、土屋直知との共著）、『ミニ株式会社が日本を変える』（産経新聞出版）、『発送電分離は日本国家の心臓破壊』（財界研究所）、『くまモン博士、カバさん—蒲島郁夫、華の半生—』（同）、『日本を滅ぼすとんでもない電力自由化』（エネルギー・フォーラム社）ほか、論文多数。

過信 —— 踊る電流列島の危機《最後の作戦開始》

2014年10月10日　第1版第1刷発行

著者　永野芳宣

発行者　村田博文

発行所　株式会社財界研究所

［住所］〒100-0014　東京都千代田区永田町2-14-3東急不動産赤坂ビル11階
［電話］03-3581-6771
［ファックス］03-3581-6777
［URL］http://www.zaikai.jp/

印刷・製本　凸版印刷株式会社

ISBN 978-4-87932-103-9
定価はカバーに印刷してあります。